泉州文庫

選堂題

（清）陳遷鶴
（清）陳萬策　著

閣海文　點校

毛詩國風繹
近道齋詩文集

泉州文庫整理出版委員會

商務印書館

前　言

　　泉州建制一千三百多年，爲中國歷史文化名城和古代海外交通的重要港口。"比屋弦誦，人文爲閩最"，素稱海濱鄒魯、文獻之邦。代有經邦緯國、出類拔萃之才，歐陽詹、曾公亮、蘇頌、蔡清、王慎中、俞大猷、李贄、鄭成功、李光地等一大批傑出人物留下了大量具有歷史、文學、藝術、哲學、軍事、經濟價值的文化遺產。據不完全統計，見載於史籍的著作家有一千四百二十六人，著作多達三千七百三十九種，其中唐五代二十九人三十二種，宋代二百人三百九十一種，元代二十一人四十種，明代五百三十六人一千五百八十五種，清代六百四十人一千六百九十一種；收入《四庫全書》一百一十五家一百六十四種，《四庫全書存目叢書》五十六家七十四種，《續修四庫全書》十四家十七種。二〇〇八年國務院頒布第一批國家珍貴古籍名録，屬泉人著述、出版者十三種。

　　遺憾的是，雖然泉州典籍贍富，每一時代都有一批重要著作相繼問世，但歷經歲月淘汰、劫難摧殘，加上庋藏環境不良，遺存至今十無二三，多成珍籍孤本。這些文化遺產，是歷史的見證，是泉州人民同時也是中華民族的寶貴文化財富，亟待搶救保護，古爲今用。

　　對泉州地方文獻的搜集與整理，最早有南宋嘉定年間的《清源文集》十卷，明萬曆二十五年《清源文獻》十八卷繼出，入清則有《清源文獻纂續合編》三十六卷問世。這些文獻彙編，或已佚失，或存本極少。二十世紀四十年代，泉州成立"晋江文獻整理委員會"，準備整理出版歷代泉人著作，因經費短缺未果。八十年代，地方文史界發起研究"泉州學"，再次計劃編輯地方文獻叢書，可惜後來也因爲各種條件的限制，其事遂寢。但是這兩次努力，爲地方文獻叢書的整理出版做了準備，留下了珍貴的文獻資料和書目彙編。

　　二〇〇五年三月，中共泉州市委、泉州市政府決定將地方文獻叢書出版工作列爲國民經濟和社會發展第十一個五年規劃的一項文化工程。翌年,正式成立"泉州地方典籍《泉州文庫》整理出版委員會",着手對分散庋藏於全國各大圖書館及民間的古籍進行調查搜集,整理出《泉州文庫備考書目》二百六十七家六百一十四種,以後又陸續檢索出遺漏書目近百家一百八十餘種。經過省內外專家學者多次論證,最後篩選出一百五十部二百五十餘種著作,組成一套有一定規模、自成體系、比較完整,可以概括泉人著作風貌、反映泉州千餘年文化發展脉絡的地方文獻叢書,取名《泉州文庫》,二○一一年起陸續出版發行。

整理出版《泉州文庫》的宗旨是:遵循國家的文化方針政策,保護和利用珍貴文獻典籍,以期繼承發揚中華民族優秀文化傳統,增進民族團結,維護國家統一,提高民族自信心和凝聚力,加強社會主義核心價值體系建設,增強文化軟實力,爲泉州的物質文明和精神文明建設服務。

《泉州文庫》始唐迄清,原著點校,收錄標準着眼於學術性、科學性、文學性、地域性、原創性、權威性,具有全國重要影響和著名歷史人物的代表作優先。所錄著作涵蓋泉州各縣(市、區),包括金門縣及歷史上泉州府屬同安縣,曾在泉州任職、寄寓、活動過的非泉籍人氏的作品,則取其內容與泉州密切相關的專門著作。文庫採用繁體字橫排印刷,內容涉及政治、經濟、歷史、地理、哲學、宗教、軍事、語言文字、文化教育、文學藝術、科學技術等領域,其中不乏孤稀珍罕舊槧秘笈,堪稱溫陵文獻之幟志。

值此《泉州文庫》出版之際,謹向各支持單位、個人和參加點校的專家學者表示誠摯的感謝! 由於涉及的學科和內容至爲廣泛,工作底本每有蛀蝕脫漏,加之書成眾手,雖經反復校勘,但限於水平,不足或錯誤之處還是難免,敬請讀者批評指教。

泉州地方典籍《泉州文庫》整理出版委員會

二○一一年三月

整 理 凡 例

一、《泉州文庫》（以下簡稱“文庫”）收録對象爲有關泉州的專門著作和泉州籍人士（包括長期寓居泉州的著名人物）著作，地域範圍爲泉州一府七縣，即晋江（包括現在的晋江市、石獅市、鯉城區、豐澤區、洛江區）、南安、惠安（包括泉港區）、同安（包括金門縣）、安溪、永春、德化。成書下限爲一九四九年九月以前（個別選題酌情下延）。選題内容以文學藝術、歷史、地理、哲學、政治、軍事、科技、語言教育等文化典籍爲主，以發掘珍本、孤本爲重點，有全國性影響、學術價值高、富有原創性著作優先，兼及零散資料匯總。

二、每種著作盡量收集不同版本進行比較，選擇其中年代較早、内容完整、校刻最精的版本爲工作底本，并與有關史籍、筆記、文集、叢書參校，文字擇善而從。

三、尊重原著，作者原有注釋與説明文字概予保留。後來增加者，則視其價值取捨。

四、凡底本訛誤衍漏，增字以〔　〕表示，正字以（　）表示，難辨或無法補正的缺脱文字以□表示，明顯錯字徑直改正，均不作校記。

五、凡底本與其他版本文字差異，各有所長，取捨兩難，或原文脱訛嚴重致點讀困難，或史實明顯錯誤者，正文仍從底本，而於篇末校勘記中説明。

六、凡人名、地名、官名脱誤者，均予改正，訛誤而又查不到出處之人名、地名、官名及少數民族部落名同異譯者，依原文不予改動。

七、少數民族名稱凡帶有侮辱性的字樣，除舊史中習見的泛稱以外，均加引號以示區別，并於校記中説明。

八、標點符號執行一九九六年實施的國家《標點符號用法》。文庫點校循新版二十四史及《清史稿》例，一般不使用破折號和省略號。

九、原文不分段者,按文意自然分段。

十、凡異體字、俗體字、通假字,如非人名、地名,改動又無關文旨者,一般改爲通用字;異體字已經約定俗成、容易辨認者不改。個別著作爲保持原本文字語言風貌,其通假字則不校改。

十一、避諱字、缺筆字盡量改正。早期因避諱所産生的詞彙成爲習慣者不改正。

十二、古籍行文中涉及國家、朝廷、皇帝、上司、宗族等所用抬頭格式均予取消。

十三、文庫一般一册收録一種著作,篇幅小的著作由兩種或若干種組成一册,篇幅大的著作則分成兩册或若干册。

十四、文庫採用橫排、繁體字印刷出版。每册前置前言、凡例。每種著作仿《四庫全書》提要之例,由編者撰寫《校點後記》,簡略介紹作者生平、著作內容及評價、版本情況,説明其他需要説明的問題。

泉州地方典籍《泉州文庫》整理出版委員會辦公室

二〇〇七年二月五日

目　録

毛詩國風繹

目　　録

毛詩國風繹

詩　説　一

鄭、衛之《詩》，朱子詆《小序》曰："求其説而不得，則舉而歸之刺其君。"馬端臨復議朱子曰："求其説而不得，則舉而歸之於淫。"二者之論皆似也，安所取衷哉？

按孔子在《春秋》，所見異辭，所聞異辭，所傳聞異辭。昭公十二年，齊高偃帥師納北燕伯于陽。伯于陽者何？公子陽生也。子曰："我乃知之矣。"在側者曰："子苟知之，何以不革？"曰："如爾所不知何？"當昭公十二年，孔子已二十三歲，親見其事而非聞之。然而不敢以一人之見，掩衆人之不知者，《春秋》者，信史也，孔子筆之，旁人或詫焉，則全書皆開億措，赫赫王法于是隱矣。《春秋》決嫌疑，定猶豫，一字褒貶，而人奉爲律度，莫能違者，爲孔子不以不信之事疑天下後世也。

變風之作，起于平王之初，或自桓、襄以下。毛公生漢時，距之數百年矣。朱子生南宋，距之又千五百年。以數百年後人言數百年前事，若夢若幻，未可據以爲真也。後千五百年後再翻千五年前案，又何所憑而斷爲是哉？況知鄭《詩》之意者，莫如鄭國之賢大夫，鄭賢大夫嘗有賦矣。昭公十六年，鄭六卿餞晉韓宣子于郊，宣子曰："二三子請皆賦，起亦以知鄭志。"子䶵賦《野有蔓草》，子產賦鄭之《羔裘》，子太叔賦《褰裳》，子游賦《風雨》，子旗賦《有女同車》，子柳賦《蘀兮》，由《羔裘》而外，皆毛公所謂刺其君，朱子所謂淫也。舉刺其君以爲言，是怨上也；舉淫以爲言，是傷俗也。怨上惡也，傷俗亦惡也，俱不可以聞於君子。以諸大夫賦之，名卿喜之，曰："鄭其庶乎？二三[君]子以君命貺起，賦不出鄭志。二三君子數世之主也。"由是言之，鄭《詩》不但非刺、非淫，且與《草蟲》、《黍苗》、《濕（隰）桑》、《蟋蟀》、《桑扈》襄二十七年,鄭諸卿宴趙孟賦。同其恭儉、慈愛、綢繆、愷惻者也。然而去聖云遠,師説是傳,廢師傳而創解,則又不可將何所恃而瀆之乎?

曰變風自《春秋》,吾即以《春秋》所傳之法讀之。《春秋》內傳曰:"《静女》之三章,取彤管焉。"古人讀《詩》取其意,不問其所作之由。於《將仲子》取其訓家訓而懷清議也;於《有女同車》取其始於悦色,終於好德也;於《山有扶蘇》取其所見必所美,所不美者,不可見也;於《蘀兮》取朋友之情,此倡而彼和也;於《狡童》取其愛人之所言,雖不見聽,猶款款無已也;於《褰裳》取惠思之宜勤,人情可合,亦可離也;於《丰》取迎送之不容廢也;於《東門之墠》取有思之即至也;於《風雨》取見君子之有喜也;於《遵大路》取其舊好之不棄也;於《子衿》取德音之宜嗣也;於《揚之水》取讒言之勿從也;於《野有蔓草》取處世者之思遇也。夫如是,凡《詩》皆可誦,凡有誦皆可解可通。反之于己,得忠厚焉;施之於人,得和平焉。

吾知修身與及人而已。刺其君也,淫也,先儒與先師朱子之説,蓋並存之,何必紛紛多其億措哉?

詩 説 二

子曰"鄭聲淫",非男女情欲之謂也,過焉者也。凡物過者,皆謂之淫。平地溢水謂之淫水,雨澤泛多謂之淫雨,瀆于祭祀謂之淫祀,濫于刑罰謂之淫刑,恣荒田獵謂之淫于原獸,貪徇貨利同謂淫風。天有六氣,淫生六疾,寒暑風雨晦明,一越其候,咸謂之淫,以其過焉也。

昔先王之作樂也,酌性情之宜,協中和之聲,遲速本末相及,中聲以降,不容彈矣。是故琴瑟尚宮,鐘尚羽,絲、竹利制,革、木一聲,大不踰宮,細不過羽。物得其常曰樂極,極之所集曰聲,聲應相保曰和,細大不踰曰平,此先王之樂之節也。《周頌》曰:"先祖是聽,肅雍和鳴。"肅,敬也;雍,和也。和合於敬則不流,敬出於和則不屬,此人聽樂之情也,正也,無過也。古樂既遥,鄭聲代起,誠不知節奏之何如。而按諸《樂記》,進退俯仰,奸聲以濫,溺而不止,及優侏儒,獲雜士女,大要細陵其正,聽聲越遠。流連低回矣,而往復之盡致,入于媚;孃嫋轉側矣,而柔曼之極工,傷于靡。媚則惑耳,靡則移心。耳靡心移,聲過其度,所以謂之淫也,與《詩》無與也。

　　或曰:樂以宣《詩》,《詩》苟不荒,樂安得淫? 是不然。古人賦《詩》則指事,聽樂則考聲。用《詩》指事有明徵矣。春秋時,別國大夫聘問而贈答,或燕享而歌者是也。聽樂考聲亦有徵焉。吳公子札來聘,請觀于周樂。觀樂也,非論詩也。論詩以旨趣,觀樂以聲音。《樂記》云:"樂者,音之所由生,其本在人心。"心之感于物也,有喜心感,有怒心感,有樂心感,有敬心感。季札觀列國之樂曰:不怨、不怒、不懼。由其感而成聲者,知之也。齊國之《詩》,《雞鳴》而外,皆荒淫之行,而曰"泱泱大風"者,爲其聲發揚蹈厲,似太公之氣。故曰:"表東海者,其太公乎?"秦國之習,粗厲強悍,而曰"此謂夏聲"。杜預曰:汧隴之西,秦仲始有車馬禮樂,去戎狄之音,而有諸夏之聲。故曰:"能夏則大,大之至也。"由是推之,邶、鄘、衛之分爲三也,地殊而聲異也。唐、魏之不係以晉也,以其用向日之舊聲。古公遷岐,文、武遷豐、鎬。岐、豐、鎬之地,人聲與豳不同,然欲揚公劉之業,則必用豳土之聲,故《七月》係之豳也。《東山》諸詩入焉者,或周公覯王室之飄搖,念創造之艱瘁,欲子孫思及祖宗,故令工人叶聲于豳,以悚動孺子王,而人因以《九罭》諸章附,未可知也。

　　《小雅》思而不貳,怨而不言,《大雅》曲而有直體,亦言聲也。頌五聲和,八風平,節有度,守有序。其論聲也,彰明較著矣。《三百篇》叶于絃歌,絃歌之調不傳于後,所考證者,《春秋》內、外傳耳。季札之聰,雖不及師曠,然春秋時先王宮懸猶在,所見所聞,必有其據。學者如以《左氏》不可信乎,則季札之言爲誣;若徵信于《左氏》,則觀樂固論聲也。即其觀于鄭樂,亦曰美哉,其細已甚。細者繁絃曼節之謂,如《外傳》所云"細陵其正聲",過也,非詩淫也。孔子曰"放鄭聲,鄭聲淫",不曰"放鄭詩,鄭詩淫",聖人立訓原自不易,如之何而改諸?

詩　説　三

《三百篇》有大疑，習焉不察。嘗以問之宿儒，無知者。先儒之論曰："天子巡狩，朝諸侯于方岳之下，太師陳詩以觀民風。平王東遷，天子不復巡狩矣，列國變風之詩，誰採之而誰陳之哉？"

或曰：天子遣太師下行列國，民間歌謠悉録，而登之王府也。考之《春秋》，王臣之來，咸書于册，太史來採風，豈有不書？且如此，是天子尚以禮樂爲事也。天子日以禮樂爲事，甯威令尚不行于天子乎？則太師之不來可知也。

或曰：列國使大夫貢之于王也。按《春秋》二百四十二年，魯聘周者僅七，舉魯而他國皆然。朝聘之禮猶略，矧云獻詩？抑如此，是諸侯尚守王章也。王章之是守，豈不修述職乎？則列國之不貢可知也。

或曰：魯爲宗邦秉禮之國，群后各以風詩遺之。按《春秋》，魯弱國也，公如齊、如晉、如楚，俱見止焉，季孫行父、叔孫婼執于晉。故魯之爲宗邦也，由後世尊孔子而言也。在當時，諸侯之視魯，無異其視衛、鄭、宋也，則列國之不遺可知也。

或曰：孔子删《詩》，分遣弟子游列辟之庭，發其故府，按其藏書，登其謡詠，以備蒐擇。夫蒐擇則必廣矣。成、康，令德之君也；宣王，中興之主也。成、康相繼四十年，宣王在位四十年，八十年中，巡守者屢焉，之東岳、之北岳、之南岳、之中岳。公、侯之國，如宋、如陳、如齊、如魯、如衛；伯、子、男之國，如燕、如許、如曹、如楚，豈無頌美其君者？竟泯焉無聞，至譏刺之作，乃相續不絶。治世無風詩，亂世有風詩，無是理也。謂有之而孔子不録，則聖人舍治而存亂，更無是理也。

鄭桓公、武公相繼爲周卿士，善於其職，《緇衣》之宜見於《鄭風》，好賢之心無已也。然鄭桓、武之功，何如晉文侯、齊桓公、晉文公、悼公哉？晉文侯捍王于艱。齊桓公率天下諸侯而尊周，北伐山戎，南伐楚，存三亡國。兵車之會，天下服其武；衣裳之會，天下歸其信。晉文公繼桓之烈，定襄王，敗荆楚，爲中國盟主,王室賴以安,諸侯恃以固。悼公修文之業,其卿讓於善,其丈夫力于教,三駕而楚不能争。當是之時,齊、晉之人士,與國之大夫,豈詩以顯揚伯主,亦且渺焉罕傳;小國之賢君有詩,伯國之賢侯無詩? 無是理也。即曰孔子黜伯功,削而不載,然而删《書》存《文侯之命》,《春秋》美召陵,嘉葵丘,褒首止,序城濮之績,惡其主是戰,乃胡氏之説,聖經無貶詞。善蕭魚之會,于《書》、《春秋》則稱之,有《詩》則黜之,愈無是理也。

夫此《三百篇》之大疑也。既緼疑于心而莫能解,及得孔氏《傳》,所釋多異。《邶風》:管叔以殷畔,康叔憂王室,賦《柏舟》。管叔將畔,大夫諫,賦《匏有苦葉》。管叔以殷畔,仕者苦之,賦《北門》。《鄘風》:三叔搆周公,鄘人風之,賦《牆有茨》。叔處不義,鄘人刺,賦《相鼠》。管仲相桓公,齊人美之,賦《風雨》。子皮爲政,忠直文武,子產美之,賦《羔裘》。曹叔振鐸爲政有度,國人美之,賦《鳲鳩》。魯人申公説與此同。

然則變風之《詩》,未必皆作自東遷以後。即作自東遷以後,亦未必如今解者之所云。去聖二千年,我亦不敢知曰孔、申説非,毛公説是;更不敢知曰孔、申、毛之説俱非,唯朱子説是。闕焉可也。

詩　説　四

或問于余曰:子之所疑,周天子不巡狩,則太師不採風,列國安得有詩? 是則然矣,然大要何所依歸? 曰:余所疑,質之老師宿儒而不得其解,求之先儒而莫有其解。有疑則闕之,孔子之教也,吾何能强伸其説哉?

既以應客,退而私爲之記曰:詩之爲體一國之事,繫一人之本,謂之風;言天下之事,形四方之風,謂之雅。雅者,正也,言王政所由廢興也。周轍而既東矣,刑政不及於天下,無有言及王政者矣,故曰:"王者之迹熄而《詩》亡。"然《詩》本性情,終不亡于人間。列國之賢人君子,或憎歡變故,或懷念舊俗,或憂時傷事而抒其忠孝之思,或歷落坎軻而寫其無聊不平之意,往往寓之於山川,寄之於草木,託之於飛禽、走獸、昆蟲,甚且作爲怨女悲婦之語,以發其離憂。其音流,其節宕,叶之宮商而無滯,被之琴瑟而成韻,能令聽者感心動耳,生其欷歔,興其愛慕。

蓋其所言者,皆一國之政,後世之人不得知,而當時之人,則知之也。古者列國皆有史官,於是國之太史哀其志,賞其聲,採而登諸歌詠,雖不敢升之朝會,而士大夫私燕亦或用之。故鄭之諸卿得賦之韓起,而起喜之曰:"二三子賦不出鄭志,皆昵燕好也。"志者,誌也,誌一國之風俗,而賢人君子之詩附焉者也。《左氏》屢言鄭志,則列國亦皆有志。既列國皆有志,夫子因得取而删之,以備興、觀、群、怨。周衰,方岳不巡,太師不陳詩,而諸國有變風,或以是故哉?

嗟夫!風之義隱矣,其立言也婉矣。指其人以實之,不可也,作者原不欲著其名也;指其事以實之,不可也,作者原不直陳其事也。不可以近求。作者之詞似近,而其指則遠也。不可以易而求。作者之詞似易,而其中之紆回屈曲,難言而又難以言也。是故拘文牽義,不可施之國風,必如孟子之說,不以文害辭,不以辭害志,以意逆志,是謂得之。

何謂逆志?時已異矣,勢已殊矣,其人邈不相接矣。順文徑講其志,不如《詩》之所云,是必用意崎嶇之外,相遇性情之中,思之思之,又重思之。思之不得,則展轉反側,以致其合;旁通觸類,以期其是。夫然後古人所爲忠君愛國、悲天憫人、善善惡惡之志,曠世如見其心,如聞其語,是之謂逆志,是之謂得之也。若執其字,泥其句,則其詩之儱侗已甚,何以謂之志?亦何取于逆而得之哉?是故志者,正志也,非淫志也。子曰"思無邪",正志也。本無邪以論《詩》,其有背焉者鮮矣。於其所不知,蓋闕如也。

論　易　詩

張橫渠曰:"《易》爲君子謀,不爲小人謀。故撰德於卦,雖爻有小大,及繫辭其爻,必諭以君子之義。"橫渠之訓立,而凡指其爻爲小人者,其說皆可正也。楊龜山曰:"《詩》三百篇,經聖人删過,皆可爲後王法。"龜山之訓立,而以《詩》爲淫者,其言皆可參酌古序,反而救之也。

詩闕疑説

或曰：子於《毛詩·國風》既繹之矣，又有闕疑之説，何也？曰：惟欲闕之，故詳繹之。夫《國風》，作者非今時之人也，其事非今時之事也。以今時人言今時事，尚有求其指而不得者，況《國風》詩人皆先王禮義遺民，其學深，其識遠，其用意纏綿而篤厚，得不爲之反覆深思，但以輕易之見讀之乎？是故毛公、朱子並存其説，無疑者可温故知新，有疑者待博學詳説。

詩刺時政説一

或問：《毛傳》説《詩》多歸刺時，無乃刻乎？曰：萬方失所，由于天王；國中失所，由于國君。是故嫠婦不恤其緯，而憂宗周之隕，爲將及焉。凡民間男女之怨曠，室家之流離，與夫賢人君子之退隱下位，皆人君無道所致，詩人之意，非偶然也。漢王吉事昌邑王，以三百五篇爲王道之危亡，失道之君爲王深陳之，冀其悚動也。若以民間私事告之于王，瀆則甚矣，何可以當諫書？

詩刺時政説二

或曰：《詩》之爲用，專主美刺乎？曰：不主美刺，《詩》以何爲？古詩三千，孔子删之爲三百，誠不知去取之意何如。大抵有關於風化者存之，無關於風化者棄之，故言近而指約。若男女贈答，録登簡册，則孔子删《詩》與蕭統《文選》無異。且書之兼兩弗竟，豈但三百哉？子曰："誦《詩》三百，授之以政，不達。"由是言思之，《詩》三百篇無一言不裨於政治者也。

或曰：《雅》之刺君，篇什著有明徵；《風》之刺君，何據爲然？曰："家父作誦，以究王訩"，自表其姓氏，而不避禍患。"尹氏太師"，"皇父孔聖"，"家伯家（維）宰，仲允膳夫。聚子內史，蹶維趣馬，楀維師氏"，直指其人之姓名，而不虞怨怒。"赫赫宗周，褒姒滅之"，顯斥王后之惡，而無所顧憚。此《雅》之體也，詩人所爲賦也。若《風》之體則異是。婉而不徑，隱而不彰，或爲賦，或爲比，或爲興。若無與其事,若無與其人,而徐而聽之,實爲此事,實爲此人,詩人所爲《風》也。

是故從朱子之傳以説風詩,於文義爲順;如毛氏之傳以説風詩,於詩意爲深。不知文義不可也,不知詩意亦不可也,吾所以並而論之也。

淫 詩 刺 淫 辨

或問:《詩》爲淫者自賦,與爲刺淫者而作,二者何適之從?曰:去聖已遥,固未知作者之意何如。但以吾心斷之,均此詩也,以爲淫而讀之,吾心蕩如也;以爲刺淫而讀之,吾心蕭如也。蕩然幾入于邪,蕭然則無邪矣。故馬貴與曰:"同一淫佚之詞,出於奔者之口則可删,出於刺奔者之口則可録。"序歸于刺淫,其説未可非也。

或曰:大雅君子日搜求里巷男女之陰私而譏之議之,無乃傷于忠厚,而流于瑣細乎?是不然。詩人所刺,皆世家大族敗亂風化,無關里巷之私。蘇明允《族譜亭記》有曰:"某人者,鄉之望人也,而大亂吾俗焉,故其誘人也速,而爲害也深。自斯人之以妾加其妻也,而嫡庶之别混;自斯人之篤於聲色,而父子雜處,謹讓不嚴也,而閨門之政亂。"

周德雖衰,《二南》之風未遠,食禄之家恣其情欲,首弛帷薄,因之婚姻道缺,貞信教微,舉國淫亂,相師而不可救,君子痛焉而彰之刺,太師感焉而採爲風,孔子憫焉而録爲戒。孔穎達曰:"風俗之敗,自上行之,所刺宜刺在位之人。"其説俱未可非也。

周　　南

《周南》之詩,一言以蔽之,曰刑于寡妻而已。不及文王者,稱后妃而文王在其中矣。然此房中之樂也。房中之樂美后妃,朝堂之樂美君上。美君上者,其聲清明而廣大;美后妃者,其聲温柔而和婉。是故房中不用鐘聲,節奏固不同也。王化之行,自家及國。國中大夫之忠良,由君上化之;國中女子之貞淑,由后妃化之。《易·人家（家人）》卦“利女貞”之外，無他辭，教化各有由起也。

　　或曰：如是，則《兔罝》、《羔羊》何以列于《二南》？曰：蘇子瞻有言：“婦德含章，但相其夫，有《羔羊》之節。”由是説推之，安知《羔羊》之大夫，非由其妻佐之以恭儉，嗇於用而裕於財，始能遂其委蛇委蛇，正直在公之操乎？則《兔罝》之武夫，又安知非由其妻勉之以德行，勖之以文章，而激厲之以忠君愛國，始可當干城腹心之選乎？《汝墳》勉之以正也。勉之以正，周南之女有士行矣。《殷其靁》勸之以義也。《小序》説。勸以義，召南之女有士行矣。“麟之趾，振振公子”，父所訓也，母之教也。“彼茁者葭”，則室家和叶，陰陽通暢，效至于鳥獸咸若，庶草蕃廡。《中庸》曰：“君子之道，造端乎夫婦。及其至也，察乎天地。”《關雎》、《鵲巢》，夫婦之造端。“彼茁者葭，一發五豝，于嗟乎騶虞”，王仁遍于鳥獸草木。天地之察，《二南》爲王化之基，可以見矣。

關　　雎

　　“樂而不淫，哀而不傷”，以聲言也。聲音之道，惟哀與樂，而出於房中，尤易踰節。是故有所思則哀，哀至於愁苦而不禁則損，損斯傷矣。有所喜則樂，樂至於流佚而忘還則濫，濫斯淫矣。《記》曰：“志微、噍殺之音作而民思憂，流辟、邪散、狄成、滌濫之音作而民淫亂。”甚言哀樂之感人，而易底於過也。《關雎》之詩，形容后妃之德，哀麗於志，樂中其則，被之管絃，式和且平。如《記》所云“合生氣之和，道五常之行，陽而不散，陰而不密，剛氣不怒，柔氣不懾”，是人倫之本，王化之基。以爲風始，用之房中焉，用之鄉人焉，用之邦國焉。用之房中，宮人聽之，邪慝不萌，怨歎不作；用之鄉人，邦國士大夫及士庶人聽之，愛憎無頗，志慮不惑。《集註》云：“欲學者玩其詞，審其音，而有以識其性情之正。”音邈矣，而辭可玩。性情之正，歸諸聖人，而聽是音者，亦可以自正其性情。此先王以《詩》立教之用也。今之解者，謂宮人得性情之正，大謬不然矣。

摽　有　梅

　　男女及時也。我，詩人我之，或父母我之，未必女子自我也。愚謂周南在文王國中，强暴委禽，事之所無。召南染習紂化，淫風以漸而革。是故《行露》之女，生在周南，必無鼠雀之訟。如玉之女，生在周南，必無舒脱脱之嫌。《江有汜》之媵，生在周南，必不至其後始悔。地相去有遠近，化所及有先後，則召公布政敷德之功大矣。毛公謂："《關雎》、《麟趾》之化，王者之風，故繫之周公。南言化自北而南也。《鵲巢》、《騶虞》之德，諸侯之風也，先王之所以教，故繫之召公。"其説是也。

舒而脱脱兮

詩人極言其門户之嚴整而不可犯也。苟非嚴整，則以幽貞之壼，而男子得入其幛，勳其巾，驚其尨，乃囑其姑，遲緩而來，夫豈爲禮義之世？

邶　風

讀《詩》至《邶風》而有感也。夫家國之應，其猶樞機乎？《周南》上有《關雎》之幽閒，即下有《桃夭》之宜好。《召南》上有《蘩》、《蘋》之恭儉，即下有《行露》之貞正。至《兔罝》武夫可備腹心，《羔裘》大夫著其委蛇，王化之行，固若是速也。降而《邶風》，《緑衣》之怨生，而民間夫婦相棄，《谷風》之刺興矣。母將子離，而《凱風》之歎作矣。賢否倒置，而《簡兮》悲在下位矣。君子道窮，而《北門》傷於貧窶矣。哲士見幾而作，北風雨雪，攜手同車以去矣。及乎新臺蒙恥，二子乘舟，狄人入衛，國幾亡。人但知衛亂由于宣姜，不知推原本始，在莊姜之失位。使莊公之待莊姜，能知（如）文王之待后妃，則《關雎》之化復行矣。嗚呼！此治亂盛衰之幾，周太師樂歌編《邶風》，次《二南》，有以也夫。

柏　舟

《小序》云："仁而不遇也。""我心匪石，不可轉也。我心匪席，不可卷也。威儀棣棣，不可選也"，可謂仁矣。雖有兄弟，不可以據同姓之臣也。"憂心悄悄，愠于群小"，讒人高張，正士無名也。然而善處怨矣。反覆流連，無一言及其君，但似婦人不得於夫，而作者然仁人之用心，固若是隱約乎？屈原祖《三百篇》而作《離騷》，亦不欲直斥君上，然牢騷不平之氣橫於胸中，悲憤歎恨之思溢於詞語，視之《柏舟》，相去甚遠，此詩人所爲忠厚也。

北　門

刺仕不得行其志也。言衛之忠臣，不得其志爾。《召南》大夫，"退食自公，委蛇委蛇"。盛世賢君，周恤臣隱，厚於禄，並優於賜，故其臣得從容閑暇，有餘力以趨事。衰世昏主，下情隔絶，薄於禄，並嗇於賜，故其俯仰乏資，無顔面以對妻子。愚嘗論有國者欲富其民，必先富其官，亦讀《北門》而有感也。"莫知我艱"，鄭氏云："君既然矣，諸臣亦如之。"所以如之者，以常情待其僚，謂我輩皆富矣，汝爲何獨硜硜矯廉，以至困屈也。"室人交徧讁我"，范氏曰："《關雎》之化行，婦人能閔其君子。至于衰世，則室家日見，而有不知其心者。"所以不知其心者，以常情待其夫，謂人皆富矣，汝爲何獨矯廉硜硜，以困累家室也。讀此一詩，而當日政事人情畢見。

静　女

刺時也。衛君無道，夫人無德。國家之敗，君道邪也；君道之邪，内德淫也。故忠愛臣子，望君夫人之賢，同於望人君。"豔妻煽方處"，而《車舝》之詩作，思得碩女，以易褒姒，周人之忠愛也。"新臺有泚"，而《静女》之詩作，思彤管之貽，以禮法範宣公，衛人之忠愛也。

君子偕老

《碩人》美夫人之容貌，《君子偕老》美夫人之衣服。然流連反覆之，則美容貌者，有幽閒貞静之意焉；美衣服者，有妖嬌豔冶之態焉。詩人意在言外也。"胡然而天也，胡然而帝也"，令人望而卻走。《春秋》内傳曰："深山大澤，實生龍蛇。"彼美懼其作龍蛇以禍汝也。又有曰："尤物足以移人。苟非德義，則必有禍。"如天如帝,是龍蛇之尤物也,禍人必矣。熒澤之難,詩人早識其幾,詩所以有補于治也。"子之不淑,云如之何",《毛傳》云:"以子爲不善,將如之何,言其善也。"玩下二章,並無譏刺之語,則隱而不露,於意爲深。

桑 中

刺奔也。《毛傳》之説爲長。自古雖極大亂,禮義銷亡之世,男子必不敢自言曰我善淫也,我將淫于某氏也;女子亦必不敢自言曰我喜淫也,我將與人行淫于某處也。在丈夫、女子既不敢公然宣之于口,而太史亦不敢顯然登之于歌,以播國惡,聖人亦不敢存而不删,以淫示人。本之刺淫,則作者有維風防俗之思,太史採之,聖人存之,並有垂懲戒、勵廉恥之訓,此變風所以列于經也。

氓 之 蚩 蚩

始不以禮合,終至于被棄而怨悔也。《大易·歸妹》象辭"君子以永終知敝",聖人知其終之必有敝也。是故謹防于始,納采、問名、納吉、納徵、請期,而又先之以媒妁,重之以親迎,以此防民,猶有相怨如《谷風》者,況不以禮乎?其詩曰"匪我愆期,子無良媒",媒妁不通矣。"以爾車來,以我賄遷",交接以財矣。"桑之未落,其葉沃若",悦慕以色矣。無禮如此,是故雖有志行,不足欽也。"女也不爽",徒自歉也。雖歷茶苦,不足矜也。"三歲爲婦",空自傷也。雖堅信誓,終至渝也。"信誓旦旦",祇自悼也。禮之於人大矣,一日廢禮,則眚戾及之。後世君臣之間,有以因奪而合,有以他途而締,比其後也,君臣之好不終,亦氓之蚩蚩之類乎?

王 風

《黍離》之詩,言王者之事。降爲《國風》,蓋王室卑而等於列國矣。雖然,亦其詩不登于大、小《雅》也。風、雅各自有體,雅之體廣大,風之體狹小。吾嘗論《大雅·文王》、《大明》、《綿》、《篤公劉》、《生民》諸篇,必周公所作。其他稱揚先德,亦必出史佚諸賢之手。《小雅·鹿鳴》諸篇,作之者必有德有言之士,其音和,其節古,其辭醇,其意厚,萬世莫之能加。厲王立而周道蕩矣,變雅作矣。然《節南山》諸篇,猶存廣大之體。先民大猷,是經是程者尚在也。至于"吉甫作誦,其詩孔碩,其風肆好",殆追踵《天保》《卷阿》,而與之同聲。當其時,有如是之詩,宣王中興,復古氣象,巍巍如也。東遷而後,罔有耆壽,侯(俊)在厥服。不但材能之臣不逮西周,《王風》十篇憂亂之詩,狹小無廣大之意,亦不能追變雅之體。嗚呼! 可以觀世變矣。

君 子 于 役

刺平王也。君子行役無期度,大夫思其危難以風焉,讀此知周臣之同心也。同心之臣,居共其樂,出慮其難。居共其樂,"左執簧,右招我由房,其樂只且"是也。出慮其難,"君子于役,如之何勿思","苟無饑渴"是也。使平王擢而用之,皆憂國奉公之臣也。委置不用,令其但與僚友發爲繾綣之詞,蘇長公所以譏其旋旋無志也。《隋·經籍志》:"在心爲志,發言爲詩。上古人情淳朴,情志未惑。其後君尊于上,臣卑于下,而從面爲諛,目諫爲謗,故誦美譏惡以懲刺之,亦諷詠而已。"君子因管絃以備勸戒,風詩漢儒相傳以爲刺時,說未可非。

君 子 陽 陽

閔周也。君子遭亂,相招爲禄仕,全身遠害而已。此詩爲後世招隱詩之祖。欲遠害則宜遐遯,尚相招爲樂官,戀升斗之禄不忍去。蓋欲享厚禄,恐危及其身;欲之南畝,則饔飧無以自給。君子處亂世,事闇君,不能退,不能遂,勢固若是之難也。"有兔爰爰"之君子,或是親臣義無所逃,與此異觀。

采 葛

《毛傳》云:"懼讒也。"《孔傳》云:"王好讒,大夫憂之,而賦申公。云賢者被讒,見黜于野,國人閔之,而作是詩。"鄭康成云:"桓王之時,政事不明,臣無大小，使出于外，則爲讒人所毀，故懼之。"按三家及鄭箋之説，皆爲懼讒，是詩也可以繹也。《春秋》内傳曰："世亂讒勝，讒慝之離間忠良，必先擯之於外，使之蹤跡疏遠，然後徐行其浸潤。使賢人者進不得見於君，退無以白其心事，望九閽其如天，瞻堂陛若關河，而猶冀其君之一見，可以自愬其無他也。"故曰："一日不見，如三月兮。"不能得矣，則又曰："一日不見，如三秋兮。"久之，竟不能得矣，則又曰："一日不見，如三歲兮。"始計以月，次計以時，終計以歲。忠臣之憂讒畏譏，而企望于君也如此。由是言之，欲讒説之不行，唯在君臣之常相見也。"我覯之子"，"燕笑語兮"，明良之情所以通也。"一日不見，如三月兮"，堂陛之情所以隔也，周室盛衰於斯斷矣。

丘 中 有 麻

思賢也。古者諸侯封建，卿大夫分有采地，各撫其士，各子其民。經理有規，田疇修治，百穀用成，民戴其主如父母。然時王不明，世臣放逐，田疇廢，百穀荒。民思舊君，曰："某丘是吾君之所治也。若麻、若麥、若李，吾君之所種植也。"冀其復來恤己，故曰："彼留子嗟，將其來施施。""彼留子國，將其來食。""彼留之子，貽我佩玖。"留，姓；嗟、國名，疑其無據。《正義》曰："毛時書籍猶多，或有所據。"當存其説。

緇 衣

《小雅·隰桑》之四章："心乎愛矣，遐不謂矣，中心藏之，何日忘之。"好賢可云篤矣，而古今言好賢者，獨稱《緇衣》，蓋《隰桑》之待賢也以心，《緇衣》之待賢也以事。心可以假而託也，事不可假而託也。何謂事？愛賢必爲賢者謀，謀必於其所最急。最急者，莫如衣與食。吾切實而論之。夫衣服所以章身也，飲食所以養氣也。衣不美則君子無儀，食不具則君子斯饑。無儀斯饑，逝將去汝。雖言授之縶，以縶其馬，浩然長往，其肯爲我留哉？如《緇衣》所咏，其於待賢，蓋款曲而周至矣，宜非客以爲宜，而主以爲宜也。量其長短，度其廣狹，與體相稱,然後贈之。苟有衣,必見其敝。曰"又改爲",則恐長短之未甚合,廣狹之未甚適。改而爲之,欲宜之中,又更宜也。適館不但問起居而已,邃其軒楹,潔其庭宇,風無慮寒,雨無慮淫,晅無慮燥,俾筵几以正其席,上莞下簟,以安斯寢,亦已與賢者載笑載言矣。

雖然,籩及饗殽,不可以不嘔嘔還也。米之爲法,八精九鑿十侍御,授之以精,可矣乎?曰:未也,猶近於糲。授之以鑿,可矣乎?曰:未也,僅少乎精。至于侍御,乃粲也,然後授之以粲。則炰鼈膾鯉,無不偕也;肥牡肥羜,無不備也。我有旨酒,可坎坎鼓而蹲蹲舞也,獨粲云乎哉?主人之待賢也,如此其周,故賢人樂其意而感其誠,始肯盡其忠告,而示以周行。主人德進而業修,名彰而譽遠,恃有此物此禮也。後之好賢者不然,名曰敬之,而寔慢之,名曰親之,而寔疏之。無其物,略其禮,猶曰心乎愛矣,遐不謂矣,其亦詐而已矣。吾故曰:心可假而託也,事不可假而託也。古今來好賢者,獨稱《緇衣》之詩,豈無故哉?

將　仲　子

是詩也,正論其義,可以風也。夫人立德,成于畏。太上畏天,其次畏身,其次畏人。"昊天曰明,及爾出王。昊天曰旦,及爾游衍",畏于天也。"温温恭人,如集于木。惴惴小心,如臨于谷",畏其身也。"侯詛侯祝,靡屆靡究",畏于人也。是詩首言畏父,中言畏兄,終言畏人。言內之唯恐得罪于父兄,外之唯恐得罪于鄉黨州閭。推此志也,進于聖賢無難也。而鄭莊公之見刺于詩人,則不然。不勝其母,以害其弟。弟叔失道而公弗制,祭仲諫而不聽,小不忍以致大亂焉。曰"畏我父母",謂廹於姜氏也。曰"畏我諸兄",恐公族之議己也。曰"畏人之多言",言段得衆,國人歸之,欲討,恐人情之不順也。待其繕甲兵,將伐鄭,然後從而攻之,則姜氏不敢阻,諸兄不得怨,國人皆無辭於罰也。處心積慮,陷成其惡,故詩人原其心而刺之。

大叔于田　叔于田　揚之水　椒聊

在《鄭風》者,刺莊公也;在《唐風》者,刺昭公也。段不義,得衆,而莊公不禁；曲沃桓叔强盛，而昭公不備。國人憂之，故作此詩以風。其後鄭伯克段于鄢，友愛之道不終；翼併于曲沃，舊封之社丘墟。思深遠乎？詩人其忠君愛國之至乎？

遵 大 路

思君子也。莊公失道，君子去之，國人思望焉。按《詩傳》，武公、桓公相繼爲周卿士，善於其職，國人愛之，爲賦《緇衣》，度當時必有賢人君子爲之左右焉。莊公嗣位，不紹先業，賢人去國，國人述舊德以留之，《遵大路》之詩所由作也。證之漢史，楚元王於（與）穆公、白公、申公俱受《詩》於浮丘伯，穆生不嗜酒，元王常爲設醴。及孫王戊常設，後乃忘設焉，穆生曰："醴酒不設，王之意怠。"遂謝病去。白公、申公强起之，曰："獨不念先王之德歟？""無我惡兮，不寁故也。""無我魗兮，不寁好也。"即此之謂也。

狡 童

龜山謂："《春秋》鄭突書伯，忽書名，國人不以爲君，故斥之謂狡童。"朱子謂："以淫奔之詞，麗於訕上，竊疑詩人但刺狡童耳，而刺忽之意自寓。如箕子朝周，傷殷宮室之墟，曰：'麥秀漸漸兮，禾黍油油兮。彼狡童兮，不與我好兮。'紂非童也，而箕子所刺者紂也。"風詩之體，或祖諸此。

山 有 扶 蘇

刺莊公也。所美非美然也。國家無常治，亦無常亂。賢否別白則治，混殽則亂。譬之於物，扶蘇必在山矣，荷花必在隰矣，物固有自然之位也。譬之於人，子都、子充，人情所愛慕也；狂且、狡童，人情所疾惡也。乃高下失所，賢奸眯目。子都之不親，而狂且之是即；子充之不近，而狡童之是就。海畔有逐臭之夫，其鄭莊公之謂乎？厥後四公子爭立大亂，久而乃定，則以用舍顛倒、妍媸不辨故也。

蘀兮

君弱臣强，不倡而和也。言君不倡而臣自和，臣下專也。愚意不然。謂臣下自相倡和，如風之吹籜，不搖自落，無自立者也。作此詩者，疑其在祭仲逐忽，傅瑕弒子儀之時乎？夫淮南欲謀反而憚汲直，曹操欲篡漢而忌孔融。使當逐忽、弒子儀之時有人焉，持正經，引大義，直言正色，以折其奸，祭仲、傅瑕雖有無君之心，亦不敢動于惡。無如一人倡之，衆人從而和之，是故隨波汎浪，以及此禍患也。孔子作《春秋》，治亂臣賊子，必嚴其黨與。子公欲弒君，子家懼而從之，書曰：“公子歸生弒其君夷。”趙穿弒君，宣子亡不越境，反不討賊，書曰：“趙盾弒其君夷皋。”首謀者，倡也；黨與者，和也。無和者，則倡者之事不成。是故倡之罪重，和之罪尤重，此《春秋》誅黨與之意也。“叔兮伯兮，倡予和女”，罪倡和也。

褰裳

思正己也。狂童恣行，國人思大國之正己也。唐疏勝於漢注。《正義》曰：“子，斥大國之正卿也。”春秋之時，主一臣二，歸晉而不我思，豈無齊、楚脅之也，懼之也？狂童之狂也，且托爲男女戲謔之詞，使之自悟所云。言者無罪，聞者足戒，詩人之婉諷也。君臣之間，亦有時而然。聲子曰：“惟楚有材，晉實用之。”析公、雍子、子靈、苗賁皇不善于楚而奔晉，竟害楚國，“子不我思，豈無他人”也。後世天下一君，四海一國，無庸慮此，至於兩國兵爭之時，則不可不知。韓信、陳平皆爲項王將，不用，間行從漢王，遂以滅項，“子不我思，豈無他人”也。韓、范爲西帥，有張昊者曳石歌詩，二公知其才也，躊躇未用，已奔西夏，爲之謀主，作邊患者十餘年，“子不我思，豈無他人”也。鄭風從《小序》言，言皆有國者之箴。

丰

刺亂也。婚姻之道缺，陽倡而陰不和，男行而女不至。人道始於夫婦，夫婦之始重在婚姻。考婚禮，壻執雁，入，揖，讓。升堂，再拜，奠雁。降，出。御婦車，而壻授綏，御輪三周，先俟于門外。婦至，壻揖婦而入。春秋而下，禮義廢弛，有不親迎者矣，有親迎而女後男至者矣。其不親迎者，備譏于《春秋》。其女後男至者，如莊公二十有四年夏，公如齊逆女。秋，公至自齊。八月丁丑，夫人姜氏入。公不與夫人偕至，夫人不從公而入，婚姻之始已失夫婦之正，其後弒閔遜邾，不勝其悔。《丰》詩之刺，以此義推。

東 門 之 墠

刺亂也。男女有不待禮而相奔者也。"其室則邇，其人甚遠"，言得禮則近，不得禮則遠也。男女雖亂，猶有刺亂之人，先王禮教不泯也。所以區區之鄭，立國于溱、洧之間，雖衰亂而不亡，蓋尚賴有教化之存焉。不然，不可以終日矣，安能傳至獲麟後三百年乎？楊龜山曰："詩皆出于國史，皆正于禮義。"即如此類。

風 雨

思君子也。亂世則思君子不改其度焉。風雨晦冥，刻漏闇淡，司更者或迷其候，雞則知時，喈喈瀟瀟，鳴而不止。君子之處亂世亦然。以在朝言之，讒夫昌矣，紀綱壞矣，盈庭昏昏，等於狂國。君子獨持正直，行忠讜，不因奸佞衆多而易其操也。以在野言之，異端熾矣，正道微矣，風俗日下，同於江河。而君子獨法先聖，崇仁義，不因陂淫恣盛而渝其守也。是故亂世之賴君子，視治世更甚。治世王化休明，人有士君子之行。亂世邪說充塞，雖有善人，亦將變爲曲士。當是之時，得一君子修身明道，以維名教，此天地所以長存，[日月]所以長明，江河所以長流，人物所以長蕃也。風人之思，其深矣。

揚 之 水

閔無臣也。忽兄弟爭國，親戚相疑。後竟寡於兄弟之恩，雖有同姓之臣，心腹可親，而惑于讒間，終至乖離。故曰："無信人之言，人寔迋女。""無信人之言,人寔不信。"是可閔也。夫兄弟疏遠,盛衰所關。《角弓》之詩作而西周墮,《葛藟》之詩作而東周替,《揚之水》之詩作而鄭忽出奔,《杕杜》之詩作而曲沃滅翼。反復周公《常棣》之篇,爲之太息。

子　衿

刺學校廢也。亂世則學效不修焉。鄭國衰亂,不修學校,學者分散,或去或留,故陳其留者恨責去者之辭。"不嗣音"者,古者教以詩樂,誦之歌之,絃之舞之,責其不來學習音樂,廢弛舊業。"一日不見,如三月兮",謂禮樂不可斯須去身,責其廢之久也。夫國家理亂視乎禮樂,禮樂興衰視乎學校。學校修,則士子學有常業,居有常處。學校廢,則士子膠庠之不居,而候望以爲樂;重威之不聞,而佻達以爲習。《溱洧》之詩曰:"維士與女,伊其相謔。"士者何? 即離學校而出遊者是也。及子產相鄭,輿人誦之曰:"我有子弟,子產誨之。"則以學校重修,而人知教化也。然則爲國者之於學校,其可忽乎哉?

野　有　蔓　草

衛之賢人,仕亂朝,居下位,忽有思于古之明王,曰:"山有榛,隰有苓。云誰之思? 西方美人。彼美人兮,西方之人兮。"鄭國之亂,澤不□□,人思遇時,忽覩蔓草而起興,曰:"野有蔓草,零露漙兮。有美一人,清揚婉兮。邂逅相遇,適我願兮。"此二詩者,所謂罕然深思也。雖然,明王之遇,不可追矣。邂逅之遇,三代而後,往往有之。言乎君臣,則甯戚飯牛而遇桓公,燕昭王求士而遇樂毅,張子房過留而遇漢高祖,昭烈屯新野而遇諸葛孔明。言乎朋友,則白季過冀而遇郤缺,叔向適鄭而遇然明,伍舉奔鄭而遇聲子,茅容避雨而遇郭林宗,馬周客長安而遇常何,賈島敲詩而遇韓昌黎,孫明復假錢而遇歐陽永叔。如此之類,史不勝書,皆於邂逅之頃,懽然道故,而功建焉,而名立焉。洵哉! 其適所願,而與偕臧也。嗟夫! 遇之時大矣哉! 邂逅之遇,其時更大矣哉!《易》曰:"有隕自天。"程子曰:"有隕者,本無而倏有之詞。邂逅者,亦本無而倏有之事。"君或遭衰亂而思賢才，士或值困窮而思汲引，民或處仳離而思拯救，俱於必不可得之中，而思萬或一得之遇，即詩人之云"邂逅"也。千載下讀此詩者，猶思之殷殷，況當日之咏之者乎？

有女同車

刺忽也。忽辭昏于齊，無大國之助，至于見逐，故國人刺之。按《左氏》，昭公敗北戎，齊人將妻之，昭公辭。祭仲曰："必取之。君多內寵，子無大援，將不立。三公子皆君也。"弗從。宋雍氏女於鄭莊公，曰雍姞，生厲公。雍氏有寵于宋莊公，故誘祭仲而執之，脅以立突。祭仲與之盟，以厲公歸而立之，昭公奔衛。夫昭公爲世子，貴者也，宜有國者也。厲公庶子，賤者也，不宜有國者也。宋人所以敢執祭仲，使入突逐忽，必無大國之討也。使當日成昏于齊，宋人必有所畏，而祭仲亦不敢萌其邪心，邦基固矣。國人恨之，故曰"彼美孟姜，洵美且都"，言齊女之可親也。"彼美孟姜，德音不忘"，言齊女之可恃也。

溱洧

刺亂也。兵革不息，男女相棄，淫風大行，莫之能捄焉。作此詩者，其憂時之君子乎？愚嘗以鄭聲淫，是聲非詩，或者疑而不信。按《鄭風》二十一篇，自《緇衣》、《叔于田》、《大叔于田》、《清人》、《羔裘》、《女曰雞鳴》、《出自（其）東門》七篇而外，其十四篇皆淫詩也。考《漢書·禮樂志》郊、廟詩歌，內而掖庭才人，外而上林樂府，皆以鄭聲施於朝廷。至成帝時，鄭聲尤甚。哀帝下詔曰："放鄭聲，鄭聲淫。其罷府官郊祭樂，及古兵法武樂。"當時所謂鄭聲，豈絃歌《鄭風》十四篇哉？襲其聲以祀郊、廟而已。而讀漢郊、廟諸詩，並無言及男女情欲之事，則漢時所謂鄭聲者，豈如今解詩者之所云哉？吾故曰鄭聲，淫聲也，非詩也。淫者，靡曼之過也，非男女情欲也。

魏（唐）風羔裘

刺時也。晉人刺其在位不恤民也。列國封建，有數百年之主，臣大夫雖居居然不恤其民,而民猶念故舊而不忍去,唐堯之遺風,可云厚矣。愚謂是詩也,當與鄭《褰裳》並讀也。“子不我思,豈無他人”,欲鄰國之大夫聞之而生懼,知人之將貳己也。“豈無他人,維子之故”,欲當國之大夫聞之而生愛,知人之尚戀己也。風者,諷也,諷其人俾之感動,非但自咏其志而已。此《三百篇》之教也。

唐 風 無 衣

刺晉昭公也。武公始并晉國,其大夫爲之請命天子之使而作是詩也。傳及箋言美,序言刺。昭公壞王制而并其宗,罪不容誅,其大夫爲之請命天子之使直咏其事,刺可知矣。“子之衣”,“子”,天子之使也。因天子之使以請,故曰“子之衣”。雖未敢上斥天子,然辭傲而意很,天子失政,故諸侯大夫敢此言。

無　衣

讀《小戎》之詩,女子知義;讀《無衣》之詩,男子好勇。夫豈樂戰喜兵,而與他國之人異尚哉?文、武、成、康之澤,入人深矣。一旦見宗社之丘墟,宮室之禾黍,慨然有復仇之志。咏詩曰:“豈曰無衣?與子同袍。王于興師,修我戈矛。與子同仇。”大意謂若爲王興師,則奮不顧身,仇與子同之矣,疾秦君不出公戰而以私鬪也。夫以周民之拳拳于王如此,使平王能夙興夜寐,伸其大恥,用畿内之民,加以諸侯之師,則殺敵曰果,致果曰毅,殲犬戎無遺類,定豐、鎬之疆土,猶運之掌也。怯懦無志,委而去之,俾秦人撫養摩厲,以爲鋭士,滅六國而兼天下,豈非自棄其民?惜哉!

東 門 之 枌

疾亂也。幽公淫荒,風化之所行,男女棄其舊業,亟會于道路,歌舞于市井爾。國之將興,人無閒曠,男則耕,女則織。道路之閒,非負末耜之夫,即執懿筐之女。后稷、公劉之所以造周,端由此也。及其既衰,人棄舊業,南畝庠序之職廢，機絲杼柚之聲絕，招搖過市，婆娑是事。東遷而下所以亂，由此也。雖然，風俗淫亂兆於君與大夫。君不能正其家，而大夫隨之；大夫不能正其家，而國人隨之。子仲之子，刺有家者，而其君之不正可知矣。

東 門 之 池

刺時也。疾其君之淫昏，而思淑女以配君子也。淑，善也。《關雎》之詩，美淑女也。《君子偕老》之詩，刺不淑也。內助淑不淑，而國家治亂判矣。合樂曰歌，直言曰言，答難曰語。得淑姬，而與之歌，與之言，與之語，非以黽勉善道相戒，即以推賢求士相勸。如樊姬之於楚王，責令尹使進賢，楚國之霸，與有力焉，可無思乎？如遇不淑，而與之歌，與之言，與之語，非導以惛荒政事，即教以傷戕骨肉。如驪姬之於晉，宣姜之於衛，讒說日行，國幾將亡，將安用此？詩人反言以見意，欲人君聞之，而自悟風之所爲善諷也。

東 門 之 楊

刺時也。婚姻失時，男女多違親迎，女猶有不至者也。愚謂是詩也，當與《綢繆》並觀也。三星以爲參，在天昏見，十月在隅，十一月、十二月在戶。正月中也，鄭以爲心在天，三月之末、四月之中；在隅，四月之末、五月之中；在戶，則六月矣。指爲參者，謂自季秋盡孟春可以成婚，失時矣，故舉婚姻時以刺之。指爲心者，謂婚禮必在仲春，涉後月則不可。"昏以爲期，明星煌煌"，大意與此同。按《春秋》書法，婚姻常事不書，失禮則書。男女及期，明星無所用其瞻視；過期矣，乃瞻明星而歎息。

墓 門

刺陳佗也。陳佗無良師傅，以至於不義，惡加於萬民焉。古之教世子也有方，親正人，聞正言，見正事。至於群公子之教，莫不皆然。是故世子有麟趾之稱，公姓公族有麟角、麟定之譽，師傅力也。東遷而下，義方之訓不行。佗既邪僻,傅又無人,遂弒太子,僭居尊位,國人憫之曰:"夫也不良,國人知之。知而不已,誰昔然矣。"言國人皆知其惡,而君猶命爲輔,刺陳桓公也。弒儲自立,禍將及身,"歌以訊之,訊予不顧,顛倒思予",刺陳佗也。雖然,豈但佗也? 衛州吁弒君,宣公五年。本于與石厚遊。楚商臣弒君,文公元年。由于以潘崇作傅。馴至始皇,以趙高教胡亥,遂以亡秦。輔導必擇其人,久矣,賈生《保傅》之策所由作也。

防 有 鵲 巢

憂讒賊也。宣公多信讒賊,君子憂懼焉。君臣之間,有以美稱者,必以君以臣爲美,臣以君爲美,如金玉之相映也。彼小人者,乃張詭其説,詆潔爲汙,誣妍爲醜,使人君黑白眩亂,茫然無所信從,然後離間可入焉。嘗上下今古,人而不爲君所美,小人不忌,無庸肆其謗毒。人而爲君所美,小人深忌,無所不用其譖潤。如魚朝恩之短郭子儀,程元振之欲害李光弼,張延賞之盛毀李晟,皇甫鎛之媚惡裴度,豈有夙仇哉? 特以君子之才略功業,爲君所美,恐其眷有所專,而己不能保其寵祿,"誰侜予美",詩人所以切切而惕惕也。

月 出

刺好色也。在位不好德而悦美色焉。讀是詩至勞心悄、勞心慅、勞心慘,盡形容好色之致矣。使當世大夫能易其輾轉窈窕之心,爲瘣瘣賢俊之心,身安有不脩,國家安有不長治哉? 子曰:"吾未見好德如好色者也。"好德多出于虛慕,好色實出于真情。何謂真情? 如《月出》之三章是也。

澤 陂

刺時也。《序》説有補於治,而愚以爲未盡也。"有美一人",其刺陳靈公與公孫甯、儀行父乎? 夫其有服,無其容,君子恥之;有其容,無其行,君子恥之。靈公,君也,其服其容具,辟公之表焉;公孫甯、儀行父,卿也,其服其容盛,浚明之飾焉。皆所云"有美一人"也。使其言律身度,秉守周禮,師式國人,美哉德乎,邦其興乎,奈何毀其儀邪?其行以君父、國卿之尊,躬爲狎褻淫亂之事,傷哉!美而自穢其美,國將危,身將被弒,國人憂之,故至于"癙寐無爲,涕泗滂沱"也。由是上下今古,人不美而爲惡,其爲害於世也淺;人美而爲惡,其爲害於世也深。朝廷之亂,由于師尹之多僻;風俗之壞,由於卿士大夫之不衷。師尹卿士大夫有負當世望者,即有美之人也,不自愛重。至於敗朝廷,壞風俗,如西漢之張禹、孔光,晉之王戎、嵇康、阮籍輩,皆是撲諸詩人之義,在傷之之列也。

豳　　風

《豳風》何以謂之變風?文中子曰:"君臣相誚,其能正乎?"居變風之末,言變之可正也。變而克正,危而克扶,始終不失其本,其惟周公乎?文中子之言《詩》也,允矣。

按《春秋傳》,季札觀樂歌《豳》,在齊之後、秦之前。歐陽公《詩譜補亡》序云:"豳、齊、衛、檜、陳、唐、秦、鄭、魏、曹,此採風之先後也。周南、召南、邶、鄘、衛、王、鄭、齊、豳、秦、魏、唐、曹、陳,此孔子未删《詩》以前,周太師樂歌之次第也。周、召、邶、鄘、衛、王、檜、鄭、齊、魏、唐、秦、陳、曹、豳,此鄭氏《詩譜》次第也。黜檜後陳,此今詩次第也。"如此,則《豳風》居十五國末者,次第出於康成,而不出於周太師。縱鄭《詩譜》虛而無據,而《左氏傳》則實而有徵,文中子言可疑矣。

然康成風後雅前之論,有近於理者。鄭氏意以《七月》以下,皆周公之事。周公,諸侯也,諸詩於體爲風,不得升之雅。而周公,大聖人也,輔成王負扆以朝諸侯,所言皆關王室,又不得下並於諸侯。是故列《豳風》於變風之後,以見其遠於列國;而編在《小雅》之前,以見其事近於天子。予以鄭氏説差近,學者合觀焉可也。

七 月 二 章

"女心傷悲,殆及公子同歸",《毛傳》云:"豳公子躬率其民同時出,同時歸也。"鄭箋云:"欲嫁也。"夫女子自然欲嫁,衰世薄俗,尚且隱諱,公劉興豳,方行篤厚之化,不宜有此語。唐疏引《公羊傳》差爲近理。《春秋·莊公元年》:"築王姬之館于外。"《公羊傳》云："於羣公子之舍則以卑。"是諸侯之女稱公子也。大抵豳公之時,上下均勞于耡,"舉趾"則田畯親其役,"采蘩祁祁"則公主與之偕。且夫人猶親蠶,豈公主可不採桑乎?其説似勝鄭箋,更思之。

東　山

《陟岵》、《鴇羽》之詩,憂念父母。周公慰勞軍士,殷勤妻子,豈置父母於不問哉?夫孝弟天性也,然盡孝盡弟,不可概望之人人。至夫婦之愛,無人不爾,而不敢以明言也。聖人悉人情之同,而代言其不敢言之隱,是以感奮從戎,蒙難弗悔。諸葛武侯志周公之道者也,與司馬懿戰於渭濱,十二更下,在者八萬。時魏軍始陳衆,謂:"宜權停下月兵,以併聲勢。"武侯曰:"去者束裝以待期,妻子鶴望而計日,雖臨征戰,義所不廢。"於是去者感悦,願留住者,憤踊效命,一戰大剋。蓋惟聖賢能以人情用師,故悦之大,人心共勸。後世以狙詐使人,雖與軍士均甘同苦,揆之聖賢之道,其霄壤矣乎?

狼　跋

"赤舄几几",美威儀也。"德音不瑕",美言語也。人情處常則威儀安重,及值變則威儀匆遽,有不暇爲容者矣。否則矯飾鎮物,猶之乎匆遽也。惟聖人爲能不改其度,詩人但舉其足容,而一身之動作,皆中禮也。人情處常則言語溫醇,及值變則言語忿疾,有不能和平以出者矣。否則力爲緘默,猶之乎忿疾也。惟聖人爲能不渝其素,詩人但舉其辭氣,而一心之涵養,皆仁義也。盛哉!聖人之德,非周公不能有是。美哉!詩人之言,非知聖之深,不能如此形容之。

後　序

　　讀《詩》者宗朱傳，曰守家法也，而又當旁通者。馬氏貴與曰：孔子有思無邪之訓，以其詞之不能不鄰乎邪也。使篇篇如《文王》、《大明》，奚邪之可閑？孟子有害意之誡，以其詞之不能不戾其意也。使章章如《清廟》、《臣工》，奚意之難明？風之爲體，比興之詞多於叙述，風諭之意浮于指斥。學者雖守家法惟謹，要不得屏序説，使泯泯也。至於《雅》、《頌》，其詞易知，其意甚顯。毛序、朱傳間有同異。若《楚茨》以下諸篇，序以爲刺，朱傳以爲美。總之，皆力農之詩。《魚藻》以下諸篇，序以爲刺，朱傳以爲美。總之，皆天子親諸侯之詩。《昊天有成命》，序以爲合祭天地，朱傳以爲祭成王。總之，祭祀之詩。可以辨，可以無辨。

跋　一

　　右《毛詩國風繹》一卷，鄉先輩陳介石先生著也。先生名遷鶴，字聲士，號介石，安溪人。康熙中以翰林入直南書房。是時南書房最號津要，撰擬批答，皆出其手。高澹人以侍直故氣燄熏灼，時相亦趨其門。自雍正間設軍需局，後改軍機處，於是代言始有專司，而南書房翰林但以書畫文詞供奉矣。先生地處清切，顧矻矻以窮經爲事，其志趣之高，洵可欽尚。

　　是書向無刻本，余從先生後人遠汀中翰假讀，因傳寫一部，其迻謄謬誤者，悉爲刊正，間有脱字，以臆見標于眉端，不敢率行增益。先生所著尚有《易説》十五卷，先大夫曾爲作跋。又《尚書私記》一卷、《春秋紀疑》三卷、《春樹堂文集》二卷、《上峰文集》二卷，今版行者惟《春樹堂集》云。

　　元默閹茂如月，後學許祖涝識。

跋　二

　　《詩》宗毛、鄭，古無異詞。其廢小序以爲村野妄人所作，昌言攻訐者，則倡之爲鄭樵、王質，而朱子和之者也。然樵作《詩辯妄》，當時周孚即作《非鄭樵詩辨妄》，指其謬而斥之。質所作《詩總聞》，不字字排毀小序，故議之者頗尠。至朱子《詩集傳》，乃痛攻小序，不留餘力。《黃氏日鈔》云：雪山王質、夾漈鄭樵始皆去序言《詩》，與諸家之説不同。晦菴先生因鄭公之説，盡去美刺，探求古始，其説頗驚俗，雖東萊不能無疑。考呂氏《讀詩記》所稱，朱氏之説，其時尚宗小序。後□□□一激，遂改從鄭樵之説。自時厥後，説《詩》家攻序、宗序，聚訟紛紛。□越數百年，儒者尚分左右祖。伏讀《欽定詩經傳説彙纂》，以《集傳》居先，而序説亦不偏廢，允爲持平。迨乾隆間御纂《詩義折中》，分章多準康成，徵事率從小序，然後毛、鄭宗旨粲然復明于世。

　　鄉前輩陳介石先生，自抒卓見，著爲《毛詩國風繹》，首列詩説總論，以次悉就《國風》分考紬繹，于序及傳，雖或兩存其説，大旨則不離小序者近是。觀其自序云：“治《詩》之家，終身不見毛序，且以不宜場屋，與稗官小説同類而觀。故申明其説，非敢與朱傳相牴牾。”又云：“讀《詩》者宗朱傳曰守家法，而又當旁通，不得屏序説使泯泯。”嗚呼！可以達作者之恉矣。至其繹《詩》，不及《雅》、《頌》，則因其詞旨顯明易曉，毛序、朱傳雖有異同，關繫匪鉅，無庸置喙。惟《集傳》所釋《鄭風》諸篇，概作淫詩，是書謂：“鄭聲淫聲，非淫詩。淫者，靡曼之過，非男女情欲之謂。”於此處反覆詳明，尤爲鄭重。

　　書未經鏤版，曾因許澂甫師假先生後人遠汀中翰所藏鈔本傳寫福袟，同里黄氏新槧子版，以此書集字授印，於是先生窮年矻矻之苦心，足傳不朽矣。予遂不揆檮昧，而詳識數言於後，至先生事蹟及他著，澂甫師已述之，茲不贅云。

晉江後學龔顯曾謹識。

跋　三

　　余少時從陳遠汀師受業，得讀其先世遺書。介石先生著有《毛詩國風繹》，以詩人刺淫爲忠厚，刺時爲忠愛，謂序説可與朱傳並存，其立論和平諄厚，合風人之旨，而援史證經，具千古知人論世之識。郡志載先生行誼端厚，家庭無間言。直南書房，屢蒙睿賞。近事父，遠事君，其得力於《詩》者深矣。是書遠汀書謀梓行，未果。龔詠樵太史耽經嗜書，藏有傳鈔本。予近過篋齋，讀之如立函丈間，喜而攜歸，更求許氏校本不可得，因與杭生家叔，詠時、集士兩弟重校，更正數字，尚有闕文及疑似字，不敢以意增改，仍闕如焉。授印畢，因識顛末，以志景仰，且無忘吾師諄諄訓誨之意云爾。

　　閼逢閹茂陽月，晉江後學黃謀烈謹識。

近道齋詩文集

目　録

近道齋全集序

文以載道，不名一家，有以臺閣傳者，有以山林傳者。鋪揚德業，鴻麗典重，臺閣之文也。棲息巖壑，鏂鏤景光，山林之文也。工臺閣者，於唐如蘇許公、張燕公、權文公，於宋如晏元獻、周益公輩，結體雅健，冠絕一時。工山林者，於唐如孟浩然、張籍、賈島、盧仝；於宋如林逋、魏野、真山民輩，命意清微，流韻千古。二者各擅其長，非可强而兼，亦非可貌而襲也。以予觀前宮詹晉江對初陳先生所撰《近道齋詩文》，並館閣詩文諸集，則又嘆兼之者之更爲難能而可貴也。

晉江爲閩泉首邑，其山則齊雲、寶蓋、紫帽，峯崿奇秀；其水則澎湖、浯洲、洛陽江，渺瀰清泚。山川鍾異，代産碩儒，而太丘又其右姓。先生禀受夙慧，胚胎前徽，經史百家無不窮討根柢。弱冠即有聲藝林。後遊安溪李文貞公門，於濂、洛、關、閩之書，親承指授，益探奧奥。旁及詩古文，淹洽該博，山林著作，早推絕特。康熙戊戌成進士，授庶吉士，距癸酉京兆試則已二十六年矣。心志專一，朝夕績學不懈，而益進於古。又十年，洊歷宮端，凡殿廷制誥、廟堂碑版，朝奉勅而午奏御，捷若颷馳，湧若泉注。迺復肅括工贍，舉他人撚吟髭、含腐毫，鍵戶覃精，積旬日而始就者，先生如成誦在胸，借書於手。高文典册，上埒馬、枚，一時後進翕然宗之，則又推先生爲臺閣鉅手矣。

予爲諸生時，與先生忘年友善。先生館選後三年，予亦濫廁詞苑，同撰應制文章，叩先生教。獨深記同直西清，聯袂接席，先生每有著作，必出以相示，且屬爲序。後先生抱病邸第，自知不起，願申前請，今又十年矣。先生當釋褐前，詩文稿多不自收拾，戊戌後所撰益富，往往散列史館，未定卷帙。令嗣孝廉冕世始爲詮次，將付之欹劂，會謁選來京師，索踐前諾，因綴數語，使讀先生文者，知臺閣、山林體撰雖殊,思致則一,彼區區焉抱類標門,又何能測先生之底蘊哉? 是爲序。

　乾隆八年四月朔,嘉興侍生錢陳群頓首拜題。

近道齋文集卷一

疏

請編輯大禮記注疏

臣等謹奏，爲聖孝純誠，禮儀隆備，允宜編輯記載，以立人倫之極事。

欽惟我皇上大孝性成，至仁天亶。事聖祖仁皇帝，寢門侍疾，則親嘗湯藥，不止問安視膳之儀；內殿承歡，則養志晨昏，實備愉色婉容之德。自先帝龍馭遐升，暨聖母鸞輿永逝，我皇上受付託之重，繼述維虔，懷顧復之勤，哀思倍切。隆冬盛暑，不釋於攀號；春露秋霜，時殷於孺慕。念遺徽而隕涕，感動臣鄰；撫手澤以含悽，思深梧梠。至誠盡性，行人子之所難行；大孝尊□，備史書之所大備。閱歲時之屢易，瞻戀逾深；竭心力以靡遺，纖毫無憾。睿旨所降，則纏綿懇惻，動天地而格鬼神；大禮所垂，則詳悉精微，考前王而教後世。至於用人行政之際，尤深紹聞衣德之思。纘成憲以彌光，酌舊章而盡善。是以兩間昭應，庶彙呈祥。瑞鳥飛繞於階除，蓍草叢生於陵皋。黼筵每設，雪花披縞素於千林；靈域初扃，雲氣見光華於五采。惟仁孝冠古今而首出，故徵符與上下而同流。

臣等日侍軒墀，欽瞻儀典。竊惟自昔，聖人之行具在於《孝經》，惇史所書遵之爲禮教。我皇上至性彰於言動，敷皇極之訓行；精意著爲典章，立人倫之規矩。理應簡擇詞臣，詳爲編輯，以昭示子孫，永垂法則。配六經而並耀，縣萬祀以流芬。臣等選得光祿寺少卿杭宜祿、原任翰林院侍講學士南泰爲滿文纂脩官，左僉都御史吳隆元、中允陳萬策、編脩汪德容、吏部主事劉吳龍爲漢文纂脩官。恭候命下臣等遵行編輯，其餘應行事宜，臣等另行奏請。爲此謹奏。

覆庶吉士在館廩餼等疏

臣等謹奏，伏惟我皇上御極以來，弘闢四門，興賢拔俊，隆施異數，有加無已。靡一事之不周，□□□而希覯。自通邑大都，逮至僻壤窮鄉，執卷下帷之士，莫不感頌興起，願奮發於盛時。茲以新科庶吉士教習，特頒諭旨，屬望諄切，冀其學臻有成，文堪致用，而且睿慮詳密，籌及廩餼，聖恩優渥，千載難逢。臣等敢不謹遵諭旨，悉心經畫。

謹查得翰林院堪住房屋僅有二十二間，今科庶吉士人數衆多，勢不能容。臣等再四思維，就於切近躧訪，得翰林院衙門之南，地名東江米巷，有空曠官房一所，通共一百幾十幾間。若給與庶吉士，甚屬寬裕。其門户窗槅及椅棹器皿應用之物，恭候命下之日，臣等移咨工部，脩理製造。又議得舊例，庶吉士在館肄業者，每日有酒肉鹽炭之給。因歷科俱各安邸寓，並未在館，故此例停給已久。今酌議得，在館肄業之庶吉士，每月加增給銀幾兩。臣等再有請者，諸庶吉士草茅寒素，家鮮藏書，長途跋涉，亦難攜帶。今即思買置，拮据實難。恭懇聖恩將武英殿等處所有聖祖皇帝刊刻書籍，俯照臣等開列書目，各檢一部，並新刊上諭滿漢文各一部，俱行頒發到館。伊等既起居有地，廩餼有資，無復求安求飽之患，以攖累其懷，而又獲覽藝林之大觀，見所未見，聞所未聞，志念專壹，耳目廓開，臣等罄竭蕪陋，不時策勵，自必沈潛講習，不敢因循玩惕，庶幾所學日進，將來稍有成就，以仰副皇上樂育人材之盛心矣。臣等愚昧之見，未知是否，伏乞聖明指示遵行。謹奏。

劄　子

條奏湖南事宜劄子

臣謹奏，臣奉命典試湖南，恭遵諭旨，將所見聞條列具奏。

一、湖南雨澤已足，秋田必豐。一路二麥收成，湖北、河南皆十分，河北及直隸之大名、廣平七八九分不等，順德、正定、保定皆十分。秋苗亦已布野，民間含哺鼓腹，歌咏聖澤。倘蒙皇恩敕諭撫臣，告戒小民，敦尚儉樸，禁止花費，則家家蓄積有餘裕矣。

一、湖廣食鹽每包之價，長沙至一錢七八分，武昌一錢五分，德安至二錢以上。因鹽船來漢口者無多，買鹽殊不易得，致價直浮於原定之數，民間甚苦淡食，僻遠去處尤甚。似應速爲設法多行鹽船，以給小民日用之需。

一、湖南當吳三桂竊踞時，有內地居民不肯從逆，且避其虐政，遂逃入苗猺籍內者。今聞此等多有求歸民籍，似宜令地方官察實，聽其改籍爲民，因加撫恤，則來歸者必衆，當日守義之民，復胥遊光天化日之下矣。

一、熟苗熟猺原有就試入學之例，但當時嚮學者尚少，所議之處未廣。聖朝德化翔洽，近年讀書者已多，聞有屢求就試，而地方官以原議未及，不敢代爲上請。似宜一體收羅，並准應試，以弘國家懷遠敷文之化。

一、洞庭湖爲楚南要地，臣回時由舟行，以觀其形勢。湖面寬闊，極目無際，中間並無島嶼盤互，可以藏匿之所。現今湖無伏莽，舟楫穩行。臣查得洞庭入口之處，東自長沙，西自常德。其出口之處，北在岳州。此三處俱在洞庭咽喉。常德、岳州既俱設有水師守備，其長沙之湘陰地方，似應調撥附近弁兵，添設水師一營，以資鎮防。此三處均令時駕小船，往來巡查，如遇風濤，兼可作救生船，似於地方有益。

以上數條，係臣見聞所及，伏乞聖鑒。謹奏。

謝補詹事劄子

臣謹奏，爲恭謝天恩事。

切臣閩海末學，才識疎淺，幸際聖時，皇上龍飛御極，臣於詞臣之中首被召見，鴻恩優逮。雍正元年十二月，恭膺簡命，典試湖南。二年閏四月回京，召見養心殿，天顏溫霽，顧問移時。七月，蒙恩擢授左中允。三年三月，蒙恩擢授侍講。六月，蒙恩擢補侍讀。九月，蒙恩擢授侍講學士。未效涓涘之報，本月二十二日，蒙恩署理日講官、起居注官。茲又奉特旨："陳萬策補授詹事府正詹事，兼翰林院侍讀學士。欽此。"伏念臣由忝列編修，在衙門撰擬文字，仰荷聖學高深，垂賜教誨，臣不勝感激誠服。又荷天恩屢加拔擢，未及二年，遂登三品，自昔詞臣遭遇之隆，未有如臣者。臣感戴之情，銘刻肺腑，非言詞所能達，非筆墨所能宣。惟有罄竭愚陋，殫心所職，冀仰酬高厚之萬一耳。爲此具摺叩謝。臣謹奏。

陳教士實效劄子

臣謹奏，爲遵旨密陳事。

臣伏覲我皇上旰食宵衣，以審官求賢爲務，皆堯、舜之用心也。今日之賢才，既切於搜求；將來之賢才，宜預於教育。其在《詩》曰："周王壽考，遐不作人。"又曰："濟濟多士，文王以寧。"先之以教育，而後收得人之效也。教士之道，在乎務實學、敦本行。訓之六經，所以務實學也；迪之五倫，所以敦本行也。經明行修，斯可以爲士矣。

今試士以四書五經，而沿襲已久，士子所習止於時文，未能篤志覃思，以講求精蘊，而欲望其明體達用，宜其鮮也。竊以爲宜令學臣於考試時，有能諷誦經文，講解其義者，若文字通順，生員即與補廩，童生即與入學。有通二經、三經者，更加獎勵。果係博洽通儒，許其上疏特薦，以備聖明采擇。如是，則競勸於學古，而不但以呫嗶時文爲事，必有明體達用之士出於其中矣。且國家所求乎士者，非以文詞爲尚，欲其修身蹈道，得之于心者，皆見之所行也。今鄉舉里選之法久廢，但以塲屋文字爲去取，雖言爲心聲，其理相應，然於表章實行之典，尚爲有闕。竊以爲宜令學臣於按臨所至，察訪士子中有克敦孝弟、謹飭言行者，加意獎勵。其行誼尤篤，譽望最著者，歲科兩試，每次咨送一人到吏部，恭候皇上臨軒召見，量材器使。如是，則競勸於實行，而不但以文詞浮靡相誇，必有修身蹈道之士出於其中矣。夫上之化下，捷若影響。使四海之內靡然向風，知經明行修之貴，則務實學、敦本行者，比肩相望，於以收濟濟多士之效，夫豈遠乎？

臣迂陋之見，不審當否，輕塵睿覽，不勝惶恐戰越之至。臣謹奏。

謝教習庶吉士劄子

臣謹奏，爲恭謝天恩事。

本月初十日，奉旨："鄂爾奇、阿山、任蘭枝、方苞著教習庶吉士，陳萬策亦著協同教習。欽此。"同日，奉旨："陳萬策補授翰林院侍講學士。欽此。"

切臣學業荒疎，性姿輕率，幸生盛時，叨蒙知遇，歷來仰荷皇上矜宥包容，教誨成就之鴻恩，皆曠古未有之際會。今且一皇綸玉署，華資已爲忝竊，至於三品以下之員，而參預教習，斯實皇上格外隆施，稽之往日，從所未聞，夢寐之中亦不到此。豈意臣之菲材，得膺自昔詞臣未膺之榮寵。臣萬分慚惶，萬分感激，非筆墨所能寫其誠，非口舌所能宣其悃。惟有馨竭愚庸，追隨諸臣之後，殫心勉力，庶效涓涘，酬報高厚于萬一而已。

爲此具摺恭謝天恩，伏乞聖鑒。臣謹奏。

表

擬上加意遠方會試中額查照各省到部人數取中謝表戊戌會試

伏以皇朝敷教，倬雲漢于重熙；聖世宏文，樹風聲于四極。音傳梧樹，窮山之細羽皆鳴；浪漲桃花，荒澗之纖鱗亦奮。士林有喜，盛典希聞。臣等誠惶誠恐，稽首頓首上言。竊惟王者之心無外，包六合以爲家；聖人之道至公，闢四門而求俊。鄉閭之選既大備于周官，郡國之徵亦長行于漢代。隋尚賦詩之體，而相沿于唐家；宋更制義之科，而復詳于明室。顧惟上林春早，長傾葉以迎暉；乃若黍谷寒多，誰吹聲而迴暖。一枝先遠，僅傳助教之詩；百軸爭奇，莫問拾遺之句。遂使槐花黃處，蕭條遠客之心；杏藥紅時，惆悵長途之駕。未有廣開鐵網，式昭樂育之恩；大振金鏞，用定均平之制，如今日者也。

茲蓋伏遇皇帝陛下，凝圖肅穆，受命溥將。永言孝思，虞、舜之必得其壽；迪茲彝教，周文之遯不作人。固已萬里車書，共《菁莪》之雨露；六經義例，揭竹素于日星矣。猶念校士雖分南北之區，而題名未必邇遐之徧。藍田日暖，則瓊琚爭獻于階前；合浦川遥，則珠玥尚沈于水底。家園萬里，驚夢蝶之翩翻；嶺樹千重，羨騫翰之浩蕩。況工師求大木，多深山窮窔之中；如貢使有奇珍，在朔雪炎風之界。稽其人數，職司南省之官；酌以大中，欽定東堂之制。蓋古人之里選，原不廢於窮鄉；若貢士自諸侯，亦何分於遠服。大宛産馬，都爲天廐之良；空谷生蘭，堪伴禁園之卉。從此遐陬僻壤，不少吟哦；白屋青燈，盡成講誦。恩光及遠，仰日月之照臨；文運彌開，慶風雲之際會。

臣等技媿雕蟲，才非養豹。雞聲茅店，曾經道里之艱；馬跡槐街，幸列班聯之貴。霞蒸鎖棘，覘鳳詔之頒來；雷擊枯株，喜龍門之化去。敢不共思報效，益矢貞堅。伏願乾行不息，離照長懸。文彌煥于堯階，兆占奎府；澤永均于禹甸，瑞正台符。則影映朝陽，咏周詩之藹吉；光生復旦，賡虞陛之明良。爲鳳爲麟，皆聖主得賢之應；如山如阜，頌皇王備福之徵。

臣等無任瞻天仰聖激切屏營之至，謹奉表稱謝以聞。

進大禮記注表

伏以皇王建極，道光百行之原；聖主作師，禮立萬年之則。慎徽五典，溥至德於寰區；佐佑六經，紀鴻聲於册府。是關治化，宜勒簡編。臣等誠惶誠恐，稽首頓首上言。

竊惟受乾坤降中之性，惟人獨得其純；酬父母罔極之恩，惟聖克全乎孝。肇興書契，攸敘彝倫。美天質之神靈，必推本行；語帝功之巍焕，爰始家庭。由近而推，堯化乃流於光被；雖潛必耀，舜名用至于升聞。岐土承歡，虔朝夕寢門之節；鎬京膺命，定春秋祖廟之儀。莫不刊竹素以垂徽，示神瀛而表範。自三年之制，漸泯於東周之衰；而易月之文，遂聞於西漢之陋。非無令主，或拘牽群下之言；豈乏英君，多因襲前朝之舊。式遵古禮，實在盛時。

茲蓋伏遇皇帝陛下，德協唐虞，統宗洙泗。仰承昊天之眷命，宣聰宣明；夙奉聖祖之傳心,惟精惟一。問膳羞於宮禁,必著歡愉;侍湯藥於庭闈,備彰敬慎。逮乎先皇龍馭,痛極遄升;聖妣鸞驂,悲深永往。居廬寢苦,想在日之音容;薦酒陳牲,追平生之嗜好。臣僚入覲,每道舊以汍瀾;器物具陳,輒傷懷而悽慘。壽皇殿內,瞻遺像之如存;昌瑞山前,念重扃之永閟。哀思之意,信感泣於鬼神;號哭之聲,殆震動於山谷。尊謚載加於列祖,善體孝思;隆儀上配於郊壇,式揚盛業。簡賢育俊,無非錫類之思;寬賦緩刑,盡是推恩之典。齋居素服,屆祥禫以爲期;優見愒聞,閱歲時而增篤。虞帝終身之慕,默致精誠;周王繼志之猷,彰施政事。考舊章於歷代,二千年之所未徵;稽至行於生民,十七史之所未備。神明幽贊,茁靈草於陵岡;物類潛孚,翔慈烏於宮砌。薦筵將設,飛縞雪以沈陰;復土既成,現黃雲而煥爛。至若合雙輪於營室,厥爲宗廟之區;聯五緯於陬訾,是號天門之位。蓋聖人之德,至於孝而無加;故乾象之祥,因其時而有應。表休徵於曠世,既星辰日月之同占;迓諸福於皇躬,自禄位名壽之必得。

臣等幸依軒陛,切近光華。當盡倫盡制之時,叨記動記言之職。敢辭庸陋,用竭悃忱。共效力於丹鉛,遂告成於卷帙。輯歷年之典實,事匪傳聞;示奕葉之法程,義垂久遠。高文鉅筆,雖多遜於前脩;地察天明,乃親逢於景運。蓋尼山之至聖,行實在於《孝經》;若周室之郁文,書不全於《儀禮》。繼《孝經》之精理,於古則同;補《儀禮》之闕篇,自今已備。

臣等無任瞻天仰聖激切屏營之至,謹奉表隨進以聞。

擬闕里聖廟告成慶雲現瑞特恩加
鄉會試中額謝表_{庚戌會試擬作}

伏以道優聖域,接金聲玉振之傳;德感乾文,煥霞蔚雲蒸之瑞。棟楹壯麗,悉符五位之精虔;雋乂蔚興,胥望四門而踴躍。臣僚志慶,海寓騰懽。臣等誠惶誠恐,稽首頓首上言。

竊惟河浮馬象,肇開金簡之源;庭吐玉書,佑啓水精之兆。紀二龍之繞室,遙見祥雲;逢五老之降庭,先占淑氣。生知好古,道貫三才;天縱多能,名高兩曜。至美至富，峻千仞之宮墻；先覺先知，立萬年之師表。歷四方而友教，就學者三千；講六藝以誨人，升堂者七十。是以廟堂崇祀，長歆俎豆之馨；頖璧澄瀾，競喜魚龍之奮。興廉舉孝，本淵、騫德行之科；操槧懷鉛，擬游、夏文華之選。未有倣天家之規度，弘敞聖居；感雲物之祺祥，大開賢路，如今日者也。

　　茲蓋伏遇皇帝陛下，中和建極，參贊成能。內聖外王，兼君師而作則；豐功盛德，爛雲日以揚輝。固已德邁皇初，猶且心儀先聖。王封追乎五代，宸翰揭於兩楹。敬名諱之形聲，謹誕生之月日。自廟堂之重建，準宮闕以作程。特命大臣，董司其事。規模更定，俱經睿慮之經營；圖繪先呈，盡奉聖明之指授。將升畫棟，選卜良辰；群覩卿雲，正披晴晝。芝英紛郁，映洙泗以霏煙；車蓋輪囷，倚尼防而結綵。嚮南發耀，煥大地之文明；自午麗光，協中天之運會。斯則至誠上感，先師降鑒以昭祥；加之大化旁流，多士澡身而服教。神庥宜答，詣文廟以薦馨；士習既端，頌皇綸而擢俊。梧岡苹野，符杏壇樂育之心；璧府奎垣，應雲漢章明之象。

　　臣等志存觀海，識愧窺天。丹膜重新，賦如鳥如翬之狀；青霄載現，翹非煙非霧之容。想虞代之作歌，親逢景運。舜德彌華，嘉文益煥。表章經籍，揭日月於高衢；廣廑學宮，闢風雲之盛會。則鄧林樑棟，同檜楷以欣榮；黌舍鼓鐘，叶金絲而並奏矣。臣等云云。

頌

萬年寶曆頌

　　天命我皇，臨御寰寓。作君作師，乃文乃武。聖皇之學，同符東魯。天縱多能，生知好古。治本於道，運起三古。六十年來，和風甘雨。八埏九垓，各得其所。生民率育，充溢囷庾。蠲租億萬，不可計數。六經既明，大啓文府。豈弟作人，璧泮鐘鼓。刑措不試，罔麗于罟。民洽好生，恩澤洋溥。仰惟廟算，執神之機。既芟三蘖，海外心歸。親率熊虎，羽林伙飛。有嘉折首，朔漠來威。極西之

域,自古莫綏。深入其阻,若馳康逵。崑崙星宿,近在藩籬。萬國尊親,内向天
扉。永奠四極,固太平基。上稽古籍,神農軒后。越及伊耆,享國最久。天啓皇
祚,諸福咸受。鳳翽于岡,麟遊在藪。踐土含生,黃童白叟。歌咏聖朝,家爲春
酒。會是簪裾,拜手稽首。恭頌聖皇,高明博厚。億萬斯年,與天齊壽。

策　問

甲辰科湖南鄉試策問

問:通經者,士之素業也。《易》之傳於漢者非一,何以王弼之注出,而諸家
盡廢,孤行且數百年也。邵子因《圖》以明象,程子玩辭以窮理,朱子推本卜筮,
則聖人之道四,其備矣。各有精義微言,可得而述之歟?《書》有今文、古文,然
爲伏勝之學者泯焉,而孔傳獨傳於世,其書序果可信乎?朱子以爲類晉、宋間文
章,何以辨之?蔡傳自二典、《禹謨》而外,果能盡得朱子之意乎?《詩》之《小
序》,朱子以前未有非之者也。朱傳既出,疑信相參。馬端臨以爲《書序》可廢,
而《詩序》不可廢,論之詳矣。然則《詩傳》可以勿作,而平日所與東萊呂氏反復
辨難者,爲可以已乎?至如劉、杜之崇《左氏》,啖、趙之重《公》、《穀》,三家之
傳,得聖人之意者孰多焉?陸淳采三家之善,參以啖、趙之説,晁氏以爲卓然有
見於千載之後者,自啖氏始,其信然耶?前代胡、張並行,厥後廢張氏之書,而獨
從胡氏傳,何也?古之爲注疏者,於《禮》則無以加矣。今通經之士,闕而不講,
其何以知禮?陳澔《集説》欲以坦明之論,啓悟初學。然而名物度數,考之未
詳,豈能遂見其緼奧哉?漢氏以來,解經者衆矣,其可與傳注並存者,凡有幾家,
可得而歷數之歟?我皇上躬聖仁之德,愛育人材,特命設試闈於楚南,所以嘉惠
爾多士者至渥矣。明經稽古,所以逢時也。爾多士之於經學,或博而能該,不厭
其悉也;或專而能精,不必其備也。其各條所見,著于篇。

問:作史之體有二,曰編年,曰紀傳。編年之法最古,而紀傳所載,則惟於
一人之本末爲詳。自司馬遷創改《春秋》之例爲本紀、世家、表、志、列傳,而後

人因之，皆以便於披閱，而號爲正史矣。漢以後代各有史，或煩冗蕪穢，純駁相參，昔人之譏，彰彰於耳目間者，姑不具論，舉其一二爲人所誦習者。如《史記》一書，夾漈鄭氏謂六經之後，惟有此作，而或者猶有疎略淺陋之譏，何議論之相懸若此歟？班固著《漢書》，洪氏稱其制作之工，比於《英》、《莖》、《咸》、《韶》，而李方叔以爲雖善，叙事殊失《春秋》之旨，豈無所見而云然也？《後漢》及《三國志》皆稱良史才□，一則謂其贊詞失之佻巧，一則謂其少文義緣飾，其概可得詳歟？歐陽公《五代史》褒貶謹嚴，最得《春秋》之法，而議者猶惜其不爲韓通立傳，以其時考之，其果有遺憾焉否也？温公《資治通鑑》積十九年而成，編年繫□一千三百六十二年之事如指諸掌，偉哉書乎！紫陽因其書以爲《綱目》，綱如經，目如傳，表歲以首年，而因年以著統，大書以提要，而分注以備言，法戒昭然，直接麟經之筆削，其史學之津梁，而史家之極軌歟？我皇上聖由天縱，生知好古，博綜典籍。近因脩輯《明史》，特命廷臣訪舉通儒，此績學知遇之時也。爾諸生具三長，然後可以言著述，而備天禄、石渠之選，其詳言之，以爲先資之獻。

問：山海之儲，民生之利用存焉。自夏、商有歷山、莊山之鑄，太公因之，立圜法而錢幣興。自管子煮東海，立監禁，而後世榷鹽之議宗之。漢、唐以降，言鹽笨，則有官民商煮之不一；言錢幣，則有輕重大小之不齊。孰得孰失，可得而指陳歟？我聖朝幅幀之廣，生聚之衆，爲前古未有。鹽、錢二者，皆關乎小民日給之用者也。以楚南計之，湖南之鹽，由湖北轉運，湖北之價稍貴，則湖南之價倍增。説者謂商人於額鹽之外，向借耗鹽名色，多帶餘鹽，其利廣，故其價平。今則掣挈秤盤，依引目數，利薄則商不欲多販，鹽少則民不得價輕。信斯言也，豈批驗之間，可以少弛其禁歟？抑自有權宜損益之方，使之兩全而永遠無累也？辰、永、郴、靖之區，去鹽愈遠，貧窶小民安保無淡食之慮？昔劉晏於鹽遠處有常平鹽，每商人不至，則減價以糶，而人不知貴。其法可隨地通變，而行之否歟？至於錢之爲言泉也，取其流通而無不達也。而界聯黔粤、僻在山谿者，每以制錢缺少，榆莢、鵝眼之類，雜以古錢，亦皆擾用。何道而使制錢流布遠近，歸於畫一歟？王澄有云：「方俗所便用者，雖有小大之異，並得通行，貴賤之差，自依鄉價。"其即此爲利民足用之道而無庸變計歟？諸生學期適用，諒於當世之務，久已留心而講明之，其切言之，毋泛詞也。

問：古之爲治者，因風氣之異而設教焉，無不可率而從化也。五方之俗，美惡並著，而不相掩。如湖湘之間，力田勤穡，米穀常贍於他邦，而食用儉樸，不以華靡相耀，可謂美矣。然其信巫尚鬼，傳流自古，至有竭產傾貲以爲禱祀，雖貧窮而不悔者。邊遠之區，以其與苗猺居相錯也，干矛刀戟之器，居以爲守，行以爲衛，憤則用是以相尋，剽悍之習未忘也。其居憂慼之中，有相率爲之鼓樂歌舞以勸釋之者，主人困於酒食之供，而不暇自治其事。若此之類，皆習俗之敝也。夫彼土之民，豈盡以此爲是，而安然行之哉？其積習之久，雖甚苦焉，而不能獨返也，豈無有變而化之術歟？昔趙廣漢爲潁川太守，患其俗多朋黨，故構會吏民，令相告訐，民多怨讐。至韓延壽爲陳和睦親愛，銷除怨咎之路，長老皆以爲便，可施行。故董子曰："上之化下，下之從上，猶泥之在鈞，惟甄者之所爲；猶金之在鎔，惟冶者之所鑄。"潁川之俗，倏焉三變，此其明效也。《詩》不云乎，"載馳載驅，周爰咨諏"。使者奉命以來茲，采風詢俗，亦輶軒之事也。然而教化之宜，惟鄉閭之秀者深知之，而能言其意焉。諸生服詩書而秉禮義，慨俚俗之未變久矣，果遵何道而因其勤儉之美俗以導之，使之知人神之別，尚敬讓之風，吉凶之禮各得其正，其詳之復之，毋有所隱，亦以覘異日理民之方也。

問：天地之間，其耳目口體同類者，嗜好識知不甚相遠，其樂生慕義之心，凡有血氣者則一也。湖南之地，西接於黔南，界於兩粵，若辰、永兩府，郴、靖二州，臨於苗猺之壤以爲治。范石湖《桂海虞衡志》所謂其地山溪高深，緜亘數千里。椎髻，衣斑爛布褐，各自以遠近爲伍者。我國家深仁厚澤，無遠弗屆。其稱爲熟苗熟猺者，供貢賦，服教化，歌咏太平之日久矣。惟生苗生猺，僻居深菁，荒□□事耕種。吾民之黠者，□□□□□□□□之之術安在？或謂兵之防禦嚴，則有所畏而不敢越。或謂諭其寨長、千長，使導之墾耕。彼且勤種穡，足衣食而不爲惡。二者之説，孰得其要歟？夫自古之於苗猺，威之以武功，而莫能被之以文教。我聖朝道化涵蒸，苗猺之秀，得就試於學使，而爲學宮弟子，此兩階干羽之盛事也。其衣冠舉動，彼俗以爲榮，頗聞他處苗猺歆艷其事，屢請於有司，而願得比效焉。夫苗猺之化生爲熟，而知嚮於學，亦治化之漸也。然則生苗生猺之屬，得無有聞風而慕效者歟？若許其秀者，肄業於所近之學宮，課其有成，則引而進之，使歸耀於鄉社，而漸知禮義，其亦可歟？苟其性之可移，而俗之可以漸而化，何苗猺之不吾民若歟？諸生其悉心以陳之。

丙午科浙江鄉試策問

問：我朝闡明經學，若五緯之麗天，與宇宙終始而無極矣。顧通經者必知其精理要義，而始有深思實得之效焉。《易》之取象，不爲虛設，其根於卦德、卦體、爻位、爻才而生耶？抑卦變、互體之說，亦有取耶？以爲六爻之中，必有一爻爲此卦之主，其理可得而言歟？蔡傳解“導河積石”，知河源甚遠。江之水大於河，而溯江之源，止在岷山，其未之詳考耶？《洪範》一篇，所爲《洛書》相應者安在？朱子之前，大抵共遵小序，說者謂其去古未遠，傳授有自，然則其可盡廢耶？《楚茨》四篇之爲《豳雅》允矣，謂《豳頌》即《思文》以下等篇，何篇次之隔越而不相屬？疑惟《載芟》以下三篇近之，然歟？“春王正月”，麟經第一義也。夏時冠周月之說，其果當歟？程子所謂“大義數十，炳如日星”者，可得而言其概歟？《王制》所列不合於《周禮》，其出於漢儒附會之說，而不足爲據歟？樂舞失傳久矣，今之八佾，創自近代。如欲以賓牟賈所述《大武》之樂，倣其遺意，以施於今，其亦可歟？夫博而通者，自古爲難。使者所問，不求備也，各就其所知而發揮之，則足覘爾多士之素養已。

問：孔、孟之道，得其宗者，宋儒濂、洛之傳；集其成者，朱子。朱子雖生長於閩，而其時宋都於浙，衣冠所萃，平生講論切磋之友，浙人爲多。其間見地之異同，所學之淺深，可一一而論之歟？有宋而後，逮於元、明，浙江學者稱盛，蓋朱子之流風遺澤存焉。故金華四子衍其正脈，是謹守朱子家法者，此都人士也。及明之中葉，姚江王氏始倡異論，是顯悖朱子家法者，亦此都人士也。當朱子之世，象山陸氏實姚江之先聲，然浙江學徒未聞趨向。自是厥後，朱子之書家傳户誦。越三百餘年而姚江出，豈微言漸遠，而大義頓乖歟？姚江既出，浙江學徒附和而揚其波者，孰爲最甚？昌言而攻其謬者，孰爲卓然？夫姚江才氣之盛，功烈之高，亦近代豪傑之士也。然其邪説披猖，公然不怍其弊，使學者蔑棄經籍，縱意自恣，則其學術之蔽，生心害政，必有差之毫釐，謬以千里者，可得而指陳之歟？爾多士篤志下帷，遭逢聖天子重道崇儒之日，辨義理之精微，擇徑路之邪正，其講之有日矣，盍著于篇？

問：浙省東距大海，而介於吳、閩之間，實東南要區也。自鯨氛既息，商舶大通，閩、粵之貨達於吳會，北極天津、遼左，充羨宇宙，而北方之貨，亦得致於嶺外，皆海道所運，要必經於浙省。國家德威廣被，滄波不揚。然爲久遠之計，則有宜思戒備者。凡南風漸作，則海洋匪類潛駕輕舟，以伺商舶，顧其下海必有處所，何道以防遏之歟？風信稍變，不能泛於大洋，必就島嶼而棲泊。若熟於海者，必知今日何風，賊舟當舶某處，掩而捕之，其可歟？倘其獲恣所欲，必有爲之接應，以售貨物者，何道以稽察之歟？北風已起，勢不久存，必挾其所有，登岸而歸，三五爲群，時聚時散，道路蹤跡，自與尋常行旅有異。若地方文武官員、捕役汛兵，留心盤詰，鑑貌察言，寧有不得者歟？夫海道安泰，則商舶上下若履康莊，百貨之通，比於陸致，難易互相百也。民生日用於是取資，其所關甚鉅，故浙省設總兵官者四，而其三與提督皆濱於海。然則防海之略，固有志經濟者所素講也，爾多士其悉所知以對。

問：風俗之茂，守其淳樸，而興於禮讓無争競之心焉。方今聖明御宇，德厚恩溥，期於四海之内，無一人不得其所，此吾民安生樂業、歌咏太平之時也。乃聞浙省敝俗頗喜争訟，或本屬細故而張大其詞，或僅有影響而鑿空造作。艱窶之家偶被穿窬，則失帳之珠寶充箱；輕生之命思報宿怨，則平地之風波頓起。自下而上，控理不休，貽累無辜，積年未解。及乎冤情昭雪，家已耗矣。如此之類，所在多有。夫民非盡無良也，守令之聽斷非盡不明也，然而刁風未革，其故安在？豈積習而莫知其非耶？匪人播弄其間者，莫之治耶？今將革其敝而返之淳，其道安施？將寬柔和緩以誘之歟？抑嚴厲威猛以服之歟？將爲之懸象讀法,而使惕然知畏刑章歟?抑教之任恤睦婣,而使藹然思崇古誼歟?夫理民之道,若醫術然,知其證候所由起,故治之也易。爾多士讀書自愛,慨然於薄俗久矣。《詩》不云乎,"載馳載驅,周爰咨諏"。采風問俗,亦使者之事也。願諏詢其故,知易俗之方焉。

問:取士之制,鄉舉里選,難以復行,而變爲科目之程試,行之千有餘年矣。聲律駢儷,患其浮華,而易爲經書之制義,行之四五百年矣。夫聲律之不如制義,其理易知也。然語聲律則唐室爲工,論制義則明朝稱盛。若較其得人之效,明之於唐,有不及之而無以過也,其故何耶?慮制義之膚泛,將使博引先儒之說,而斷以己意,其說當矣。竊恐行之既久,必有此等講章刊布海內,是亦未免於相沿剽竊,果能久而不敝耶?限年通經之議,無以踰也,竊恐資性不齊,寧可人人以五經之該洽耶?夫子病誦《詩》三百,而不能達國政,使四方者,是苟能學《詩》,則內可以從政,外可以奉使,一經寧不足用耶?蓋所求乎士者,俾之撫人民、理政事,故非讀書稽古,無以濟時務也。而士有迂而寡效者。今欲令士皆實學而不至盜虛聲,才有實用而不徒事空言,無改於今之制,而可以招致賢俊,其課之何術歟?其求之何道歟?我皇上弘闢四門,搜羅讀書稽古之士,雖微能寸長,咸在收錄,此千載一時之嘉會也,爾多士得無有講究於此,而可以獻明廷者,請深思而暢論之。

論

心 性 論

自心性之說不明於天下,於是學者之私見雜出而不窮,是不可以不論也。《禮記》云:"人生而靜,天之性也。"程子謂:"人生而靜以上,不容說。纔說性時,便已不是性也。"則知性不可以義理窺,不可以聲臭求,其可見者心而已。竊聞性者,無極也;心者,太極也;情者,陰陽五行也。近代學者多以太極爲性,不知太極有動靜,靜而生陰,動而生陽,無毫髮之間。今謂性有動靜,靜即性也,動則情也,而以謂太極,其可乎? 今以心爲太極,當其静也,沖然漠然,而通乎性,所謂"太極本無極"也。當其動也,浩然沛然,而達諸情,所謂"太極生二氣五行"也。《易大傳》曰:"寂然不動,感而遂通天下之故。"所以狀心之體,莫切於此。故自古以來,有治心之法,無治性之方。心苟治矣,則方寸湛定而有以涵萬理之源,智慧光明而有以照萬象之變,而定性養性之道,豈有外於此哉?

中西算法異同論

古今之爲算學者,自隸首、商高而後,若劉徽、祖冲之、趙友欽、郭守敬之徒,皆精詣其術。及西法至,而其説又有出於中法之外者,其異同可得而論也。

夫中法言異乘同除,而西法總謂之四率,可謂異矣,而爲比例之理,則同也。《九章》之内,大要多同。借衰疊借之法,蓋衰分盈朒之變其名爾。至中法謂之鉤股也,用邊;而西法謂之三角也,用角。三邊、三角可以互求。中法有不逮于西法者,則八線表立成是也。剖全圓而爲半周,又剖爲象限,立切割弦矢之線以成正方,角何嘗非鉤股與弦哉? 其所以妙于中法者,用邊之術,可以高深廣遠而已;用角之術,則本於天度,所以在璣衡而齊七政,亦無不具乎此。蓋用邊者,斜剖之方;而用角者,剖心之圓。方者測地,而圓者并可以窺天也。

方程之用,西法所無,而借根方之算,中法絶未有聞也。又比例數之表,不用乘除,而用併減,于平方、立方與三乘方以上之算尤捷焉,皆中法之所未有也。至于古法之爲祘子者,今不復有,所用者珠算而已。西法則有籌算,有筆算,有矩算,有比例規算,其雜見錯出,而均合于度數之自然,視中法爲備矣。蓋三代而後,六藝往往不逮于古,何止數學而已,專門之緒,鮮克尋究,而西土以爲六學之一焉,業于是者,終其身竭精殫慮以相尚也。觀《幾何原本》一書,自丁先生以來,若六經之尊貴,可以考其用心,宜其争衡于中法也。雖然,異者法也,而同者理也。若劉徽、祖冲之、趙友欽以四角起數,所算圓周之率,與西法曾無毫釐之差,而西人以六宗率作割圓八線者,其術亦不外乎此。可見理同而法不異,兼中西之法,神而明之,則藝也而進乎道矣。

近道齋文集卷二

序

湖南鄉試録後序

恭惟皇上躬仁聖之德，纘膺寶命。日月之明，無幽不燭；雨露之潤，無遠不霑。軫念湖南士子，就試武昌，涉歷洞庭之艱，特命禮臣議設貢院於長沙，而中分取士之名數。賓興屆期，於湖南爲開科之始，禮臣以正、副考上請，仰荷恩旨，俾臣萬策貳刑部郎中臣清度典湖南試事。

伏念臣濱海下士，學術淺陋，幸際文明，自爲舉人時，即蒙聖祖仁皇帝欽點《易經》、《詩經》兩館分脩，逮成進士，拔置庶常，旋預武英殿纂脩。甫授職，又蒙召至熱河，珥筆直廬。皇上登極之初，臣首被召見，至于再三，恩命優重，希有等倫。而臣適當沈緜，莫效涓埃，聖度天覆，曲予包容，以臣當聖祖時，供職翰墨，特賜以聖祖遺器五件。臣於翰林院撰擬文字進呈，頻奉天語褒獎，特賜內府緞匹，均出異數。茲復簡界衡文之任，拜命之下，慚惶感激。思惟我皇上沛歷代未施之恩，建萬年不刊之典，所以嘉意於湖南士子者至厚也。湖南士子踊躍趨赴，延首顒望之會，而臣等持皇華之使節，以司文柄，湖南考試官，自臣等始，至榮也。戒道星馳，及期而至，則觀光之士近九千人。蓋自昔之就於武昌者，無過三千人，今則數幾三倍。惟我皇上肇茲殊典，鼓舞而作興之，故雖深山荒谷之中，從未一望棘闈，與皓首一經，久輟意於名場者，莫不翻然而至，如百川之歸巨壑也。三試既畢，窮三十餘日之力，得士四十九人，刊録以進，臣得綴言簡末。

臣聞爲主司之道，公與明是已。拒請託，屏賄賂，所以爲公也。選俊才，登績學，所以爲明也。然而公可勉而能，明不可强其所未至。臣等陛辭之日，皇上示之以簡擇慎重之至意,信臣等之必能公而已矣。臣等今日竊自信者,亦惟公而已矣,至於衡鑒之明,未敢果於自信也。臣於每科,觀各省鄉墨,常以爲楚士之文,才氣橫溢。及來湖南,乃知此風在於湖北,而湖南之文,平實者爲多。臣等鎖院之內,晝夜搜閱,期得英發之士,議論高卓,詞采超邁,可以振厲浮靡者;其次則欲得清切不浮,詞自己出,不汩溺於俗尚者,庶可以風示此都人士,使之開拓其聰明,而嚮於古學。此臣等區區之心,求以仰副皇上作人之厚澤者也。

既揭曉,貢於雍與餼於庠者,一榜之中過半。或者以是寬其不明之訾,而臣等方懼愧不暇。夫鄧林之大,必有遺材;閬風之高,必有餘寶。自昔唐、宋之間,以鉅公宿望知貢舉,而其時之士,有所蘊負而嗟於不逢者,尚不可勝數,況於臣等之愚闇哉?臣等硜硜之操,可以自白者,皇上之所垂察也。若其學之不逮,鑑之不精,不敢以自信者,惟皇上之所垂諒也。臣等于茲役,竊有厚幸者。開榜以來,具聞湖南士子感皇上非常之恩,自今以往,去波濤之險,得風雲之便,方將奮勵濯磨,以應昌隆之運,將來衡麓湘涘,户誦家吟,尋周、張之遺緒,續屈、賈之鴻詞,文道大行,人才輩出,以茲半壁,爭衡大邦。論者考設科之所自,而溯初爲主司之人,以爲風氣之開,由茲日始,則臣等雖弇鄙無似,猶將藉以不腐。斯乃湖南司衡之命,獨有光榮,實臣等千載一時之厚幸也夫。

浙江鄉試錄序

我皇上御極之四年,道化薰蒸,文風彬郁。賓興届期,禮部以考官上請,特命臣萬策偕中書臣有堂典浙江試事。

伏念臣海濱下士,忝列詞林。龍飛之初,首蒙召見,撰擬文字,屢承睿獎,賜賚載頒。雍正二年春,湖南始設貢院,命臣爲副考官。回京復蒙召見,天語温霽,垂問移時。自是頻叨寵擢,洊歷華資,未及二年,驟登三品,備員講幄,珥筆記注。兹又荷新綸,衡文兩浙。前後三年,再司文柄。恭請聖訓之日,兼奉特旨,以浙、閩壤接,賜臣以晝錦之榮,自昔詞臣遭時之盛,受恩之厚,未有如臣者也。撫心循省,喜愧交并,星馳即路,如期而至。維時臣萬策、有堂等同矢公慎,殫力蒐羅，焚膏繼晷，撤棘如額得士一百四人，貢成均者二十三人，謹錄文二十二篇以獻，臣得颺言簡端。

臣聞士君子之願求者仕，而仕之難遇者時也。欽惟我聖祖仁皇帝，道高德峻，契堯、舜之心傳，接洙、泗之道統，脩明經學，以惠膠庠。開鄉、會試者二十有二科，壽考作人之澤，於古莫倫。我皇上躬聖神文武之德，承久道化成之盛。御極以來，嘉意科目，搜揚明理致用之才。故上感天象，則璧合珠聯；下啓人文，則雲蒸霞起。逮兹四載，賓興三舉，信所謂千載一時，不易逢之嘉會也。而臣幸際昌期，恭膺簡命，校士浙闈，履人才之淵藪，可不謂厚幸焉。夫鳳凰因時而鳴，景星因時而見，莫匪自然之理。故臣之所自信者，公也；不敢自信者，明也。然臣雖闇陋，而窮蒐力索之下，固必有端人正士出乎其中。何者？以其時決之也。臣用是進多士而告之曰：

爾多士讀書稽古，溯唐、虞、三代之風，不嘗深思遐想，慨歎於難遇乎。今則聖明在上，所謂於吾身親見之矣。夫上所求乎士，非苟榮其名；士所以應上之求，亦非苟自榮其身，固將資其識、用其才，以經緯時務。有其識與才，而必先以行誼之篤、操守之廉，所以立其本也。今於風簷寸晷之文，而欲決定其生平，豈可得哉？然觀爾多士之文，其理醇正，其氣清和，知端人正士之應運而興也。多士生於今日，慨然以端人正士自命，惟有篤於行而非禮勿由，廉于守而非義勿取，其本立矣，於是乎脩其素業，而加懋勉焉。使其識足以通古今之故，才足以濟當世之事，由是而雋於禮部，策於大廷，內則當玉署粉垣之選，外則受民人社稷之寄，其行己能卓然不媿於古人，而職業之所當爲者，績效顯明，可以紀諸竹帛，而聲華爛然於當代。此雖不敢盡期望於爾多士，然苟自思夫榮名之不可以倖得，而熙運之不可以虛生，凡有志者，皆可勉而至也。且士亦徒患志之不堅耳。志之所至，氣亦至焉。古之所謂名臣循吏者，豈有異於人耶？夫一科之中而有人焉，立身則有端人正士之稱，當官則列名臣循吏之傳，後之人追論衡鑒之主司，以爲庶乎知人能得士者，則奉使節於盛時，其差無負也。

夫既以告多士，因濡筆而紀之。

詩所後序

隴西公《詩所》八卷，始於康熙丁酉之冬，而脱藁於戊戌之春。恭惟聖祖皇帝，崇道稽古，表章經籍，脩明四府，以惠教萬世。公首奉詔，編輯《周易折中》。比成，而予假歸里。及還朝，則《書》、《詩》、《春秋》三館所脩《傳説彙纂》，先後告竣，聖祖並命公重加看定。其時公著此書垂就，因以爲經學之傳，章解句釋，義理微密，必逐條討論，然後進退群言惟允。將復繹古文今字之訓，求屬辭比事之指，於《尚書》裁得七篇，而絶筆於《洪範》。三經彙纂，雖欽承上命，而不克終竟大業，猶幸此書之既成而已。公之身後，聖祖嘉重鉅宿，有旨總萃平生述著，上獻御覽，此書並經繕本恭進，藏於秘府。雍正丁未秋，公之孫清植與景州魏君璧先生刻板于邸，策獲效校對。越次年夏，工訖。公嘗論亭林顧氏音學妙契古先，故略吳氏《叶韻》，而載顧氏《詩本音》者，本公素志也。

史緯序

康熙六十年夏五月，策甫散館，除編脩。恭蒙聖祖仁皇帝召至熱河，珥筆直廬，命以撰述之事。其秋七月，今刑部尚書静海勵公廷儀方爲閣學，以書籍上獻，時有旨，并進本朝人所著書，勵公進故平湖令宗老薲齋公所脩《史緯》。有頃，命中使取季漢一函以入。良久，悉取入藏秘府，蓋有當聖意也。策常於宗老家獲覯點竄諸史原本，殆於朽爛，不知披尋若干遍，手澤浸漬，非可以歲月計算。其用心之專且久如是，不得踐玉署、司芸局，以良史才鳴於當代，老於邑令以終，識者嘆之。然其書卒能上際聖明，留充乙夜之覽，晦於始而耀於終，不必逮其身也。

雍正四年冬，策承聖恩歸里，因叙其事，俾興寧令九皐族祖載之簡端，所以紀聖祖仁皇帝右文好學，搜羅典籍，無幽不發之至意，且使海内學士有所勉而興焉，而無患於目前之未遇，著書立説者，要諸久遠而已矣。

孝昌涂先生静用堂書序

昔昌黎韓氏高孟子闢楊、墨之功，以爲於大禹無讓。蓋祖述孟子告公都子好辯之意，比異端之害於洪水，而已承其烈也。然七篇之中，闢楊、墨不若闢告子之詳，其爲害有小大焉。楊氏知有義而不知有仁，墨氏知有仁而不知有義，猶遺其一而守其一，未敢以仁義爲非性也。杞柳、湍水之喻，而乃以性無仁義爲說，是其爲詖邪之尤者，宜孟子之汲汲也。至論不動心之指，尤中告子之病。而公都子、公孫丑之徒，未有能講明其師之學，以衛正道、障狂瀾者，故不旋踵而莊、列之說熾，浸淫大盛於六代之間，而佛氏乃自外而入，與相附會。華人之譎者，文之以莊、列之辭，推波助瀾，混爲一區，數百年間，正道荆榛。蓋佛氏之教，直指心體，面壁坐禪，而以語言文字爲支離者，實即告子“不得於言，勿求於心”之說。人徒知佛氏出入於莊、列，而不知冥合於告子也。周、程勃興，闢而闢之，殆於廓如矣。及宋之南，象山陸氏與朱子同時，而陰襲告子之詖邪，以背周、程，故陸子之終也，朱子以告子惜之，是陸氏爲宋代之告子也。朱子之後，殆於家無異說。明之將衰，姚江王氏復申陸氏之說，其言“無善無惡心之體”，即告子“性無善不善”之論，是王氏爲明代之告子也。

夫性者，五常具焉，而非知不行，非明不誠。故夫子之誘顏子，先之以博文；其傳曾子，先之以致知格物。先儒論爲學之要，既曰“立志以端其本，居敬以持其志”，而必曰“致知以啓其端，而後能力行以踐其實”，若是乎窮理讀書之不可以已也。告子曰：“不得於言，勿求於心。”蓋以爲吾之學，求心而已。心有不定，以心定之，而言非心也。凡儒者之孳孳於學問思辨，而不知求心之本體者，皆騖於外也。佛氏不立文字，立地見道，其指則一。夫文所以載道，六經之言，莫非聖人之至理，知言者，即窮理之謂也。今以爲無所事於知言，是不必知理也，而可乎？人莫不樂爲聖賢，而必讀書窮理，以爲適道之路，則非旦夕之可致。苟不讀書，不窮理，而可爲聖賢，其名甚美，其取徑甚便，宜士之好名而不悦學者，群然趨之也。

明之末葉，士無實學，人才殫盡，誰爲之厲階者，可不謂詖邪害正之明驗乎哉？程子云：“孟子所以獨出諸儒者，以其明性故也。”孟子與告子辨性詳矣，一言以斷之曰：告子未嘗知義。不知義者，不知性也。謂義非性故外義，外義故不求精義，不能集義而冥然無覺，以不動其心。再傳而莊、列宗之。佛氏以禪勝儒，陸、王氏以禪爲儒，其爲禍之烈，浮於楊、墨數等矣。孟子之辨，又惡可以已乎？雖然，告子之時，則有孟子矣；陸氏之時，則有朱子矣。自王氏良知說熾之日，無大賢碩儒廓清而摧陷之者，故其波未息，後之君子，宜有責焉。

予讀孝昌涂先生《靜用堂書》十卷，其《學辨》一篇，尤所欽歎。始序周、程、張、朱正學之傳，以糾告子、佛氏、陸氏、王氏之失，條理具備。至謂明人攻朱，樹陸、王之幟，陽儒而陰釋者，尤有味乎言之，可以知先生所見之卓，而用力於是者，非一日之積也。故竊以其所聞者，質正於先生，而遂以爲此編之序，冀附於知先生者。世之讀先生之書者，足以亮予心也。

文與也詩集序

長洲處士文與也先生，待詔徵仲先生之五世孫，前相國文肅公之孫。幼而敏惠，能吟。會丁明季，聞中原流寇勦亂，避地山居，與松石爲侶。逮皇朝撫運，寰宇大定，則先生之棄應舉業久矣，不能追逐名場，而獨好爲詩。其朝夕所對，澗壑、烟雲、林卉之狀，無非比興之具；所與酬唱者，皆采藥垂綸之客。故其爲詩，風調高潔，超然塵壒之外。蓋山澤之癯之所爲，與夫儷華鬥葉，以干時名者，不同日而語也。

先生嘗涉江淮，踰河洛，游嵩岱，遂至于京師，與當世賢大夫士游，所爲詩益工以富。卷帙既積，藏之且久，其孫今故城令某謀鑱梨棗。令君嘗同事編摩于武英殿，以夙昔之雅，請叙其端。先生詩藁凡若干首，舊有選本，輙復稍爲增損，比舊藁十得二三而已。

昔先相國李文貞公有言：“柳子厚南居十餘年，所存不過百五十首，使人恨其少。白樂天之集，蒐羅不遺，至有數千首，乃使人恨其多。”蓋子厚之詩，非其自刪，則夢得之徒爲之刪也。使樂天痛刪而後存之，其格則高，而名當益盛。然則先生之詩之選而後剞劂之也，其不亦卓矣！

武進趙公治楚官書序

雍正二年春，湖南肇立貢院，策奉命爲試官，自武昌馳驛千餘里至長沙。既撤棘,駐長沙。越二旬,自道路所經,與城市闤闠間,耳所熟聞,謳思故巡撫武進趙公,萬口如一。既歟公惠下之澤,深入於人心,維繫固結,歷歲久遠而不可忘,又嘉楚南之民,直道顯行也。何君祖柱自攸縣來謁,曰:"某趙公故掾吏也,收拾公遺稿,靡所失墜,謀彫梨棗,以傳于後。"策嘉其志,而未知其成否。越八年春,君至京師,攜所刻公自治官書見遺。自奏疏之上達,咨文之平行,牌檄批詳讞斷之下,逮合藝文以下都二十四卷,凡公之手蹟,略無遺者。

嗚虖!惟公以完節令名爲本朝碩臣,績業之茂,當與湘水、衡山較其清峻,此書之不泯没於後,無疑也。何君之汲汲於兹,歷數載而終成厥志,可謂賢哉!彼其朝夕操簿案以事公,非心悅而誠服之,則安能勤勤裒録,以成斯帙?其嚮慕大人君子之專且篤,將自託以不腐,信乎超埃壒之上,矞然而不滓者也。夫公之所以治楚南者,奉宣九重德意也。使楚南之人,追舊中丞爲政之美,而上感聖朝天覆之恩,遵道路以樂皞熙,則何君斯舉,亦且大有裨於梓桑矣。公策之座主也,於是乎書。

學使高公德政詩序代

庚寅之春,吾閩人士追慕督學使者高公之德,群爲詩以美之,而屬予序之。予思夫詩也者,思也,其爲道則興其美刺,而公論繫焉。人情近則思,遠則斁。至於贊美其上也,去官則否。自公之去閩二十餘年矣,事久而公論定,此其時矣。而人士思慕之誠,歷遠不忘,視夫當官之日,衆爲諛詞者,不可同日而論,以是見公之德入人之深也。

方公視學之日,值當事者懲士風之敝,大革其習。然公之意,則又恐搏擊之秋,波及善類,所以擁護保全之者,無所不至,而方且教誨之,使歸正。此公之大有造于吾閩也。至於潔清之操,矞然不滓,公之立身,自有本末。二十餘年以來,春秋兩闈之雋,多出於公之門,濟濟乎,洋洋乎,何其盛也,又足以見公之知人,能得士,宜乎歷久而思慕不忘,既俎豆而祀之矣,又申之以歌詩也。是篇之集,殆風人之旨,而有關於公論者。昔唐韋丹爲江西觀察使,功德被於八州,越四十餘年，而人懷之，杜牧爲之撰《遺愛碑》。予之文不足以方杜牧，若高公之德，視丹何讓，□□二十餘年間哉，雖百世可也。

晉江劉邑侯德政詩序

劉侯德政凡爲詩若干首，雕棗適畢，而侯以計典不及去。侯遂巡謝，諸人士咸曰："詩不可以不傳也。"夫飾官弊史，道存乎上；慕德懷恩，義存乎下，有各當焉，何相妨之有？侯之爲吾邑，其催科信拙矣。雖然，吾邑一府之會，承平休養，户口益蕃，歲收常不足以供口食，故多貧人。侯閔其如兹，追呼之聲不至於村莊，敲朴之具不陳於庭階，坐是課不登。蓋侯之撫人也過於慈，其治事也過於慎。邑之訟者讎張其詞，少有情實，侯常恐有所枉濫，即蒲鞭之罰，輒依遲不忍決，因是不能無所耽閣。罷官之故，實由於此。顧吾邑之民之被其寬澤者，百里之内，家受之矣。解篆之日，百姓迎侯於通衢，爭昇之，擁集至萬餘人，旅不行，賈不市，呼聲動地。舁侯以入上官之門，叩首乞留，如是者三日。彼雖蚩蚩之民，非不知勢之不留也，而不如是，終無以解於心，況吾徒其可已乎？

予聞之曰：玉之爲物也，瑕不掩瑜，瑜不掩瑕，故君子比德焉。侯之德，其玉歟？夫圭璋之器，薦於朝爲國寶，韞於櫝爲席珍。出處顯晦之迹，侯又何憾？至今日所爲歌功頌德之詞，大率諛於當官之時，雖遷秩以去者，猶將漠然。而侯獨能使吾邑人士，不以升沈變其志，有古人之道，是足以見侯之德，有俾人不可忘者。體伸於用，而才有不逮者歟？諸君子所謂義各有當而不相妨者，則是篇其可傳也已。

筍江陳氏族譜序

族之有譜舊矣。《魏書》載封偉伯撰《封氏本録》，而《晉書·摯虞傳》云撰《族姓昭穆》，《隋書·經籍志》有韋、傅、謝、楊數家之譜。蓋古者用門第官人，原其所始，以地望分別宗派，寒庶之品，不得與膏腴齒。故不唯家有其書，且上之於朝，而官爲掌之，如此其重也。

　　吾鄉獨吾宗最蕃，而未審厥初。語近者曰節度使洪進，然洪進舉家歸汴京。溯而上之，有觀察使巖，廟在福州；有太傅忠，廟在漳州；有行軍總管元光，元光世爲郡刺史。然《隋書·陳寶應傳》稱爲閩中四大姓之一，則其源蓋遠，疑起於晉氏南渡之時，而屢經戈革，諸家舊籍罕存，吾鄉族譜大抵肇端元代而已。筍江一派始祖實菴公，當元仁宗時，以明經官溧水教諭。厥後分爲兩房，仕宦不乏，而成進士自次房訒菴公，始在嘉靖元二之歲。至今上龍飛二年，長房裔孫字筍湄，復以五經登第。筍湄之祖曰碻園公，當桑梓未靖，人多窘饑，散米施粥，全活甚衆，以陰德裕後昆。筍湄示予族譜，請書簡端。譜之脩，創自前景泰添閏公，至正德間訒菴公繼之，近歲續脩，以成茲帙。上下四五百年，世數昭穆，井然不紊，以譜故也。

　　歷葉久遠，而族衆裁百餘，筍湄常以爲念。余謂之曰：“物之衰盛，蓋有其時。能弘道者人也。《詩》不云乎，‘無念爾祖，聿脩厥德’。爾祖以韋布之身，施挹注之澤，而其食報若是。今子綰臨漳之綬，地廣而民衆，其官與民最親，本豈弟之心，以奉宣聖天子德意，夫不亦所潤者溥，而所培者厚乎？《詩》曰：‘俾爾熾而昌。’張子曰：‘子孫賢族將大能爲循吏，則國之賢臣，家之賢子孫也。’熾而昌，決矣。於戲！積善流慶，天人之理微而顯，吾宗長幼，皆可以興也。”

仙跡黄氏宗譜序

　　譜牒之興，其源自古。晉摯虞以漢末已來，譜傳多亡失，雖其子孫，不能言其先祖，撰《族姓昭穆》十卷，上疏進之。是則三代遠矣，兩漢間若鄧氏《官譜》，鉅族世家大抵具有編載。自是厥後，南北分區，然用人均重門第，進膏粱而卑寒素。舊姓高自標別，辨此者號曰通材。北魏封偉伯撰《封氏本録》六卷。南齊賈淵世傳譜學，十八州士族譜該究精悉，撰《氏族要狀》行於世。《隋書·經籍志》有京兆韋氏、北地傅氏，及謝氏、楊氏、蘇氏諸家之譜。而《唐書·藝文志》譜牒自成一類，有四十部二千卷，則公私纂録並紀史官矣。

　　夫族必有譜，公家以之銓叙流品，其在大夫士也，以之追遠報本，睦族廣恩。

蓋人者,天地之心,靈於萬物。物知母知父,唯人爲能知祖,且由祖而上之,以至族望之始,皆一氣之續,呼噏可通,所謂"追遠報本"者也。孝於父,則篤於昆弟;孝於祖,則篤於從父昆弟。溯之彌遙,推之彌廣,雖族姓蕃衍,體吾初祖慈愛無窮之心,皆手足之相資,華蕚之相扶,所謂"睦族廣恩"者也。

內兄黃澹園先生示予宗譜,其先相傳長者守恭公惠安派也。有居晉江者,其鄉曰仙跡,代數緜邈,簡牘不存,世次中闕。故今斷自仙跡始,至先生九世,枝分幹合,井然可考。先生行誼篤厚,同祖而下,合以共居,室無私財,廚無異烟,風義藹然,爲吾郡所欽。東明之治,耆幼謳思,則其施于有政也。宗譜既脩,且將構祠宇,置祭器,講儒先之禮,以時行焉。其廣恩也既如彼,其報本也又將如此,茲譜之作,爲不徒然矣。

於戲!門緒之振,莫不由於敦倫循禮。吾邑隴西相國文貞公,自其贈公當訌亂苦辛之際,汲汲然以輯族乘、營家廟爲事。再傳而大,以至于今,衣冠之盛,甲于吾閩,此近事有徵者也。然則仙跡之昌,可計期而俟。材賢輩出,紫緋相望,賡而續之,則茲譜也,不唯私家之録,可以獻而藏于册府,俾表世系者有稽焉。後之君子,必以我爲知言矣。

榆村程氏族譜序

古者族姓之譜,脩之家而獻之朝,通行於上下。《周禮・春官》小史掌邦國之志,奠繫世,辨昭穆。《夏官》司士掌卿大夫庶子之數。《史記》所據《世本》,録黃帝以來至春秋時,諸侯、卿、大夫之名號統緒。漢有鄧氏《官譜》、應劭之《氏族》、王符之《姓氏》。晉摯虞撰《族姓昭穆》十卷。賈弼撰《姓氏簿》,狀十八州百十六郡,合七百一十二篇,甄析士庶,無所遺闕。宋劉湛撰《百家譜》,以助銓序。其時官有世胄,譜有世官,令史之職皆具。元魏詔諸郡中正,各列本土姓譜,次第爲選舉格,名曰《方司格》。其差定閥閱,首膏粱,次華腴,又次爲甲、乙、丙、丁四姓,凡六等。《隋書・經籍志》有韋、傅、謝、楊之譜。《唐書》之志,則《七略》之外,譜牒自成一類。至宋代以後,若歐、蘇之譜,止成於私家,而官無其書。夫行於上者，所以明嫡庶、別門第，官人之法寓焉；行於下者，所以敘源流、辨親疏，睦族之恩推焉。

榆村程氏之譜，始於宋朝議公晟。歷元至正，明正統、景泰、崇禎間，代有賢裔，嗣其編纂。皇朝康熙十七年，又重脩之。距今五十餘載，名夢珪者，朝議之二十一世孫也，以代葉之邈、宗枝之茂，慨然有志於兹。綜前人所脩，而增續之，專心一力，期於大備，可謂善繼善述、報本追遠者已。夫官人之法，自宋以來，單庶與膏粱並驅，不拘門第，故譜不上於官，至於睦族之恩，本乎天經，則古今無二道焉。《中庸》言順父母在和兄弟，體父母之意，以篤吾愛也。知有祖，則能愛從祖兄弟；知有曾祖，則能愛從曾祖兄弟。溯之彌遙，推之彌廣，念及初祖，則凡族屬之內，皆氣脈之通，吾初祖之所愛，吾所當敦睦而無間者也。故族譜之成，匪以侈觀美，披尋之下，則孝子慈孫之意，悠然而生矣。自昔書傳所紀一家孝友，而昌熾應之，況合一族之蕃衍，而薰以太和，其豐臚貴盛，豈有涯哉？

後之史臣援《唐書》之例以立表，則獻於官而列其世系可也。予因門人戴君請，而爲之序，以嘉夢珪之志，且以勸程之族人云。

陰騭文序

《書》言“惠迪吉，從逆凶”，謂善惡之報，即及其身也。《易》言“積善餘慶，積不善餘殃”，謂禍福之應，并及其子孫也。經籍所載，史傳所紀，詳且著矣。《陰騭文》者，相傳爲帝君作之，以垂教誡，其說近而易曉。蓋經史止明於士大夫，將欲使野叟村媼共通其義，則兹文之用爲廣。吾鄉四郡人士之編刻是書也，有一夫於此覽聽而感發於心，從善嚮義，則德及一夫，推而及於百千萬人，所施彌繁，所積彌厚，此四郡人士之美意也。予甚嘉焉，爲題其簡端。

培荊堂序

余家與金墩黄氏累締姻好，其最先者，故嘉定尹青甫君，先大夫高弟，而伯氏之姻也。歷五六十年，久而親愛，兩家事無不深相知者。青甫有弟達甫，篤於行誼,爲宗族所稱,相國李文貞公贈之額曰“紫荊風藹”。達甫君之嗣孫德,克紹前光,余竊取文貞公之意,題其堂曰“培荊”。培之義有二：培其枝,所以繼父志也；培其根,所以繩祖緒也。昔先大夫道乃祖贈公之壯俠,日治酒食,以待客至,坐常滿。當山海訌擾之際,糾率家僮扞衛鄉里,所保全甚衆。慷慨自期,然諾必踐,遠近聞其名,莫不傾心歸嚮,允乎古人之風烈,揆諸定理,宜餘慶昌後。而青甫僅官縣尹,殆未足酬其高義,其有待於後決也。

孫德夙慧能文,余識之嘉定縣署。既遊京師,文貞公亟加延接。丁酉之春,偕余從文貞公還朝,同舟晨夕,縱意而譚,其明達解悟,了然心口之間,求之流輩,固不易得。其秋試京兆,同考翰林張匠門、給事宋蘭揮兩先生賞其文,力薦未遇,至今尚躓塌屋。丙午冬,余蒙恩歸里,迂至榕城。丁未春,送至劍津。孫德少余十歲,余感其意,歎其淹,思有以廣之。夫淹與遇,亦何常之有？天下之淹者,莫如余,然終幸而遇,此十年間事,孫德所親見。

余用推“培”字之義,以爲臨別之贈。《詩》不云乎,“無念爾祖,聿脩厥德”,行者立身之基,君子先之。若文者,應時之用,主司之衡鑒,士子之揣摩,皆是物也。其事不可以不豫,故又有培之之道焉。沈潛乎遺籍,若壅之沃土；潛發乎罩思,若溉之清泉。如是,則根深而枝葉盛,十年之間,干霄之勢可俟矣。《記》曰：“栽者培之。”自培者,天所培也。

是爲序。

清峰施君壽序

靖海將軍侯襄壯公,實多哲嗣,皆有文武才具,枋用於時,旃榮相望。其四爲清峰先生,年纔逾冠,則已懷負璨奇。侍襄壯公樓船中,贊決大計,以功授四部主事,改秩郡丞,出佐嚴州。有豪家奪民產,歷數官,不能決。先生毅然以歸之民,聲聞大振。今大司農張公,於時巡撫兩浙,深歎異焉。越年署金華府事,又明年署嚴州府事,均著殊績,益爲張公所重。比再出,張公適總督河道,奏請爲寮佐。灑沈澹災,一以諮諏,迄有成効,遂表用佐兗州。秩滿,遷廉州太守。

興明學校，以教僻壤，政脩人和，屬部之內，咸得其理，論者以比漢之吳公。今天子方優錄勳勞之裔，以茂喬木，而先生又以才能政理自表著，其必至於大用，無疑也。

歲在庚寅年，始登艾。季春既望日，是懸弧，賓友親串遙上南山之杯，徵辭庸陋。予惟天人之際，應答如響，蓬戶蓽室之夫，一言行之善，而足以引其年，況於得志行道，所施遠而惠於人者大乎？先生允備忠孝，宣國家愛育之化，弘家庭錫類之恩。自歷官與署事，凡四府。四府之人，戶口以數百萬計，蒙茠食德者衆矣，或謳思其舊日，或歌舞於方今。天高聽卑，聽自我民，福命之隆，其有涯乎？

先生深於《詩》者，四始五際，是其權輿也。請歌《既醉》以叶笙琴，善頌善禱，庶不鄙於君子。

江陰楊公壽序

康熙五十八年冬，江陰先生方荷帝命，作藩于黔。季月下澣，實惟懸弧之辰，干支相乘，歲序一周，時俗通禮，謂之大慶。廣平太守率九邑之屬，願效祝釐，而屬策序之。策追陪最久，又忝爲後進，顧先生立身有本末，爲學有淵源，慮非淺末之所能道也。

先生壯歲登第，受知於吾邑相公李文貞公。公平居常歎息相告，以爲任道之器也。於時公方爲貳卿，退食之暇，日以著述爲事，尤喜學者質問疑義，益發明所得，開示後生。先生執卷而前，不求造次之悟，往復問難，必至於條理分明而後止。辨之明而行之篤，故其德器凝重，得之性者，彌成於學。又能合內外之道，通達於當世之務，不徒爲章句訓詁（詁）而已。公自直隸督學，就改巡撫，教養之澤，咸在畿甸。其後先生繼視學政，凡所以脩己教人者，一惟公之步趨，論者以爲前後之政，殆庶幾焉。已改官外臺，亦在南畿。尊聞行知，益勤不懈，清脩苦節，無殊其舊。初政數月，舉向來繫滯者咸與決遣，自是牘亦稍簡，以矜恤爲心，息事寧人爲務。故不干赫赫之名，而千里之內，莫不蒙惠。帝嘉其績，用擢爲方伯，以表示臣寮。先生之立身居官，可謂不忝師承者也。先生之心，顧以爲受天子特達之知，無毫髮報稱，又凜凜焉念晚節末路之難，夙夜兢戒，如恐不及，此策之所深知者。

蓋《書》之言“謙受益”也，“有而不居”，則“日進無疆”矣。《易》之言“恐致福”也，“懼以終始”，則“自求多福”矣。策用是信先生之進德脩業，汲汲孳孳，方與年而俱進，而其受祿于天者，亦申錫而未艾也。文貞公釋“求福不回”之義曰：“福之在人，未必皆正也。惟君子以豈弟之心求之，則正而無邪。”蓋脩諸己者，本無願外之心，而盡其性者，自有得天之理。是公平日之所以立訓，而惟先生能允蹈之者也。

青陽吳公壽序

康熙五十有八年，策初以庶常就館課，今內閣學士青陽吳公以編修分任教習，所以獎借甚厚。明年秋，復從公後，充武英殿編纂，懷鉛囊筆，出入肩隨。又明年夏，甫授職，即與公同奉聖祖仁皇帝恩命，召至熱河，隨直南書房，同寓於行宮之南，凡閱四月，晨夕追陪。有所奉旨撰擬時，公伸紙濡翰，泉飛霞蔚，陵厲古之作者。既觀哲匠之矩繩，又面受開導之益。至短檠對坐，公爲叙述平生艱困之景，無所遺隱，故前後董中，惟策知公爲深。自是館閣翰墨之事，吾兩人必預焉。逮聖天子紹緒之初，並以文字進御，蒙九重特達之知，被沐恩華，此策之竊附於公。

在熱河時，嘗爲公譚祿命之說，曰：“公之降神，其干在己土，以毓珤爲德。是月也，律中大呂，斗柄指坎、艮之交，百珤之所藏也。自此一年之後，履於坤、兌之交，與建爲衝，大啟厥鑰，若良貨賄之發於玉府，光氣競勝。公其大亨乎？”時未之信，今則驗矣。且公之生也，日在下春朏之次夕，太陰昏見，升危之座。太白先之，躔于營室，衛分也。熒惑居東井，秦分也。相去五宮，或導或拱，以助夜明，焯然懸霄。此公之所以膺顯位、享盛名也。徵壽考者曰納音，曰令星，皆填星也。踐於大火，以煦其沍，孔固單厚，以臻大年，又何疑乎？公之盛德，足以召致百順，而稽諸五行，適相符會，是理與數相應者也。凡理之與數，或應或否，關乎氣運。抱才之士，自古希有達者，難其時也。惟公遭值聖明之世，故翕聚而闢，畜積而通，斯非得天之厚，禄命逢吉之徵歟？

策嘗承聖祖皇帝命纂禄命書，蒐討之廣，略窺其門户。以周旋之素，知愛之深，故異乎世之祝釐而貢其説云爾。

徐任可先生六十壽序

昔先宫相與德清司空徐公同登第選館，爲道義之交最厚，兩家子弟通往來，予每至徐家，則司空撫接之若親子弟，任可至吾家亦然，故予與任可若親弟兄。逮予受知於少宗伯蘋邨先生之門，加之以恩地，予與任可益相親愛。

任可穎敏而篤志，工於綴文，其視科第可俯拾，顧潦倒鄉闈，不沾一名。予亦久阨公車，歷二十年，覿面相慰藉而已。予志猶未息，而任可不能待，遂以資廛入仕，予嘗以其不遇爲恨，及令子階五成名，而後稍釋然於懷也。予與任可年相若，歲月荏苒，予鬢皓然，而任可亦居然耆英矣。舊歲之十有一月下浣，六十大慶之辰也，以讀禮未畢，不啓賓筵。今歲，階五兄弟始追行稱觴之儀，請予言以祝釐。予與任可爲道義之交，世載其美，則不可以儕於世俗，其義當以規爲頌。

任可事先師少宗伯及司空公繼母楊夫人盡其孝，待象求、無逸諸弟盡其友，不以同異母有差等，内行之媺，親知皆能道之。予所獻於任可者，蓋古之君子，年彌高而志逾勵。衛武公年九十而神明不衰，箴戒之詩，徵于二《雅》，此古今之模範也。老有勝少者，讀書至於老，然後親切而有味；行己至於老，然後練熟而愈堅。任可既耽於林泉，恬慮息機，家富遺書，勿虛曠景光，温故知新，益求精進，其涣然冰釋，怡然理順，比之年少，必有倍焉，可以自喻也。家居則子姪羅列，賓至則所接者多後生晚進，衣冠瞻視，即不欲儼肅焉不可，年少輕宕之習無所用之。任可夙有端凝之度，竟日相對，未嘗見其有惰容，不懈益勤，謹於威儀動作之節，以定命也。《詩》不云乎，“我日斯邁，而月斯征”，兄弟相期以無忝所生之義，予願與任可共勖之。夫能如是，則志氣清明，精力强固，不惟君子之道當爾，而“自求多福”、“壽考康寧”，固在其中矣。遂以爲祝釐之詞。

王和丈七十壽序

王君和丈世居嶢陽，與余同爲安溪之崇信里人。先高祖既喬木郡城，王氏亦後時出谷，初宅于邑，繼卜于郡。以其先同里，而後又同也，世相往來，至余與君又密。余齒未及壯，即與君相識，逾二十載，相愛敬彌篤。先大夫懸車以後，余中輟計偕，侍養里居七年，於君過從爲頻。籩豆既潔，饌肴孔嘉，每爲欵留竟日，歸或侵夜。

君前歲購宅，葺理而丹膜之，堂宇宏豁，窗櫺昭朗，余尤樂焉。三夏之月，常於前榮敷籐簟欹枕，而相與劇譚。一日，謂君言："以茲堂之可以肆筵娛賓，過此三歲，君年七十，吾將宴於是十日，以飫君之厨。"君曰："計此時正當爲翰林耳，其占爲不家食，斯堂安足淹君子之駕哉？"余曰："若然，則惟爲文以壽君。"今余既幸荷恩，踵先大夫之武，讀書芸署，君大慶之辰，不獲預於稱觴，昔者之語若前知，然余之諾於文者，其烏可以勿踐？

蓋余平日恒與賓友言，交知中最宜眉壽者，莫如王君。客問其徵，余約而述之，凡有數端。其神采內藏，容貌蒼樸，其於言無所戲，於行必有終。其洒掃庭內，夙夜不息。其克勤小物，無所毀棄，皆使完好。其措置器物，各有定所，取用之後，必復其故處。若是者，世人之所忽，而好德者備焉。事則日用之常，理則性命之通。自余爲兒童時，先祖贈公告之以保固祿壽之基，罔不符契。稍長，習見鄉閭長老，率由茲道登于大耄，故余以是決之于君。君又步履輕便，視聽不衰，才如五十許人。其秉於氣者厚，故得於數者多。列昇平之瑞而表厥宅里，食昌熾之報而賁之絲綸，君之受福殆未艾也。余他日得請於朝，歸省林壑，永言舊好，載展歡宴。四月維夏，月在下弦，君其戒中饋，具十日之饌以待余，無忘曩約焉。使鄉里稱而傳之，亦友道之美譚也。

是爲序。

徐君瑞章六十壽序

史家自西漢而後，越及典午之代，始標孝友以立傳。其序云："孝之爲德，道貫三靈，功苞萬象。用之于國，動天地而降休徵；行之于家，感鬼神而昭景福。"又云："因彼孝慈而生友悌，天倫之重，共氣分形。心暌則葉頜荊枝，性合則華承棣萼。"誠以人倫之本，罔茲攸尚，微而必彰，動而必應者也。

若武林徐君瑞章，其篤行尤異焉。君自早歲爲月生君後，循陔采蘭，蒸蒸色養，朝夕不離於親側。月生君晚乃舉子，而以君之孝也，篤愛之情如出於毛裏。逮乎桑榆半景，伏枕三年，弟尚穉弱，君虔侍左右，藥石甘苦，必經於心目。外蔭既傾，君善奉北堂，且撫教幼弟，備歷艱困，以俾有成立，至于今，皆皓髮矣。同居共產，豐約共之，一門之內，雍雍如也。君耽於雅素，伏迹林園，然而宗族鄉黨稱之無異辭，是足以徵皇朝道化洋溢，中林之士咸知慕義惇倫，所以休徵之降，雜沓總萃，而又知君之致茲景福，方盛而未艾也。

歲在己酉某月，君六十初度，諸賓申謀所以壽君者。余惟《晉書》所載，若何萬倫之至性，顏弘都之因心，均以令德享大年，紀湘素而流塵躅。君之篤行，於古無讓，斯所謂"德之攸屆，有感必徵"，史氏之贊，可謂允矣。

是爲序。

徐君潛昭五十壽序

張子曰："至當之謂德，百順之謂福。"夫言福，則先於壽，箕疇之所衍也。言德，則孝悌爲彝倫之根本，而可以通乎神明。言行爲君子之樞機，而可以動夫天地。天地感而神明鑒，受茲介福，若珪璋之合，取攜之易也。

徐君潛昭，幼而孤露，不逮於養。其居里閈，誦莪蒿而念劬勞；其游京師，又望松楸而生顧戀。於是繪川原林澗之景，堂楹几案之象，名之曰《追遠圖》，歲月時節，展而瞻拜，以伸其永慕之思，至于今五十而不懈，可謂孝矣。君之生也晚，伯兄瑞章爲嗣，君少失怙，賴伯兄撫育教誨，而克有成。君事兄甚謹，事無鉅細，必諮而後行。室無私財，竈無異烟。既歷四十年，以義門爲武林所推，可謂悌矣。君儀貌恂恂，神志恬靖，審於言而後發，擇於義而後蹈，與周旋終日，語不違節，而體無惰容，可謂能謹言慎行矣。聖朝搜訪遺逸，且欲得孝友端方者，懸其格以羅之，如君宜蒙恩綸，表厥宅里，而方抑然深藏，不欲以名自彰。雖然，鳴臯而聞天，必將自上祐之，不匱而錫類，因心而篤慶，脩身而致福，其於感應之道昭昭矣，天人之際何遠哉！

仲夏下浣，君懸弧之辰，因以爲祝釐之詞云。

族兄永年八十壽序

劉向曰：“仁者何以樂山也？夫山巃嵸纍峞，萬人之所瞻仰，育群物而不倦，四方並取而不限，是仁者所以樂山也。”其説異于朱子。包咸曰：“仁者之性好樂，如山之安，固自然不動而萬物生焉。”朱子稱其内，劉氏美其外，包説兼之。然則仁者必壽，曷爲舉内而遺外？吾謂舉内可以立德，不遺外可以勸善。立德之理微，而勸善之功著。

吾兄封中憲大夫永年君，志於仁者也。幼而孤露，僅繼母在堂。長值山海交訌之際，性且豪宕，不屑事家人生産。久之，不自聊，乃激厲折節，屛少年之游，往來吳、楚間，奔馳服賈，以養其親，以立其家。中身以後，仲子既長，而才能佐助其勤，涓涓之積，漸有餘波矣。當落拓時，常慨然多藏者之不施，而緩急莫之恤也，曰：“他日必矯兹。”及是，則孳孳焉行其善。嘗值邑中旱饑，度困庾所儲，足供長幼饘粥，餘悉以惠族戚鄰里之空乏者，粟盡乃止。遠鄉則竭力捐貨，以奉官之賑給。其平日觸目而動心者，知之無不爲；啓齒而汗顏者，叩之則必應，蓋不忘其素志也。伯子、長孫俱有名諸生間。叔、季二子同歲成進士，天子簡署環衛，近日月之光，遂荷綸封，以膺章服。降祥之理，捷於響報，爲善者可以勸矣。

慶其大耋，酌以大斗，屬予祝釐之詞。予聞莊辛之對楚君也，曰：“君子之富，假貸人不能也，不責也。其食飲人不使也，不役也。親戚愛之，衆人喜之，皆欲其壽樂，此君子之富也。”夫富不期於陶、猗，期於好施，隨力所及，以行仁者之方，皆人之所願，天之所福也。兄視聽不衰，步履輕舉，至今尚握家政，夙興夜寐，精力如少壯時。既秉自然之安固，而鄉黨歸仁，莫不瞻仰焉，指南山以爲期，詩人之取喻允矣。

是爲序。

大宗伯蔚州李公壽序代

國家肇開景祚，寧濟寰瀛，光岳之神，必有所寓，以其鍾於太和之運，於是有淳德正氣之臣應時而出，允膺備福，耀于朝野。以余所見，則蔚州尚書李公其人也。

公之大父篤行長者，爲遠近所歸仰。逮及賢尊，擢第南宮，含香農部，世載其懿，流祉于今。公誕於皇朝定鼎之六年，襲是家慶，實當聖期。故大司寇環溪魏公，公之姑壻，學紹儒宗，行爲人表，陳謨執法，以正直之聲聞於天下，巍然有斗岱之望。公幼而受業，凡一言一行，咸奉以步趨唯謹。自爲諸生，儕輩莫不敬異，知其學行有淵源也。通籍底于宦成，閱歲四十，始由舍人改給事，内升爲兩寺卿，由副都御史爲三部侍郎。公性度凝重，未嘗汲汲於榮路，安己率素，不邀當時之譽。然而貞吉升階，從容以登，竟乃躋于九列，位冠貳卿。其從宦也達矣，守道甚篤，執志不移。居大廷集議之班，與理諸曹章奏簿書事，方其中，不圓其外，意所謂不可者持之堅確，不可以詞説動。然而安然屈伸之感，周旋元吉，未始涉於悔咎，其保身也泰矣。

今天子御極之初，以年及縣車，求歸田里。天子重公德望，晉秩尚書，賜額曰“衡平耆碩”，暨衣幣珍藥，備荷恩華，以光林澗，完節令名，若蒼松之不凋，白璧之無玷。嗣音魏公，可謂不忝師門者。長公南屏先生，旋自少司農擢掌邦禮，既聖心簡在，亦所以垂眷宿舊，採棟梁於喬木之家，俾濟其美而引勿替也。

歲之季秋中浣，公齒登八秩，春官列曹以予嘗與公同佐天官，又於宗伯有通家之好，請祝釐之言。余聞公既遂初服，神志愈朗，視聽不衰，其壽考殆未艾。説者謂天之與人理義氣數，紛糅而不齊，常有豐於德而嗇於遇者，惟公德音是茂，而得氣之厚、取數之多，行業彰于朝著，冠蓋盛于家門，保定孔固，自上佑之。然則語天人之交，信乎壎唱而箎和，璋判而圭合，用能遭逢堯、舜仁壽之世，以受諸多福也。

是爲序。

高太翁壽序代

雍正八年夏，兵科給事中歷城高君山，被命巡察臺灣。是行也，兼《周禮》司諫、司牧與小行人之職，而臺灣之選尤重。高君二親在堂，白髮偕老，自通籍來，違侍色養，于今八年。君命不宿，古之義也。然而皇華使節，驛程所經，去家四十里而近。於恭請聖訓之日，稽首陳情，乞便道省覲。天子允其奏，且賜五日之期，君稽首奏謝以出，朝之士大夫莫不爲君之父母榮，而嘉君陳情之孝。其歸也，所謂國人稱願，然曰幸哉，有子若此者也。《詩》不云乎，“教誨爾子，式穀似之”。傳又曰：“士有善，本諸父母。”於是山左之士大夫賢高君，而推原義方之訓，追媺其所生。

蓋太翁敏公先生，敦於本行，事母李太君，深愛發於容色，視膳之旨否，問衣之燠寒，飲食動止無不適也。兄弟和樂，以順其親。今俱老矣，藹然無幾微之間。其本行如此，則和氣之充鍾于令子，不亦宜乎？其居鄉也，以厚道自將。謀其不逮，以盡厥心焉；濟其不足，則殫厥力焉。族黨戚屬之間，翕然以邨、王相儗。使得時而駕，必將籌畫有裨于世用，德惠有曁于生人。蘊而不彰，則涵蓄之厚，發于令子，不亦宜乎？

歲之十月，太翁懸弧之辰，其齒則《禮》所謂老而傳者。寮寀賓串登堂稱觴，請予爲祝釐之詞。予聞至孝之道，安親爲上。高君以風節之茂，遭際聖明，樹聲績於海外，而又克盡孝道，陳情於每懷靡及之日，可謂能安其親矣。心安則身安，身安則視聽不衰，保定孔固。況乎內篤本行而外彰厚德，該是二者以迓吉祥，允乎璋圭之合而取攜之易，享斯大年，登于期頤，不亦宜乎？高君，予癸卯榜所取士也，故不讓而爲之序。

葛玉璽壽序代

事有千載而一遇者，生於太平熙皥之世，則風淳氣厚，朝多純德之臣，鄉有不貳之老，運會所鍾，非偶然也。

我玉璽葛翁生於本朝定鼎之初，恭遇先皇帝，歷服縣長，久道成化，薄海內外，咸躋仁壽之域。翁稟性樸茂，又能謹身勵行，以迪厥躬，抱德之懿與氣數相值。當康熙五十二年，先皇帝六旬大慶，聖節遐邇，士庶龐眉皓首者奔走趨附，效華封人之祝。先一日，自暢春園設全鹵簿，御輦回宮，翁與諸耆耄跪迎道左。次日，又得叩首闕下，旋復賜宴賜金。便蕃異數，翁之際遇，何多幸也。行年八十，而耳目聰明，強固不衰。子姓成立，門戶漸興。今皇帝紹堯致治，建用皇極，歛時五福，以敷錫兆人。翁且年高而德逾劭，足以導迎福祉，其登于期頤，上聞天扉而表之為昇平人瑞，如圭璋之合，取攜之易矣。

歲之五月下浣，翁誕降之辰也，吾同里賓串謀祝釐之詞，故於是乎書。

趙母關太夫人壽序

自昔名家盛族，文武忠孝，世載其美，家聲之茂，與國運同其休明，豈獨祖考之勳伐，與其子孫多材賢而已？必將有閨壼徽音，履婦道，脩母儀，躬《葛覃》之德，以成喬木之陰，史乘所紀，可得而稱焉。若趙母關太夫人，殆其人歟？

太夫人幼時，其尊人臨陣奮身，殉節戎行，已能以大義慰安母氏，朝夕盡孝。逮歸于侍衛公，從容之節，協於珩璜；婉娩之性，同於蘋藻，宗黨遠近咸以為無愧女宗也。征南大將軍鎮守江南，奉命討逆，太夫人事祖姑與姑，敬視起居，食飲不懈益虔。及將星隕落，盡室旋京，侍衛公銜恤承家，思篤前烈。太夫人相助夫子，循彼南陔，祇奉北堂，幽憂勤苦，未嘗一問外事，而井然就理。侍衛公早辭蟬冕，年命匪遐，太夫人黽勉餘生，事姑嫜，撫孤幼，賢明之聲，自內外尊卑，莫不歎異。每念代葉中微，將紹門緒，不遏前人之光，非有賢俊，罔由興起。故所以督教諸孫，使之就師友，成學業，有文武材用，未嘗一刻而釋於懷也。由是珠樹競爽，皆蜚英聲，騰茂實，趙氏之世復振。

長公布君以參領特授吏部文選郎，旋用才能，廷議薦舉，命為通州坐糧廳。太夫人每聞恩命，必告誡曰：“若等未有樹立於時也，直以家世忠孝，聖天子篤念舊臣，澤及後裔。夫家之廢興，豈不在人？繼序不忘，孝也；夙夜匪懈，忠也。汝行勉之矣。"長公將迎養於官署，太夫人愀然曰："吾事汝祖母，數十年來，未離左右。今春秋高，且善病，不能乘車輿，勢不獲偕往。吾忍就汝之養，而闕吾養耶？"長公請以時迎，太夫人可之。然偶一至署，不數日即歸定省，曰："吾念汝等，則知老姑之念吾，吾安得久於此？"遽命車去。

六月中浣，距設帨之辰，歷年六十。其同官吳君某，有登堂之誼，請余言以爲稱觴祝釐之詞。余惟周詩導揚先代，必言内助。至於"釐爾女士，從以孫子。用集景福，以迓天休"，非偶然也。蓋其德之幽靜，心之專一，雖露屋草茅，而可以感動天地，況乎貴顯之家，其所爲者，不益光且大乎？太夫人之神氣方強，其受福殆未艾，而律以恒年不稱老之文，猶將孺子慕者。人既以太夫人之有令子爲榮，而又以太夫人之養老姑爲盛也。勖哉布君，勉堅嘉績，以揚光輝，其勤思《孝經》之義，毋怠焉。

是爲序。

楊母遲太孺人八十壽序

自昔世德之緒，髦彦輩興，溯其所由，則中壼之佐助，與先業之積累，功勤而效等。其在《詩》曰"釐爾女士"，鄭氏云："予汝以女而有士行者，謂生淑媛，使爲之配也。"又曰"從以孫子"，鄭氏云："天既予汝以女而有士行者，又使生賢知之子孫，謂傳世也。"天之被禄，莫大於是，然則女之有士行與士之篤行，其傳世裕後何異哉？

即墨楊氏之賢母曰遲太孺人，孝廉某君之母，而編修某君之祖母也。嫻於七誡，克脩四德，曹大家所謂清閒貞静，擇辭而説，盥洗鮮潔，專紡績而議酒食者，殆造次不違也。既歸于楊氏，事君舅、君姑，問衣燠寒，視食滑甘，無不與君子偕，族戚稱其孝焉。專心正色，以祇所天，閨門稱其順焉。處嫂妹之間，依義以篤好，崇恩以結分，故舅姑矜善而夫子嘉美焉。逮近中年，獨操家政，端坐北堂，脩明慈訓，罄具留賓，延譽當代，湛母之高行也。侵夜授書，學成名立，宋宣文君之賢明也。婦道母儀兼之而無闕，允乎與士行爭光，施于孫子而先後貴達，不亦宜乎？

歲十一月既望，太孺人設帨之辰也，壽及八十。賓串稱觴者，冠蓋相望，編修君請予祝釐之辭。予聞太孺人年既耋矣，家既貴矣，然猶灌瀚不辭於身親，紝綴不離於手製。質明而先盥漱，以率勵于壼幃。中宵而聽講誦，以督課其幼穉。夫天之萃美於是也，德行之厚，并其精神血氣之厚而畀之，斯豈獨太孺人之追媲敬姜，劬躬不懈，蓋備福之基，永年之符也。《易》不云乎，"受茲介福，于其王母"。歷觀史傳所紀，簪裾之盛，逮見再世者希矣。今太孺人方克勤以享遐年，而編修君又克孝以受介福，德盛而令名昭于圖頌，位顯而恩命渙于縑緗，由是言之，楊氏之慶澤，可謂源深而流遠矣。

是爲序。

吳太君七十壽序

自昔正家之道，難於雍睦，而尤難於君娣之間。《易》著《家人》之卦，反對爲《睽》，其《象傳》曰："二女同居，其志不同行。"然則同居而志同，豈不爲家人之吉，昌後之徵乎？

吾兄敬軒爲諸生，擅名於時，年三十七，而未有子。嫂林太君訪于舊族女，納諸篋室，是爲吳太君。入門以後，閨閤藹然，情若親姊妹，於族戚殆無間言。越歲而舉男子，是爲雍正二年進士字筍湄。筍湄甫產，則林太君親提抱養育之，其飲食非林太君哺不咽，其啼號非林太君拊不止，族戚往來者，莫知筍湄爲吳出。自是吳太君復連舉三男子，林太君意益喜，視諸子均一。然以筍湄幼而慧，故情愛尤鍾，茂是母儀，殷懃慈誨，以至于有成立。是豈獨林太君寬慈之德行于門內，而吳太君所以善事女君，婉娩承順，能得其歡心者，不待於表潛闡幽而後可知也。《詩·二南》述人倫之始，語其君之逮下，有《樛木》之喻焉；語其娣之安分，有慧星之譬焉。至於《江沱》之咏，始暌而終悔，猶載之篇章而稱美之，況於志意之同，始終如一者耶？是則聖朝道化之盛，追邁二南，而吾兄家門雍睦之美，可以傳風什而叶工歌，亦有燿於在昔也。

筍湄將赴臨漳，以吳太君年躋七十，思所以爲親榮、爲親壽者。余告之曰："人子有善，歸之於親；人子致福，亦歸之於親。子爲臨漳，有績業於國，則聖天子推恩，以逮其所生，而錫之象服，斯足以爲親榮矣。有惠澤於民，則躋堂稱觥者，咸溯其所自，若頌魯侯而祝其壽母，斯足以爲親壽矣。忠孝之道，相資而相成，可不勉歟？"余職在著作，有善得書，故濡筆而序之，匪唯以祝釐爲義，雖抗吾言，而贗續於劉、杜其可也。

徐母陳太孺人六十壽序

善乎劉中壘之秉彤管也，八篇之目，以母儀冠賢明、仁智、貞順之首。蓋閨壼之德有三：其事舅姑，婦道也；相夫子，妻道也；教子，母道也。人倫攸始，則貴妻道之順；家庭統尊，則重婦道之孝。至於有子而能教，其事最後，而劉氏先之，何耶？夫在室能事父母，則能事舅姑；不忘父母之命，則能無違夫子。獨至於教子之道，父嚴而母慈，故常以姑息之愛，妨義方之訓，是則言德於閨壼，以母儀爲難。

同署徐晉叔先生，門緒鼎盛，棣萼相輝，吾於其賢母徵焉。晉叔尊人性度高曠，不治產業，日以著書賦詩自娛。家事鉅細，悉委之陳太孺人，夙夜綜理，井然有序。治家嚴整，乳媼竈婢，一約以矩法。至於訓導晉叔兄弟，進退出入，非禮不由。稍長就傅，歸自塾，必稽其日課，而續以夜誦。短檠朗照，端坐而聽之。其所以辛勤責望，期於樹立者，義方之訓無加焉。在《易·家人》之卦，父母並稱嚴君，不其信歟？

雍正七年秋，晉叔奉命典試江右，拔擢皆髦彥，前茅多雋於春官，人皆謂晉叔能孝。張子所謂育英才，穎封人之錫類者也。八年中冬下浣，太孺人六旬大慶。季夏，晉叔得請於朝，歸而稱觴。其弟書年，余丙午所得士也，奉元兄之命請祝釐之詞。余聞禮法之家必興，嚴靜之人必壽。太孺人白首相莊，方以遐齡偕老，而晉叔兄弟齒髮正新，約己劬躬，以奉高堂之教戒，則顯親揚名之道茂矣。他日者以彤管圖而頌之，列於母儀，雖與崔、韋爭耀，可也。

是爲序。

張母胡孺人壽序

昔劉向著傳繪圖，握彤管以揚閨壺之懿，其目首標母儀。蓋婦人之德，孝於尊章，而敬其夫子，此草茅庶賤之所與知與能也。至於善教其子，不姑息以爲愛，則非知大義者不能。況乎閨壺之懿，潛而不耀，故范逵稱陶士行之母湛氏曰："非此母不生此子。"觀於其子，而其母之賢可知也。

吾友於潛徐君潛昭，亟稱道昌化張君巨川之爲人也。性至孝，始年十七，則能刲股以療父病。年二十餘，而母胡孺人病，君又刲而羹以進。前後療皆有效，而肌膚無痛楚，若有神焉相之。其行誼端謹士也。予曰："若是者，其母教善乎？"徐君曰："母胡孺人爲其賢尊龍君繼室，入門，而前人之子僅遺孫在，孺人撫之甚有恩。張君慷慨重然諾，座客常滿，孺人勤中饋，議酒食，無失禮者。十載以來，孀居教子，常使親善士，遠匪人，謹飭言行。巨川奉之以無失墜，其爲母教，不亦善乎？"

歲之某月，孺人年躋五十，巨川介徐君來謁，求祝釐之詞。予謂德之致福，如璋如圭，如取如攜。孺人享有大年，以膺繁祉，其所固有也。若徵歷代史例，則孺人登於賢母，巨川列於孝子，允矣。雖然，孝之爲道，無有限量。經云："立身行道，揚名於後世，以顯父母。"使巨川益懋其行，有所表見，則母氏之賢名益彰，巨川勉之矣。

是爲序。

曾母陳太君壽序

予讀《戴記·内則篇》，感而歎曰：立教之指遠矣。蓋《孝經》言男子之事，而未及於閨閣。《家人》卦明正位之道，而未溯於行本。觀於禮則具矣。夫婦人之孝舅姑，比父母爲難。故一家之中，而有慈姑如母，孝婦如女者，謂之福祥之門。

曾君伯超偕予四子旭世壯遊京師，寓予邸舍逾兩月，稔其家事。伯超之考曰子佐君，幼而偏露，田業毁於兵革，賴其先妣吕孺人辛勤鞠養以成立。子佐君既冠，而娶陳太君，母子婦姑藹然相依，吕孺人既以愛子之心愛婦，太君能以敬夫之義敬姑。凡所謂鷄鳴盥櫛，以適姑所，下氣怡聲，問衣燠寒，疾痛疴癢，而敬抑搔之，昧爽而朝，日入而夕，承以旨甘者，緜歷歲月，不懈益勤。奄棄孝養，子佐君勤求宅兆，十年未得，凋謝旅次。伯超之兄肇球相與奔走陟降，又二十年，然後得之。太君爰自始事，念釋在兹，朔望減餐，默禱於神，凡三十年，二子勤請而不言其事，後復乃知之。予聞憔悴之後，必有榮華，感之以誠心，迎之以和氣，動於此而應於彼之道也。太君之孝，紀於彤管，圖而頌之，焯有光耀矣。今肇球行年六十，而能脩孺子慕，爲老萊子之容，以娱其親。伯超樹立績效，敘秩司閫，以榮其親。前有慈姑，後有孝子，孫曾羅列，若珣琪之柯，照映庭階，鬱爲將來之珤，非所謂塞極而通，壽臧熾昌之時乎？

歲之五月，太君年躋八十，伯超告歸，予故序述家門行誼之茂，原於禮經，爲吉之先見，以祝太君之耋，且以爲賢婦能孝事其姑者之勸。凡賓串之登堂稱觴者，其必有感於吾言也。

方母仰孺人七十壽序

天下有禮之所未聞，律令之所不載，而動乎性情之至，雖傷戕肌膚而不遑自恤者，刲股之事是也。其發於女子婦人者，尤專且切，吾於方母仰孺人有感焉。孺人之爲女也，刲股以療其母；爲妻也，刲股以療其夫；爲婦也，刲股以療其姑。刲股而至於三，有效有不效，是其有命，要其志之誠則一也。二十有四而寡，上事其姑，下教其子，内外稱焉。孺人之於爲女、爲妻、爲婦、爲母，無遺憾矣。

雍正癸丑十月，年躋七十，其族子國賓請祝耋之詞。余惟孺人專切誠篤之意，可以動天地而感鬼神，然則延年致福之方，不必外求，而稱觴祝耋之言，亦無所煩於他引，識者當以余爲知言也。

鄭母陳太君壽序

蓋聞坤貞《易》繫，效大地之無疆；壽母頌歌，獲自天之純嘏。誰家姆教，堪同孟氏芳鄰；懿此女宗，直續班姑史筆。北堂萱草，映樛木以長春；西岳蓮花，共蟠桃而不老。良由備柔嘉之婦德，故爾極昌熾于高門。

恭惟鄭母陳太君，通德名家，潁川華冑。星輝五夜，爭知邑宰之賢；聲重三台，共識尚書之履。儒風久振，祖父則弓冶相承；經學餘芬，昆友則芝蘭並茂。太君幼即端莊，長而淑慎。熟嫻《内則》，既雞鳴盥漱之無愆；練習女儀，亦箴管紉裳之必飭。其于歸我鄭太翁也，鏘鏘鳳卜，克配名流；翽翽鸞聲，早稱佳婦。事庭幃以孝養，脩瀡必親；接姻婭以周旋，乾餱罔失。機絲札札，相夫子以成家；筐筥遲遲，共家人而習苦。閤中椎髻，桓少君遜此風規；廡下齊眉，梁德曜方斯妙躅。矧乃恪修閫範，寧矜新婦之賢以爲賢；仰體慈顏，即視高堂之愛以爲愛。篤嘗羹之情好，何啻友于；咏鼓瑟之風詩，洵如兄弟。迨夫紫芝人遠，黃鵠歌沈。太君則育此鶵雛，養成鳳翮。畫荻灰而成字，豈憚勤劬；屑熊膽以和丸，方期努力。

仲君才推陸海，學號潘江。爾日方膺[帝]命，才華已並龔、黃；他年典領名邦，政績應同卓、魯。況乎海上之光，的皪盡是王珠；階前之色，璘瑜無非謝玉。太君版輿就養，斑衣繞膝以承歡；鶴髮含飴，孫竹褰裳而博笑。兹當三夏令日，適屆六裛華辰。露浥池荷，百歲進延齡之酒；香傳雪藕，千秋廣介壽之章。珠履交輝，金觴四奏。柳太君精神愈健，坐列會元；郗夫人視聽不衰，年逾耄耋。長日正舒於蕙壼，恩綸佇錫于楓宸。然而雋氏母儀，美行須垂于青竹；陶家慈訓，賢聲乃藉于金蘭。用以儷詞，彰兹盛事。使鄒、枚授簡，揚彤管之芳芬；夔、曠升歌，奏瑤笙而諧叶。則仲君可以攄情愛景，酬德春暉；祇奉怡顏，宜其迓福矣。

是爲序。

近道齋文集卷三

題　　跋

大禮記注恭跋

臣等謹案：《孝經》曰："天地之性，人爲貴。"人之行莫大於孝，聖人之德，又何以加於孝乎？《禮記》曰："夫孝置之而塞乎天地，溥之而橫乎四海。"在昔聖帝哲王，未有不以孝治天下者也。而盡倫立極，篤於天性本源之地，樹蒸民之範者，則惟至聖能之。

欽惟我皇上盡至誠之性，躬大孝之德。昔在藩邸，晨省昏定之虔，問安視膳之謹，愉色婉容，先意承志，深得聖祖仁皇帝歡心。及聖祖仁皇帝龍馭上賓，皇上攀號哀切，毀瘠逾甚，慘戚之誠，臣工瞻視，皆肝腸摧裂。凡大典所在，永懷慎考，盡制備物，極詳且愍。初，奉梓宮於乾清宮正寢，奉移之處，不忍遠離，特命奉安於壽皇殿，朝夕饋奠，必親詣行禮。恭上尊謚、廟號，特命文武廷臣集議。聖以表大成，祖以彰弘烈，仁以象至德，獻議僉同，天心允愜，乃親刺指血，點定謚號冊寶，親閱視于太和門，哀感盡禮。景陵碑區皆親灑宸翰，陵名亦刺血點定，以昭誠敬。恭寫御容，供奉于壽皇殿，陳設几案，圖書器具，朔望展謁，歲時薦新。凡遇祭祀之辰，皆躬親奠敬，思慕思哀，宛然事生之節。聖祖仁皇帝宮中服御之物，皆令敬謹珍藏，不忍服用。撫時追念，觸緒增哀，諱偶睹而涕零，言偶及而淚下，孝思深至，無所不用其極。侍奉孝恭仁皇后委曲承顏，哀戚之中，厪懷慈體，晨夕問視。迨遘升遐，哀毀一如先帝，大事更復曲體仁慈，敬承謙德，詔諭所及，聞者感動。聖祖仁皇帝禪除，祫祭太廟之後，群臣懇請即吉。皇上以帝后之禮雖殊，父母之恩則一，仍於養心殿素服齋居。屆禪除而後致祭奉先殿，昭

103

告成禮。身服兼喪,哀慕罔間,盡倫立極,度越古今。

　　臣等伏睹皇上亮陰大禮,自古帝王未有能行之者。當初喪之時,擗踊呼號,水漿不御者累日,席地寢苫,不顧祁寒盛暑。此自古帝王所未能行者也。每日三上食,備極哀敬。致祭之日,凡樽罍簠簋,躬自進獻,致愛致愨,儼音容之如在。此自古帝王所未能行者也。臣等歷考前史,希聞親送梓宮之事。我皇上於雍正九年三月,親送聖祖仁皇帝梓宮。八月,又親送孝恭仁皇后梓宮。道途之間,趨承蘆殿,朝夕奠獻,致敬盡哀。此自古帝王所未能行者也。歷代山陵之事,大抵以山陵使主之而已,嗣主不聞親臨。皇上於梓宮大葬之日,躬詣靈域,先期設祭。恭閉元宮之日,感動號哭,扈從臣僚莫不悲痛失聲,震動山谷。暨兩次謁陵,備盡愴慕。行禮既畢,尚顧望殿門,不忍回蹕。此自古帝王所未能行者也。居倚廬二十七日,而後移居於養心殿。元年正旦,群臣再三請升殿受賀,皇上不允。至五月之朔日,而後御乾清門。五日,而後御太和殿。當登極之日,聖心哀感涕泗,不能自已。至二年正旦,升殿受朝,聞讀表之聲,不勝酸楚。至於孝恭仁皇后禫除之後,群臣奉觴稱萬歲,皇上尚悽慘垂淚,思慕無已。此自古帝王所未能行者也。乃若三年之內,雖郊、廟、社稷之祭,勉從廷議,以時舉行。宮禁之中,齋居素服,想象音容,時時灑淚。歷二十四月之久,聖情肫篤懇摯,始終未嘗稍懈。此尤自古帝王所不能行者也。

　　至若臨御以來,加禮舊臣,皇上必含淚垂諭曰:"此仰體聖祖仁皇帝之恩。"敷施仁政,皇上必丁寧詔告曰:"此繼紹聖祖仁皇帝之志。"至于天錫嘉祥,人歌樂利,皇上必宣示臣民曰:"此聖祖仁皇帝久道化成之所感召,深仁厚澤之所留貽。"皇上一舉一動,無非陟降庭止之思。而且聖不自聖,謙而又謙,群臣歎服,以為萬不可及,而皇上方謂哀忱之未盡展也。群臣仰感以為行之至難,而皇上方謂第盡吾所當行也。無一毫矯飾之心,無一毫勉強之意,至誠惻怛,洋溢于言辭容貌之間,而周徹于政事治功之大。孔子曰:"舜其至孝矣,五十而慕。"孟子曰:"大孝終身慕父母。"《詩》曰:"永言孝思,孝思維則。"又曰:"孝子不匱,永錫爾類。"皇上大孝,允乎媲隆於虞、周,是以孝陵靈蓍叢生一尋,宮庭慈烏飛繞七日,草木鳥獸皆感皇上之大孝,而况於人乎? 薦醴之辰,則飄揚縞雪;因山之會,則靉靆祥雲。其最異者,當聖祖禪除祫祭之月,日月合璧於清廟之宿,五星聯珠於《乾》卦之宫,以數千年一覯之殊祥,彰皇上亘古莫倫之大孝。《孝經》感應之道,所謂明天察地,而通神明、光四海者,豈不信哉?

臣等忝列禁近,職司記注,謹稽自康熙六十一年十一月,以逮于雍正四年五月,孝恭仁皇后三周年之期,逐時編次,名曰《大禮記注》,凡成九卷,冀以敍述聖德,昭示久遠,建人倫之標準,垂萬年之憲章。昔宋臣曾鞏有言:"唐、虞之德,爲二典者,推而明之,豈獨其迹哉? 并與其深微之意而傳之。"以臣等之愚陋,僅紀事迹,尚多闕遺。况於皇上孝敬純誠之心,蕴於性而發於情,纏綿深厚,而不可以言語文字宣者,猶夫乾坤之容,日月之光,莫能繪畫。臣等雖盡智竭慮,豈足以發明萬一? 伏增戰汗而已。

臣等謹跋。

讀劉蜕禹書上

劉蜕作《禹書》,大意以爲鯀不當配夏郊,然功雖不就,猶可謂勤民勤家者,則姑可以配之云爾。夫父子之道,一體無二。有人於此負人之貸,其親戚友朋代償之,無以掩其負心之迹,若其子償焉,則真如己之償之,而索者無所置其喙也。今鯀績用弗成,負鉅責於朝廷。禹竭力而成之,至於地平天成,雖謂鯀之績敗於唐而成於虞可也。克蓋前人之愆,以奏其效,禹爲聖人矣。若鯀之自爲之,而無負責焉,亦可以爲聖人矣。聖人之配於郊也無惑,而不知父子之一體,曲爲之説者,其不亦陋矣乎?

北 海 亭 跋

《史記》著《游俠傳》,艷稱其人,而《漢書》傳贊譏之。蓋其人椎埋之雄者耳,卑不足道,非能有裨於國事,有增於士氣者也。定興鹿太公當明季姦瑠薰赫之時,海内正人胥羅(罹)其禍,太公感國事之非,傷士氣之喪,藏留其子弟,爲之奔走營救，所全甚多。北海亭即其棲賓之所。是真以義俠者，使班氏遇此，則褒揚詠歎之不暇，而何四公子罪人之云哉？亭之名，蓋取文舉坐上尊中之意。然文舉意廣才疎，豈若太公者，客不徒留，酒不徒設，有深心厚誼，以扶植善類，比諸文舉當日爲有光矣。太公裔孫庶吉士邁祖以圖見示，因題其後云。

跋文簡黃公傳後

前禮部尚書黃文簡公傳，華亭王公撰，其書已經奏進，藏在史館。策得其藁，伏而讀之。公立身本末，卓卓如此，古大臣風烈何以尚兹？鄉里後生顧未得具聞其詳，又不知與其家傳同異。公之曾孫璞園先生，策姻也，歷官至陝西洮岷道副使，素節清剛，所至有聲。高年劭德，爲邦人望，允乎繩其祖武者，故書以貽之。高、曾規矩既有水源木本之思，前輩典型實增北斗、岱山之仰，并識其後云爾。

謹跋。

跋咫亭詹公行狀奏疏

前刑部侍郎咫亭詹公《行狀》一篇，作者姓名已闕。蓋古者惟達官而後有行狀，非其子孫所自爲，必託於世之能文者，以其行誼功業請謚于朝，如韓退之之爲董晉行狀，李習之所云"我撰兄行，下于太常"者是也。

今年秋，潘生鼎珪自故鄉來，從其裔孫攜此篇及奏疏二册以屬策，鈔録於僅存，多所譌誤，輒爲校訂，俾歸詹氏雕諸梨棗焉。潘氏與策家皆世居安溪之崇信，竊附於公爲同里。而策家與公家介佛耳山之前後二十里而近，烟火相望，世爲婚媾。公父子皆以乙丑登第，而先大夫成進士，亦以康熙乙丑。公父子爲御史，而策忝嗣先緒，亦官翰林，斯可異也。

康熙又壬寅初冬，謹識。

跋咫亭詹公奏疏

前刑部侍郎咫亭詹公奏疏九篇，前四篇爲御史時所上，後五篇爲僉都御史時所上也。其條奏巡按事宜一篇已闕，所載者蓋都察院之覆本，舊稿離爲二，又誤以其中條件十四爲目録，今爲刊正訖，可繕刻。

康熙又壬寅初冬，謹識。

跋温敬齋書

温敬齋先生書法逼肖松雪，幾不可辨，良由天姿秀媚，而臨摹之功，又專且久也。字學之妙，吾鄉三百年來一人而已。論者或譏其依倣太過，未能變化在我，卓然自成一家。然古人學書，皆有門户，迺由此通彼。今欲踰越門户而馳騁康莊，是不識塗而妄奔走者耳。到此地位，談何容易！予温家壻也，求先生真蹟有年，寥寥不可得。此迺先生書其王父誌銘及譜系一頁，蓋皆家譜中所載，惜不善藏，摺痕磨滅，稽其年，二百餘矣。紙墨皆精，故留至于今，固知當日亦自信其可傳矣。

康熙四十有九年秋七月，謹跋。

書朱貞女傳後

劉向《列女傳》曰："衛宣夫人者，齊侯之女也。嫁于衛，至城門而衛君死。保母曰：'可以還矣。'女不聽，遂入。持三年之喪，作詩曰：'我心匪石，不可轉也。我心匪席，不可卷也。'"是則有行將至，猶可以返，請期未逮，於禮何愆？貞女之行，比迹衛姜，可謂爲其難而過乎中矣。然其專壹之操，誓死靡他，誠止乎禮義者也。至乃畢志夫家，克脩婦道，十有餘年之間，始之以貞，終之以孝，其不亦愈難乎？向此傳列宋恭伯姬之後，貞女之行，蓋兼而有之。婉順於庭幃之際，而堅定於死生之頃，以是知尚書之家訓，而貞女之好讀書、通大義，爲不虛矣。

梁村先生以古文辭名天下，斯傳之作，折衷《春秋》之義例，以定其指，辭與事尤相稱，其必傳於後無疑者，竊書其後云。

書方禹功傳後

予讀《方禹功傳》，深歎皇朝道化之盛，雖草野布衣之士，以行節自勵。見財而不苟得,遇色而不苟求,若《周南》所詠中林之夫有君子之行者,茲非其人歟?

禹功有孫曰琦,予丙午典浙江誠(試)所得士也。《詩》不云乎,"無念爾祖,聿脩厥德"。禹功之善行,今紀於家傳云爾。若其孫之賢且貴,則人將追溯其鍾慶之由,而大發其幽光。《孝經》之義,顯親揚名,試念及此,則束身勵志,以光于前人者,琦也,可不勉諸?

書魯仲連遺燕將書後

魯仲連於戰國號爲矯矯者,如此書教燕將以降齊,是使人失忠義之守也,其可乎? 燕將降齊爲悖,反國無君命,盡節於一城,理之正也。仲連二策皆失之,則亦揖闔之習論,而未有以高於世俗。

題 呂 紀 畫

郭若虛論黄、徐體異,謂:"黄家富貴,徐熙野逸。"荃父子並爲待詔,給事禁中,寫禁籞所有,珍禽瑞鳥,奇花怪石,翎毛骨氣,尚豐滿。熙江南處士,志節高邁,多狀江湖所有,汀花野竹,水鳥淵魚,翎毛骨氣,貴輕秀。二者春蘭秋菊,各擅重名。

此卷染色淺淡,無艷麗之態,而翎毛骨氣,亦自豐足,殆酌二家之妙,而得其中者歟? 徐與唐希陸皆有孫著名。呂紀之蹟,生意藹然,爲畫家所宗,健可謂克紹門風矣。

題 畫

《畫譜》言書畫本出一體,蟲魚鳥迹之書皆畫也。夏鼎商彝尚及見其典型。若王子敬之與陸探微,皆作一筆。吴道子之於張長史,是即本師,意存筆先,筆周意内,畫盡意在,像應神全。滕昌祐爲蟬蝶草蟲,謂之點畫。唐希陸學李後主金錯刀書,得一筆三過之法,變而爲畫,顧撑三過處,書法存焉。三過筆與中鋒爲書法三昧,點畫波磔,皆用之。此卷用筆無側,而泯起止之迹,具得書法之妙,是丹青家上品,信可珤也。

題仙姑廟

先祖贈侍講公之誕也,蓋祈於賜恩山夫人,故小名曰賜官。既彌月,則託名於斯廟仙姑以爲子。及先祖舉於鄉,累上春官,嘗泊舟黄河之岸,舟中人皆睡熟,罅漏莫之知。先祖夢兩女神並列而坐,呼曰:"賜官速醒,汝舟漏矣。"先祖問何神,其一曰:"我汝生母也。"其一曰:"我汝養母也。"夢中見女神紅鞓浮泛波上,驚而寤,呼燭視之,則河水滲入浸淫,所穿朱履,在牀前已浮矣。疾呼舟子移就淺處,塞治之,僅得濟。於戲! 世俗所謂求嗣託名者,迂闊之士勿信也,庸知其果有徵而非誣耶? 故題之于廟,俾鄉人虔於崇奉焉。

記

潞河書院記

通州密近都城,依日月之光燿。聖天子壽考作人,大闡經術,以惠教海内,無遠不被,而□於咫尺户庭之間,其嚮學尤宜最先。户部侍郎儀封張公持節督倉場,公以伊洛淵原爲正道標準,執卷之士咸所宗仰,州之學者益蒸蒸焉。庚子初冬,張徵君雲章將歸江南,取道潞河,坐糧廳、吏部郎中布公瞻,刑部郎中吴公節民勉留之,爲學者師。維時副使李公繼謨、知州朱公英忻然同志,購屋於舊城通流閘之旁,以爲講肄之所。堂室更新,前臨清溪,有下帷之地,得觀水之樂,萃其英髦,示之模範,期年之間,知好古者衆矣。

初,建時諸公捐貲至千餘金,皆出自清俸之積,慮不可繼,歲之二月,吴公既有池州之命,與布公集漕司之胥吏運役,倡而率之。其家多有子弟肄業者,咸樂於從命,歲計得金二百餘兩,稍益以清俸。其於脩脯、膳蔬、膏火之資,充然具足,庶乎兹院之立,可以經久。

夫君子之仕，將欲脩職業而宣德意，固莫若養賢育材之爲大。然學者之自勵，與君子之勸學，非爲之不息則莫能要於成，是故非始之難，而繼之爲難也。今既謀其恒久，使來者可繼，師弟子之道不懈而益脩，若培木於山，畜鱗於澤，遲之歲紀，其必有干霄之材、興雲之礜，出乎其中焉，決也。然不可以後來之盛，而忘始事者之用心，則諸公錫類之意，可謂深且遠矣。

吳公行有日，屬予紀其事。予嘗至其地，而悉建事之始末，故遂爲之記。

泉州會館碑記

聖天子既定海外，鯨波永恬，市舶大通，吾閩之物産群萃於吳閶，風帆往來無虛月日。自閶門外之南濠，率皆枌榆之客，衣冠濟楚，比屋相望，而吾郡尤盛已。越二紀，吾郡人思立一館，以爲會聚講禮之所。且以海舶南北上下，利涉以安，實惟天后之庥芘，其弗可以忘，乃購地於南濠之南曰雁宕村，而經營焉。其鳩財也，先各施其願力，又就其貨之售直，而百捐一二，數年之間，貲盈二萬有奇，費以大充。其立制也，前爲大殿，以祀天后。大門之內爲戲臺，東西翼以層樓迴廊，又東爲廳，又西爲關壯繆公廟。大殿之後爲高樓，其東構居屋，其西爲園，蒔種花卉。樓之後爲池，臨以假山，編以藥欄，則遊觀之區也。後迤清渠，關門以便舟行者。丹艧之煥，厥觀甚美，工匠磚石之巧，率郡人也。肇役丁亥，迄功甲午，凡八載而成。又置田三十七畝四分，歲入租米五十二石二斗，及房業一所，爲香火之資，付道士許天錫守之。

予惟古之爲禮者，將以和人敬神，迓致祉福。茲館之設，客於是者歲時宴會，樽罍言歡，行李之至，欣然如歸，雖在三千餘里之外，與故鄉之樂無異。以天后之靈，祈且賽者，昭若響答。牲醴之用，鼓樂之陳，不懈以虔，其於和人敬神，不亦懿乎？夫際聖明清晏之運，居名都繁華之所，旅人即次，率度無愆，和氣所感，神貺斯應，是所謂求福不回，而吾都人之善由禮也。

丁酉之夏，予從相國李文貞公北上，嘗詣焉。喜吾郡人之好義以有成，故爲之記，俾鑱珉以示久遠。嗣音不替，是在後之人。其好義者之姓氏，則書于他石云。

閩省南郡仝建天后廟碑記

吾閩諸郡，泉與漳最親。自東徂西，則稱泉、漳；自西徂東，則稱漳、泉。凡兼言者，必聯兹二郡，而未與他相屬。□□□□□□□故也。會城南臺納建溪之流，以達大海，百貨通焉。習於海舶事者，莫若兩郡人，故家於是與族於是者，衣冠甚盛。以其情之聯，而聚之盛，歲時吉慶，不可無行禮之所。且以兩郡涉海之利，實惟天后神靈，奉宣聖朝德澤，風不揚波，報賽之典，尤弗可闕。爰卜地南臺福星舖，建立會館。經始於康熙戊戌年四月，告成於雍正丙午年七月。中爲殿，崇奉天后。後爲樓，則祀所謂張聖君者。自大門以内，兩堂三院，東西肆丈貳尺，南北壹拾捌丈。火墻爲界，其他經營，尚有俟於異日。

四年丙午秋，予奉命典試浙江，蒙賜歸舊里，來往會城，拜於廟者再，兩郡親友請爲文以示永遠。予惟兹館之設，敬神和人，情文胥備，能敬以和，要之以久，必食厚福。由一家推而廣之，其道皆是也。予嘉兩郡人之志，用濡筆而爲之記，俾刻石樹於大門之内焉。

蔡氏家廟碑記

宗廟之制，所以追遠報本，親親之道也；廟數多寡，與爵位升降，貴貴之等也；積善降祥，惟德垂裕，賢賢之義也。有爵而家廟克立，有德而世享勿替，德則無以加於孝矣。

吾表姪蔡君載園，篤於孝者也。少而丁時訌亂，奔走南北，以求養親之資。過浦城，謂上流孔道，謀一廛以治生。時干戈未戢，往來旁午，人不市居。君弗恤，獨以誠實不欺聞於遠近，求善貨者咸歸君。生計稍具，於是迎其父母與二弟至浦，備盡色養，兄弟相次授室，而家政稟於嚴君，不有私己。久之貲用益充，乃歸卜宅兆，以厝其曾祖父母，又迎致其祖父母之柩，以至於浦而葬焉。仲弟之子生而失恃，使内子舍己女而乳之，長而擇師教之，用登于賢書。二弟既均與資產,自祖免之親,無不周恤。其秀者皆得嚮於學,爲邑諸生,餘則咸爲之立室家、謀生計。今聚而居者且百人,皆君之澤也。

於戲!惟君之孝,上而溯之,自父母以逮於高、曾,故能旁而推之,由綦功以暨於祖免,體先人之慈愛,以行其友悌者,是之謂孝之篤也。君有遺命曰:"古之人,居有遷徙,惟其時也。以吾家之卒於斯,而旋反爲艱,宜建祠宇以合族脩祀。其側營爲家塾,置義田以資脩脯膏火,俾族之子弟敦詩書,重本行,紹續科名,以張門緒。吾志之而未及爲,汝曹其勉之。"其子廷鎮、廷錦奉之弗敢忘。

雍正六年,廷鎮以營田之績,褒叙於朝,品從第五階,爲奉直大夫,贈君如其官階。於禮,大夫得立廟。廷鎮乃立家廟於所居之北,祀以君爲主者,始得立廟也,上逮君之祖者,葬於浦之始也。廟之制度,不愆古禮,而家塾之興,一如君遺志。又於禮,大夫得行春秋之祭。歲之二月、八月,卜日以奉祀嘗。君之孝思,克用有成。《詩》曰:"君子有孝子,孝子不匱,永錫爾類。"東萊呂氏曰:"君子既孝,而嗣子又孝,其孝可謂源源不竭矣。"

於戲!君之孝德茂矣,君之子又能仰邀綸命,以爲君榮,繼述志事,用展親親之道,所謂世載其德者,是可紀也。銘曰:

蔡家于泉,由莆而徙。不常厥居,乃集于浦。惟奉直君,孝德有聲。哲嗣承志,家廟是營。奕奕興歌,禮儀既具。先祖是享,後昆是裕。裕昆伊何,建塾于旁。以育以訓,俾材斯良。允蹈天經,永占上佑。言培其根,枝葉斯茂。廟門之內,麗牲有碑。式念爾祖,視我銘辭。

左都御史管左翼稅務三公德政碑記

《周禮·地官》司市治市之貨賄,六畜亡者使有,利者使阜,害者使亡,靡者使微。蓋物少則增其價,引物自來;物盛則抑其賈,使民有節。古昔聖王治天下,所以纖悉咸理者此也。國家初定京師,擇八旗耆德以司市務。順治十六年,始分爲兩翼,設部員筆帖式以董之。康熙初載,則我左翼肇建於兹,司稅之官率滿歲而更。

洪惟我聖朝道化洋溢，和氣涵濡，仁育群生，盡物之性，跂行喙息之類，以孳以育，蕃衍盛碩，市易彌繁，故課司之務倍多於舊，居是官者，以稱職爲難。雍正六年春，都察院左都御史諱三泰公來攝斯任。公以公忠廉幹受聖天子眷倚之重，既兼理禮部、兵部及太常寺事，署鑲黃旗滿洲都統，文武之材，全而有之，用其緒餘，細大畢舉。初履任，則易舊篆以正文牘，葺故署以煥堂宇，推誠坦懷，示于群下，人不忍欺，趨奉教令，百寶俱塞，公道顯行，市之商賈銜德歌咏，價平事理，課賦充裕。歲滿報政，皇上嘉其成績，有旨再任一年。公精明彌勵，駕輕就熟，聲業逾茂。又屆歲滿，闔署僚吏思紀公德政，垂于永久，以策職操文翰，能撰述大臣功烈，迺爲之銘曰：

翊我昌運，時惟碩臣。上執邦憲，下司賦鈞。市富千群，政行兩載。鑱績青珉，芳名長在。

浙江提督吳公海運記

康熙四十九年，閩土告饑，聖祖仁皇帝特渙德音，截留江浙漕糧十五萬石以賑閩南。由浙而閩，惟海道之循，而波濤不測，難可保任，非得重臣熟於海者，莫能督率以往。時南靖吳公郡爲浙江提督，慨然曰：「聖天子大沛恩澤，以惠恤吾鄉，而某適董水師於寧波，當浙海之門戶，其敢不祗承？」於是拜疏以聞。遂集舟船，計米裝舟，數若干而足，舟配兵若干，數舟則一弁筦之，凡部分悉用水軍法。卜日禱海神，身坐戰艦，標以帥旗，令曰：「風潮信候，視吾旗所指，行而行，止而止，毋敢違越。」舟行若干日，風恬浪偃，聯舳直邁。凡十萬石之米，先後不逾三日，無顆粒不至於閩者。吾鄉之人大懽，曰：「惟聖主浩蕩之恩，亦惟吳公忠誠克贊斯事。」至于今謳頌之。

公讀書有文，彬彬儒者也，顧臨事勇決如此。深知海道，其爲提督，自每歲東南風起，至西風之息，命屬弁泛於洋，以搏奸宄。吾鄉商舶之販於蘇州者，若履坦途，無阻焉，吾鄉人亦至今稱之。雍正八年十月，因與同里親串話及此，因記之，將來編史傳者庶有采云。

薰風樓記代

史稱有虞氏都蒲坂，今蒲州是也。歷代以來，名公鉅人繼跡不絕書。今其州治屹然居秦、晉之中，西負潼關，北眺龍門，倚太行而襟三河，信天下之名都，形勢之所聚也。

州舊有市樓，始建莫考。唐節度使王重榮破黃巢兵，誓師其上，因以克復名。及宋真宗幸河中，登樓視區，遂改榜薰風，取舜彈琴歌《南風》之義，命陳堯叟爲文以紀之。元末兵亂，茲樓既毀，間有修舉者，誌不載其姓氏年月，故莫得有所考也。

歲甲午，余自南汝之僉事觀察是邦，至今歲戊戌五年矣，荷天之佑，雨暘時若，州以無事，乃延□□□□□告之曰："茲樓爲一州名勝，寢久不葺，將鞠爲茂草，諸君得無意乎？"咸欣然曰："唯命。"余爲捐俸六百倡首，州之僚屬紳士咸出財貨恐後。於是鳩群材，庀眾工，命教諭馬五梅、所千總袁可譽董其事。經始於孟夏，落成於己亥之十月。樓三層，高十丈，週二十五丈有奇。上下山川，瞰臨風雨。磚瓦木石，皆含壯麗。仍題其額曰古薰風樓，所以存古先之名勝，而起邦人之思也。夫事苟有關於世教，則君子盡心焉。余欲州人念帝舜之舊都，則思型仁講讓，以追唐、虞之俗；念宋真宗、陳堯叟之所游歷，則思古帝王、大臣之風烈，而砥礪於節義；念名公鉅人之輩出，則思修身敏行，以繼踵其徽音。此則余新斯樓之意也，諸君勉之哉！

余於是冬移節粵西，將與諸父老別矣，因爲紀其興事始末之由，與董是役者之勤勞，俾後之人有所考云。

臨漳縣學重建明倫堂碑記代

雍正六年冬十月，予來涖臨漳。既恭拜聖廟，顧瞻明倫堂，則坦然平土，詢謀諸生，僉言前政劉公搆木石灰瓦之用已具，改官祥符，未及興造。天時［人］事，其將有待。余固欣然願之，遂與邑紳士議工役之資。經始於七年二月，越數月工既訖,予偕紳士往觀厥成。

乃進諸生而告之曰:"爾諸生遭際盛時,可不謂厚幸乎?聖天子嘉意人材,廣厲學宮,特諭撫軍、督學之臣,選於庠校,有居家孝友、品行端方者,得以上薦聖天子廷覽而論定之。又諭内外臣僚,咸舉所知諸生之有猷、有爲、有守者,並得以上薦聖天子廷覽而論定之。紆組曳紱者,接踵相望,是諸生進身之階,自科目之外而廣焉,信千載一時之嘉會也。夫上以是求,下必以是應。國家所懸格而搜羅者,忠孝之士也。諸生登斯堂也,知五倫之道,忠孝爲大。以是爲學,謂之實學;以是爲行,謂之實行。倫明於上,民親于下,風俗既茂美矣,而濟濟乎英髦出其中,則官兹土者,於化民育才之職,庶幾無負,此予與劉公後先汲汲之意也。"劉公諱湘,三韓人。

中頂進香記

碧霞元君著靈於東岱,自畿南北及山左、山右暨中州之人,莫不崇信,負瓣香而趨者道路相屬。又各立廟以爲之行宮,就近而朝禮焉。京師有五頂,皆是也,而中頂香火最盛。宣武門内有橋曰乾石,此坊之人每歲具威儀,先集于普濟宮,以進香于中頂。自始迄兹,歷載五十。以其久而能虔,衆耆老議立石于中頂,以誌不忘,爰來乞辭。

余惟神道設教,可以佐助政化所未及。《書》不云乎,"惠迪吉",又曰"作善降之百祥"。每見道路進香者,其潔齋恭謹,無敢以一毫塵雜之念寓於胸臆,蓋純然善士也。苟持之無怠,時時有若元君臨之在上,質之在傍,則自然志於仁而無惡,其克致多福,若圭璋之合,取攜之易,非神有以私之,而己之所自求也。遂書之,俾鐫諸珉焉。

近道齋文集卷四

傳

李文貞公傳

公諱光地，字晉卿，安溪人。祖先春以義俠聞遠近。父兆慶爲邑諸生，當明季蔑棄正學時，獨篤好程、朱之書。公幼而敏悟，嗜學，父授以《五經性理》，勤誦精思。至年十七八時，已卓然有前修之志，言動造次必於儒者。丙午舉於鄉，庚戌成進士，選館，試詔令爲第一，授庶吉士，除編修。癸丑，充會試同考官，告歸省覲。越歲，耿精忠以福州叛，鄭經竊踞泉、漳，公逃遯深山，匿跡自完。未幾，耿、鄭交攻，乃密草奏，備陳平閩機宜，裹蠟爲丸，謀諸季父日煜，偕僕夏澤佯爲江湖術者，紿出杉關，夏澤亟走京師，投內閣學士富公鴻基家，因大學士以奏。聖祖皇帝手自削蠟出疏，讀再三，動容稱歎。康親王南征，有旨命訪求蹤跡，保護其家屬至京。

康熙十六年，泉州平，超升侍讀學士。將赴闕，丁外艱。時同安人蔡寅僞稱故明遺裔，裹白巾號白頭賊，衆至萬餘，圍安溪縣者再。公簡糾鄉里，得精銳三四百人。賊窺伺其鄉，乘高欲下，使弟光垤率百餘人扼於險要，卒不得逞。檄諸鄉絕其貲糧，應時潰散。十七年，鄭經使其將劉國軒圍泉州，屬邑皆不守，斷江東、萬安兩橋以遏救兵。公遣人從間道走福州、漳州請師，以鄉兵迎導。於是寧海將軍喇達自漳州道安溪，巡撫吳興祚自福州道永春，並時而至，國軒倉惶解圍走，屬邑皆復。事聞，升內閣學士，兼禮部侍郎。

服闋，入都，不待缺補官，頻蒙召對。奏言鄭經死，子穉，部下爭權專殺，人思內向。乘今時勢，征之必克。因力薦施公琅可任以專征，聖祖從其言，果平臺灣,置郡縣焉。旋乞奉母歸里,居三年,入爲掌院學士,教習庶吉士,充經筵日講、起居注官。復以省覲歸,假滿,赴原任,改通政使,升兵部侍郎,命視學畿輔。內艱,解任守制。服闋,申前命,補工部侍郎。士能諷二經以上,及古文百篇者,加意獎拔,由是翕然嚮於古學。科試未竣,改授直隸巡撫。正身率屬,屬吏咸知自勵。南隄、子牙、北開、柳垡皆親奉聖祖指授□□□□溝,歲不爲患。寬墾耕馬廠者以業窮黎,理紅剝船地歸之民,案不留牘,獄無滯冤。升吏部尚書,仍留本任。四十四年,拜內閣大學士,眷倚彌殷,旬日間必蒙召對,密論移時。公性敬慎,雖其子弟弗得聞,故其謀猷入告,罕有傳者。

其平日持論,惟以扶植善類、登進俊良爲先,休休有容,聞人一善若己有之。辛未、己丑爲會試總裁,得人爲多。爲巡撫所薦拔文武部吏,至開府擁旄者無慮數十人。或以清修績學,在草澤山林,而乘時進用者,前後相望。公未嘗言所自,其人莫知也。自通籍後,德望巍然,前輩老宿多與爲忘年之交。加以虛心請益,有善必取,問音學於顧寧人,問曆算於梅定九,皆略盡其要,手不停披,洛閩遺書,至丹墨數徧。喜與門弟子講論,不厭往復。有一言之合,即幡然改己說而從之。故其學日進不已,老而益明。少以道義自任,有嚴毅不可犯之色。及其晚年,晬然溫以和,所謂讀書變化氣質之效也。

最邃於《易》,用心五十年。及奉命修《周易折中》,圖書象數之源,恭蒙聖祖親傳奧秘,彌以深造。前後奉命修《朱子全書》、《性理精義》,俱行海內。所著有《周易通論》、《觀象大指》,若《中庸章段餘論》及《洪範說》三篇,皆心得之妙,先儒復起,不易其言。又有《大學古本說》、《論孟劄記》、《詩所》,惟《尚書》、《春秋》未成書,他著述甚富,並奉旨進呈,藏於內殿。論其所至,蓋真、許有不逮,無論蔡、林、張、陳矣。

雅性恬澹,明於止足之分,而於訌亂中,以孤忠大節,上結主知,兼有贊平臺灣之勳,聖祖睠念不忘,丐歸,常懸缺以待,不敢言遂初心。在政府十四年,寵待之禮,皆殊恩異數,自古人臣未之有也。齒踰懸車,乃以精力衰邁屢經奏請,僅予假二年。未滿期,趣還朝,至京陳懇尤切。

五十七年夏,方荷命旨,疏藥已定,未及上,會舊疾發,薨于位,年七十有七。遺疏聞,聖祖震悼,賜金千兩,遣皇子臨奠茶酒,工部尚書徐公元夢、内廷翰林魏公廷珍監護喪事,給全葬與祭,諡文貞。其歸櫬也,復遣皇子臨送,行人護至家。今上登極,加贈太子太傅。

張湜溪先生傳

張湜溪先生,諱挹,字貫虛,江南桐城人也。桐城張氏爲海内甲族。先相國文端公之祖,即先生高祖也。祖某,博學嗜古而能文,食餼於庠,早卒。父某,世其家學,生三子,先生其仲。九歲而孤,雖幼稚已能自脩飭,動遵禮教,器度如成人。姿性穎敏,讀書數行俱下,篤志覃心,無間寒暑。年十三,制藝已蔚然有章。試郡邑,輒居前茅。十八,授徒養母,益自力於學,學日進,鄉里先輩皆折節爲忘年友,後進爭執卷受業。文端公篤愛之,命少詹隨齋公,與今相國少保公切磋講究。以文高屢試不售,遂詣國學。國子先生胥相歎異,然棘闈輒見擯。乙丑,應五經選,幾得,竟失之。既九試南北不售,豁然知窮達有命,不復就舉。識者皆曰:“此君積學未遇,天將報之,必在其子孫矣。”

天性孝友,朝夕奉母,視膳問衣,備極誠敬。居喪哀毀,得痰疾,年餘始痊。伯兄□□□飲食醫藥皆手□□□。季弟雖贅於外家,日相過從。鰥居後,仍同居一室,識者又以此卜其家之必昌也。卒時年七十有二。有子三人。長名若涵,雍正癸卯恩科欽取進士,爲庶吉士,封先生如其官,今爲日講官、起居注、翰林院侍讀。次名棟,早卒。季名機,己酉順天舉人。

先生既罷鄉試,專力於詩古文。常以春秋佳日,偕老友遨嬉於山水勝處,以發其胸襟,如是者二十餘年。所著有《龍眠草堂》諸集二十六卷,古文及《四書》、《五經解》二十二卷,未行世。

論曰:天之道,豈不可信哉?以湜溪先生之純德苦學,知己不逢,終躓場屋,於時咸歎其淹屈。然乃再世而振,賁之繪絲,寵以章服,此與身膺榮名者何異?於戲!讀書勵行之士,可以興矣。

施襄壯公家傳

公諱琅，字尊侯，一字琢公，晉江人也。曾祖、祖父俱如公勳階官爵。追贈父諱大宣，生三子，公其仲也。將誕，母洪太夫人夢天神以鼓樂迎寶鏡授之，寤而生公，姿宇駿異。里有定光菴，幼時從伯姊入菴賽神，彷彿見旁泥塑神隨之拜起，由是自負。稍長，識度湛厚，膂力絕人。見明季所在多竊發，遂學萬人敵，精曉五花陣法。以居濱海，尤善於水師，海洋中風雲氣候，講之甚悉。初從戎伍討山寇，頻有功，授游擊。唐王之建號福州，以爲左衝鋒。嘗從大學士黃公道周出仙霞關，以策干，黃公奇之而不能用，知事不可爲，遂謝黃公去。

明亡，鄭芝龍子成功竊用永曆年號，遁逃島上，邀公入海，用爲左先鋒，弟顯爲援勦左鎮。公威名日盛，鄭氏麾下皆歸仰。成功寖生猜忌，久益甚。會有標弁犯法當死，逃之成功所爲親校，意揚揚無所憚。公不能忍，執而誅之。成功大怒，期滅公家，羈贈公及弟顯，禁公舟中。贈公潛使人謂公曰：“子胥并命，終無益也。速自爲計。”公紿守者，脫身走，抵其故將，諸故將感義，一心并力脫公於難，乘輕舟歸命本朝，家皆遇害。成功後悔之，常歎息曰：“楚國之患，其在子胥矣。”

順治十三年，成功從海道圍福州，定遠大將軍知公勇略，遣領兵往救。公曰：“賊聞吾至，當自退走，無事於戰也。”揚旗鳴鼓，循海邊北上，至閩安，賊果解圍先遁。以功爲同安副將。同安與廈門切近，屢擒其驍將，降萬餘人。升總兵官。康熙元年，授水師提督，密陳金、廈可取狀。鼓厲將士，乘輕艦直搏其島，俱克之，僞帥逃歸臺灣，降萬八千人。策功授右都督，掛靖海將軍印。其年成功死，子經襲僞藩名號。公屢密陳征臺灣之計，有旨召至京師，面詢方略。

先是，提督馬得功泛海東征，遭風覆没，北方將帥不習舟楫，行兵者多失利。廷議懲於既往，僉謂臺灣懸絕海外，鹿耳天險，可撫而決不可征。於是徹（撤）水師提督，以公爲内大臣，封伯爵，奉朝請，時康熙七年也。逮十三年耿精忠叛，鄭經乘勢竊兩島，踞泉、漳諸郡。十六年，復諸郡。十九年，收兩島，鄭經復遁歸臺灣。二十年，三逆胥定，宇內廓清，獨臺灣時出没，爲閩南患。時安溪李文貞公光地方爲内閣學士，奏言臺灣未平，閩南夜不安寢，不可以鱗介衣裳之論爲比。近鄭經死，僞總制陳永華爲臺灣所信者亦死，經子克塽幼，諸將軍權不相能，果於殺戮兵民。上曰："爾言是，朕計決矣。然孰可將者？"李公對曰："必閩人熟習海中事而有智算威望者，惟内大臣施琅可。若任以專征，臣保其功必成。"上可其奏，召公問大計。公奏言鄭氏擾亂東南，歷四世，盈五紀，罪惡已稔，數窮理極。今日事勢，征之必克。在皇上天衷獨斷，假臣專征之權，軍機遲速得以自主，必當掃除逋孽，紓九重南顧憂。上意益決，復授水師提督，加太子少保。

其年十月至軍，簡兵士，整舟楫，泊平海衛。衛故有井，久廢涸，公拜禱，甘泉立沸，命之曰師泉。治軍歲餘，舟楫完堅，兵士練習。二十二年，定期東征。以六月興師，大書將弁姓名，揭于桅竿，以別功辜。由銅山乘南風進發，泊于八罩灣。八罩之水溢數尺，舟艦安穩。賊帥劉國軒守澎湖，據險要，爲壁壘。凡緣岸可登處，築短墙，置腰銃，環二十餘里，爲固守計。公筮日進討，以十有六日丁亥，選前鋒署遊擊藍理等舟七隻，直入賊綜，奮呼力戰。會南潮發，爲疾流所壓，賊舟四合。公親駕帥艦衝其圍，總兵官吳英繼之，殺賊將大小七十，賊兵二千餘。會日暮，泊西嶼。戊子，復歸八罩，申軍令，明賞罰。己丑，取虎井桶盤嶼。庚寅，駕小舟詳度形勢。癸巳，督師大舉，重申軍令，誓于衆曰："今日之行，期在必勝。"分布戰艦，用五十隻從東指雞籠山爲奇兵，五十隻從西指牛心灣爲疑兵，以分賊勢。五十六隻分爲八股，股七隻，分三疊，公居中爲一股，左四右三八十隻爲後援。分布有序，鼓螺交響。賊每舟用紅衣大炮一，重至四五千斤，鹿銃二百，悉衆來拒。總兵官林賢率先陷陣，八股齊進，東西兩路繼至，夾攻海洋中，炮火交加，響震如雷，子落如雨，氣蒸如雲。我師踴躍用命，呼聲撼波濤，用火桶、火礶飛擲賊舟。自辰如申，焚賊舟百餘，殺其將三百餘，兵萬二千有奇。賊精鋭悉殲，舟楫殆盡，劉國軒乘小舟遁歸臺灣。海洋占候之法，雲合而風生，雷鳴而風息。將戰時，黑雲乍起，狂颮將作。劉國軒命開筵以賀，忽聞殷雷震動，驚愕變色，推翻筵俎，失聲歎詫，曰："天之所助，不可敵也，今敗矣。"

公既報捷疏，乃安撫澎湖居民，所獲賊卒飢者給貲糧，病者畀醫藥，曰："皆吾人也。"不願充伍者悉放歸，以示寬大。有請遂擣臺灣者，公曰："此時風信亦未利，且俟之。"國軒既遁歸，鄭克塽童騃，其餘將帥震讋無措，兵民解體，顒首內向，遂遣使乞降。公爲疏請，乃於八月統大兵至臺灣，入鹿耳門，潮驟漲四尺餘，大小舟聯翩而進，鄭克塽率其屬迎於水次。人謂鄭氏公深仇也，將快意焉。公曰："義不共戴，寧忍忘之？顧絶島新附，一有誅殘，恐上下疑阻，人情反側。吾所以銜恤茹痛者，爲國家事重，不敢顧私也。"宣布朝廷德意，令其主臣束裝待命，綏輯兵民，市肆不改，耕耘如故。疏報至京，適值中秋，上覽奏大悦，即解所御龍袍，御製詩章，敍述功勳，並馳以賜，加授靖海將軍、靖海侯，世襲罔替。

公將出師時，李文貞公請假旋里，雨甚，憇城外旅店。公造焉，李公曰："公出師在此月，然衆皆言南風不利，公必犯之，何也？"公曰："此庸夫之論也。夫北風猛急，夜則更甚。今往攻澎湖，未能一戰克也。附近島嶼皆爲賊踞，泊舟之所，距賊稍遠。中途暴風忽起，入夜不休，大洋之中不可抛碇，各舟從風星散，非二三日不能集也。惟夏至前後二十餘日，風微浪静，夜可泊洋，聚而觀釁，不過七日，舉之必矣。然節候月離，旬日間當有颶風，亦偶間歲不起。此則天意，非人慮所及。又賊將劉國軒者，爲彼魁傑。設以他將守澎湖，雖敗未服也，臺灣必以兵取。今聞國軒爲守，然非吾敵也。或死或敗，則力竭膽喪，臺灣可不戰而下。"李公喜曰："寇平矣。"公笑曰："何相信之深也？"李公曰："夫爲將者，必識天時利害、地利向背，較將之智勇，公兼之矣，能無平乎？"至是悉如所料。蓋當其初督水師時，前後兩疏，備陳討賊機宜，越十餘年，其言無一不售，胸有成算，不自兹日始也。

臺灣既降，上遣大臣至閩，與督撫及公議棄留之計。公上疏言：此地北通吳會，南接粵嶠，乃東南之保障。明天啓間，鄭芝龍以爲巢穴，後爲紅毛互市之所，聯絡土番，招納内地奸民，漸作邊患。順治十八年，爲鄭成功所攻破，盤踞其地，糾集亡命，招誘番人，窺伺南北，侵犯江浙，傳子及孫，積六十餘年，無時不仰厪睿慮。臣親歷其地,備見野沃土腴,物產利溥,耕桑並盛,魚鹽充足,滿山茂樹,遍處修竹,硫磺、水藤、糖蔗、鹿皮一切日用之需,無所不有,實肥饒之區,險阻之域。今納土歸命,既入版圖,善後之計,尤宜周詳。若棄爲荒陬,置之度外,則今人居稠密,四民樂生,安土重徙,失業流離。況以有限之船,渡無限之人,使渡載不盡,則深山窮谷,竊伏潛匿者,和同土番,從而嘯聚。假以內地奸民,急而走險,糾黨爲祟,剽掠濱海,勢所必至。又紅毛原爲住處,無時不在涎貪,乘隙以圖,一爲所有,彼性桀黠,善能鼓惑人心,重以夾板船精壯堅大,海外所不敵。既得此千餘里之膏腴,必合黨夥竊窺邊場,迫近門廷,沿海諸省斷難晏然。如僅守澎湖而棄臺灣,澎湖孤懸汪洋之中,土地單薄,近界臺灣,遠距金、厦,豈不受制于彼而能一朝居哉?伏思皇上建極以來,聲靈遠播,日月所照,莫不臣服。以斯方拓之土,奚難設守,以爲東南數省之藩籬?今海氛既靖,內地溢設之兵,可以陸續汰減,即以此分防臺灣、澎湖兩處。臺灣設總兵一員,水師副將一員,陸路參將二員,兵八千名。澎湖設副將一員,兵二千名。通計一萬之兵,足以固守,初無添兵增餉之費。其防守官員,定以二三年轉陞內地,無令久任。又此地初闢,正賦雜餉,宜在蠲豁。三年後開徵,可以佐需,無庸盡資內地之轉輸也。臣仰荷高厚,知而不言,至於後來萬或滋蔓難圖,緘默之罪,安所自逭?竊以爲棄之必釀成後禍,留之則永固邊圉。疏奏,適契上意,遂屏群議,悉從公言,置郡縣焉。

時議欲徙投誠者移駐他省,公疏言:從前移駐投誠者,慮有反側也。自康熙十三年以後,概免遷徙。今海外沾化,人心已安,革面傾誠。不若就本省安插,尤見皇上推心置腹,使各遂其生之厚恩也。又疏言:鄭氏僭稱一國,重科其民。今既爲天朝赤子,宜沛格外之澤,減其舊額,使海外諸國慕義引領。皆奉旨報可。自順治十八年,徙瀕海居民入內地,鄭氏無所劫掠,勢大窘。然黎庶棄業,蕩析離居,至是盡歸故土,井里相望,禾麻魚蟹之出有倍於前。閩南土狹人稠,從昔以來,多以販洋爲生。一舶之利,待以舉火者,不可勝數。鄭氏爲閩患久,海禁嚴切,至是設關通商,風檣所指,凡數十國,遠者踰萬里,百貨流通。又泉、漳戶口蕃滋，田疇所出，雖豐歲不供。臺灣墾闢日廣，稻穀叢生，地多霧露，不憂旱燤，歲歲大稔，內地大資其益，所謂民到于今受其賜者與？

二十七年，入覲京師，上命宗室、額駙、侍衛、禮部諸大臣設供帳三，迎途次，陛見暢春園，復召對乾清宮，溫旨慰勞，問地方事甚悉。三十二年，復入覲，時七十有三。上顧其步履稍艱，命侍臣持掖拜起，賜坐奏對。因懇年力衰邁，不任海疆重寄，願乞身依闕下。上溫諭再三，謂："朕用卿之心，不在手足。更二十年，當如所請。"公拜命回任。上他日謂侍臣曰："如施琅者，立如此奇勳，必令永秉節鉞，榮華以終其身也。"

公愛文敬士，值寰瀛清泰，桑梓安樂，老成鎮靜，坐以無事，日啟鈐閣，招致同里士大夫敷俎陳尊，選伶徵歌，相與歡詠台（太）平。如是者十有四年，三十五年三月，以疾薨于位。遺疏奏，上爲震悼，詔贈太子少傅，贈諡襄壯，給全葬，加祭二次。有廟在廈門，禱者輒應，其英靈不泯也。

公爲將紀律嚴明，所到之處，雞犬無驚。熟習海務，閩人精於水師者，無出其右，經其指授者，皆赫然有聲。所用部曲家將，及爲帥艦舵工、水手，自立績效，擁旌旄者，前後相屬，若渾馬之奔走於汾陽也。

有子八人：次世綸，漕運總督；六世驃，水師提督；八世範，襲侯爵。

贊曰：先師李文貞公嘗言，鄭芝龍之朝京師，過龍虎山，有異人焉，爲決未來事，語甚隱，意若跨土稱孤者，末云："金雞唱，龍種消。"公辛酉生，其專征又以辛酉年。龍種者，芝龍子孫也，有命帝廷，前定之矣。余從李公最久，凡傳中所紀，有與其家舊傳相出入者，皆聞之於李公。李公嘗值公於禮部侍郎富鴻基公所，從容竟日，因論曩日江南兵事。公雄略奇氣，發越於詞辨之表，李公所由知公，而信之深也。李公博聞善記，其言往事有徵，蓋其家子姓有不及知者，故具述焉。

施潯江先生家傳

公諱世綸，字文賢，一字潯江，靖海將軍、靖海侯、福建水師提督、贈太子少傅、謚襄壯公諱琅之仲子也。襄壯公奮自戎行，豪氣冠代，而敦尚詩書，禮敬士大夫。鄉之名宿招延滿坐，竟日周旋，至於老而益篤。故諸子皆脩雅好文，而公尤質性湛靜，耽味墳籍，博見古名臣事跡，卓然思有樹立，不以世俗嗜好攖其情。

以廕爲江南泰州知州，殫心職業，日夜凭几案，專矗文書，習勞苦不自休息，衆事畢舉，小大胥中程度。州城圮於水，議修之，而缺於材，公度某廢址有材若干殆備，費省而功速。康熙二十七年，下河七州縣淹溢，兩大臣銜命經理，從而往者數十輩，僕從充塞街衢，毋敢譁於道者。援勦兵過境，主者不善于戢，歷泰州則行列肅然。其威名爲人所畏憚如此。二十八年春，鑾輅南巡，詢采風聲，以公爲廉能之最，擢揚州府知府。會升太僕寺卿，以公累去官。未兩月，復爲順天府尹。時五城司坊官多擅理詞訟，奸徒包攬事例，乾沒不貲。又客商貨物，巧設專名，牙行要其必入，百物驟騰。貴游子弟競酒食，羅妖冶，敗行耗家。公條請嚴禁，以清輦下風尚。疏上，悉得請，且命公稽察。公風裁素著，令行禁止。至有別省冤狀，多投牒乞判，比公爲包孝肅。

升都察院左副都御史，仍管府尹事。未幾，爲戶部侍郎，轉倉場總督。公明察周慎，雖積歲部胥善爲蠹者，莫之敢欺，錢局、工匠餼稟無中飽者。京通倉積弊漸除，自此爲監督者，多以贏羨受獎。改兵部右侍郎，兼都察院右副都御史，巡撫雲南。未出都，會漕運總督缺，上以公著績倉場，熟於漕務，改授其任。公至，則劬躬率下，不懈于位。運艘至淮，竟日坐盤糧廳察視。遵奉訓旨，寬嚴適中，糧額悉充，而旗丁不病。過淮既畢，櫂舟而北，端坐舟中，占風候順逆，測水勢淺深，度某幫當至某所，大較不差時刻。有不如所算，即知某所宿留。故六七年間，運艘往還，率無愆期。

五十九年秋，陝西旱飢，議輓河南穀往濟之。上命公往視古黃河運道，且察陝西積貯。公尋歷三門，惟人門可通舟楫，爲圖以獻。西安、鳳翔兩郡倉貯缺最甚，劾其守令，他郡縣聞風悚懼。旋有旨，大發倉庫賑陝西。廷議以陝西郡縣分三路，遣大臣三人往董之。上以公在陝，必能任其事，毋煩更遣大臣，第以部曹十二人往，惟公所使。公慮事精密，每路四分之，爲十二，選郡縣能吏十二人與偕,戒曰:"窮山荒谷,無不歷也。"故宣布皇澤,纖悉周徧焉。其夏既雨,禾黍大茂,上始命公歸淮安,陝西耆幼攀送道路相屬。出關之日,車馬行裝如始入時,不增於昔。

甫至署,即督運至通州。適黃河決滎澤北岸,東貫張秋,橫流奔猛,命吏部尚書遂寧張公偕公往視。自青縣復權而南,至張秋,則造浮橋以利牽挽,用濟回艘。日夕河干,未嘗須臾休憩,心力交瘁。公素羸弱,自是得疾,日就衰困,然猶治簿牘不輟。有勸公暫息養疾者,公曰:"治病貴安心。一日事閣,則吾心怦怦然,乃增吾劇。雖暫息,何益耶?"久之,益不支,遂具疏乞休。上慰留之,且命公子廷祥自熱河馳驛省視,竟不起。遺疏至,上謂公清慎自持,勤勞素著,深爲憫惻,賜全葬與祭,備榮哀之禮焉。

公少嗜學,公事之餘,不交賓客,下帷披諷勤篤,逾於素士。夜燃短檠,常逾夜分,侍者皆假寐,而公危坐不倦。書籍滿家,搜討殆遍。其所作詩文,皆意理清淳。善於聽斷,不以威刑巧智,反覆從容,使各伸其辭說,推事理,察物情,鑑貌觀色,必得其狀。雖正僞萬變,發奸摘伏,莫之能遁也。始仕州郡,聰察如此。及爲大吏,乃以平恕臨人,得大臣體。立身至潔,而未嘗責人必如己。數十年來,屬吏登白簡者僅一人。其於公事,無大小難易,罔不盡心,故鮮所差誤。癯然其貌,飲啖不過數啜,遇煩勞時,或竟日不食,亦不他索,不聽音樂,不飾衣服,不問家人生產,蕭然世味之外,無所繫戀,蓋其性然也。卒時年六十四,論者惜之。

贊曰:聖天子眷念勳臣,恩禮周渥,逮及於苗裔。凡勳閥子姓,有文武才用者,咸樹之喬木,世載其寵,建牙秉鉞,後先相望。至於厲節立業,光耀門緒,如公殆未一二覯也。迹其孤介絶物,不顧流俗之所忌,而遭際聖明,深知而篤信之,用以完名終始。每遇大僚缺,命廷臣推舉有居官如施世綸者,時咸以公爲人臣之標準。嗚呼!所謂立身揚名,以顯其親者,公其庶矣乎?

施勇果公家傳

公諱世驃,字文秉,一字怡園,靖海將軍、靖海侯、福建水師提督、贈太子少傅襄壯公諱琅第六子。襄壯公久歷滄波，周知海中諸島嶼形勢，又善占視風雲氣候，計算不差時刻，閩中習水軍者稱爲第一。曾爲其舵工、水手者，皆將帥材也。

公幼而沈靖，有大志。年十五六時，襄壯公征澎湖，練舟師。公侍舟中，盡以其法傳授，耳聞目覩，備得欵要。澎湖之戰，即能輕艦直前，衝冒烟火，血鬥不休，觀者感歎曰："真將種也。"策勳授左都督。始仕爲濟南城守參將，以家傳陣法治軍。襄壯公朝覲過濟南，公率部伍列於道左，襄壯公熟視，笑曰："果得吾法矣。"康熙三十四年，聖祖仁皇帝親征朔漠，公請從軍。過北斗之下，涉瀚海，隨大將軍逐北至四十三臺，乃回師。會丁襄壯公及嫡母王太夫人憂，乞假回閩襄事。

未幾，升臨清副將。在任三載，遂爲定海總兵官。時海氛之靖已二十年，戰艦閒泊於海濱，將士安坐無事。公曰："太平不忘備豫，古之制也。況此地爲浙海北門，大洋中保無竄伏耶？"乃親帥弁兵至沈家門，以水操法，先用小舟親教之進退攻擊之方，然後用大舟，至外洋分行而進，鳴鼓吹螺，以旗色爲號令，砲聲爲威武，將士皆習熟勇敢。越數歲，果有海賊江崑剽於洋。公曰："此積年巨盜，非我親往不可得。"遂揚帆而出，遇之北洋。賊死命拒戰，自晨至暮，家將奮力持火叉，一躍而過，衆軍畢登，斬江崑於舟中，擒其徒黨無遺。又遣施大英乘商舶以餌賊，賊追至，則旗揭鼓鳴，賊驚愕失錯，盡舉而俘之，自此賊兵莫敢犯其界。聖祖詔□□□□□□□□□□□□□□□□面有賊舟出沒，公曰："江浙鄰也，不可以疆界爲辭。"復遣施大英往殲其魁黨，焚其舟而返。丁生母張太夫人憂，請終制，有旨以海疆重地慰留焉。旋升廣東提督。

先是，南澳守備潘成龍追賊被害。公至，則廣張邏緝，果獲二賊於潮陽，訊之具服，因得其黨輩姓名、居址，掩捕之，無漏網。時海豐亦獲兩盜，所供扳悉以行第綽號，捕捉風影，株累平人，公移文告督撫曰："正盜已得矣，此誣也。"盡釋之。粵之山海，俱爲盜藪，曲江、英德以剽掠聞，公親率騎、步巡察山洞。時總督趙公弘燦，方遣參將李世邦捕賊於英德，賊據險力拒。公訪其出入徑路，遣遊擊徐進才從後躡之，賊進退倉惶，殲於陣，搜於山，靖其根株，詔人以寧。

福建水師提督、威略將軍吳公英卒，公曰："此先將軍樹勳故地也。上以我名將子，必將用我。"令家人戒裝以俟。命下，果然。公至閩，則先約飭子弟僮僕，毋凌犯粉梓，躬領五營兵船出港外，以襄壯公陣法練之。乃簡精銳，汰羸弱，以家貲增鳥槍一千，鍪鎧三千，艨艟旗幟爲之改色。厦門及澎湖、臺灣戰船奏定，各編字號，隊伍不襍，號令分明。於厦門濱海要地，增築炮臺，造營房，措置周密。時海禁方嚴，公請前去之人，得附回舟及番舶以返，獲歸者數千人。

康熙六十年夏，知臺灣有虐政，閭里胥怨，無賴者乘間大譁，擁朱一貴妄稱遺裔以惑衆。潮人杜君英亦率潮之奸人以倡亂，勢驟張，遂據府城建僞號。公聞報曰："澎湖爲臺灣門户，吾當往扼其吭，俟諸軍集而進。"乃謂家人曰："今日無以家爲也。"盡出其家財以賞士，且開召募之科，凡無賴敢死者，善没水者，能攀崖緣壁爲竊者，皆厚貲鉤致之。公始至，自造哨船二十隻，及是皆以配軍士，器械胥具。聞總督覺羅公滿保將至厦，公曰："重地有託，吾可以行矣。"乃告於襄壯公廟曰："臺灣，公所定，天子命兒繼世爲帥，今不速平，生負國恩，死無以見先人於地下，虧忠與孝，隳其家聲。惟公英靈尚默相之。"禡牙祭海，遂載旆東指。

抵澎湖，登岸，營新城下，散糧以食澎人。每日遣小舟四出哨邏，獲一舟，有陷賊把總吳良、賊將劉好稱逃歸，且願以齎檄招賊自效。公曰："來而求往，必覘者也。"醉之酒，誘其言，果覘者也，械而致諸厦。嗣知上淡水守備陳策尚據一隅，孤軍自守，亟遣遊擊張駷往助爲聲勢。乃蒐軍實，練士卒，上疏告師期。命洪選、洪就駕小舟先發，樹青、白兩旗於南、北港以爲標識。命守備林亮等爲左先鋒，遊擊林秀等爲右先鋒，俱以勁兵相續而進。公自將當其中，申軍令，毋犯民間一草木，毋阻降者。帆檣蔽海而東，風微浪偃。

六月丙午，抵鹿耳外洋。賊屯聚炮臺，據險立篷篠，列炮拒守。小舟先至南、北港，兩旗既豎，左、右先鋒競進，南澳總兵官藍廷珍繼之，炮聲震海。公登敵樓，伐鼓趣戰。炮中其火藥桶，火大發，賊遂遁。時海水驟漲八尺餘，大小船越沙綫,並帆而入,乘勝長驅,奪安平鎮,焚賊舟數十,遂遣兵扼鯤身,公總大軍泊港內。丁未,賊衆四千犯安平,林秀等勒兵二鯤身擊之。公駕小舟率諸將傍岸橫擊,賊大敗。鯤身者,海沙也,不可鑿井,甘泉忽湧,軍中以濟。己酉,賊八千復犯安平,參將王萬化距於四鯤身,擊却之。庚戌,遣林亮等由西港仔進。辛亥,藍廷珍暨王萬化繼之。遣遊擊朱文、謝希賢等由鹽埕、大井頭諸路進,遣林秀及功加左都督林崇由七鯤身衝瀨口並指府城。公自帥大軍吹螺響炮,山鳴海湧,兵士奮勇登岸,水陸交攻,賊大潰,遂復府城,朱一貴遁走。西港仔諸路之兵破賊五千于蘇厝甲。會軍城下,駐營北教場,安撫居人,拜疏告捷。

先是,總督牽於群議,定三路進兵之計。公曰:“吾思之熟矣。南路之打狗,在臺灣正南,此時南風正盛,不可泊也。北路之清風隙,離府百有餘里,輓餉為艱。賊之大衆盡在中路,度其嘯聚烏合之衆,非官軍敵也。直擣鹿耳門,破之必矣,成功且速。”果七日而奏捷云。遣林秀等追朱一貴,衆尚數千,力戰敗之,一貴逃匿荒野。遣王萬化等平定南路,復鳳山。遣朱文復諸羅,通北淡水之路。時諸將窮追朱一貴,公曰:“兵革之後,人情未定,大軍所至,村落驚惶。計其釜底游魂,重賞購募,必有縛而至者。使民安衽席,而罪魁斯得,不亦善乎?”未幾,賊黨楊旭果繫朱一貴、張阿山、翁飛虎、王玉全以獻,諸賊渠次第就擒,再疏告全郡悉平。時舊弁多殉難,營戍空闕,乃分遣行間諸將署各營事,分兵布置汛守,宣播朝廷德意,蠲除弊政,臺人歌舞相慶。前後兩疏上,上大悅,命從優議敘,賜黃帶、黃珠帽、五爪龍袍、四團龍外套,均異數也。馳疏者三人,俱授把總,銀各五十兩。

公自行師以來,日夜籌畫,未嘗一夕安寢。八月甲戌夜鼓二,暴雨猛風揭瓦飛幕,至於海中之舟,悉飄上岸。公徹夜立風雨中,以鎮軍心,不恤泥濘,跪拜為兵民請命。黎明風雨乃止,自是得疾,頭痛不可忍。兵民奔走禱祈,靡神不告,皆願減己算,以延公年。病源已深,九月癸卯薨,小大哀號,如失慈父。遺疏聞,聖祖為之震悼,卹典從厚,贈太子少保。敘功疏上,恭遇皇上纘登大寶,賜諡勇果,給全葬與祭,世襲一等阿達哈哈番。

公和易謙雅，愛敬士大夫，竟日鈴閣緩帶，從容治軍事之外，即席觴咏，丰度悠然。及乎東征之日，修器械，備糧糧，不動聲息而軍需畢具。臨陣安閒，謀定而後動，故舉出萬全，有古名將之風格焉。

贊曰：自古勳臣之子，世濟其美，若李西平、曹武惠尚矣。然揆後嗣之績業，猶未匹先人也。公紹襄壯公提督水師，皆力戰於鯨波之中，綏靖絕島。襄壯公克澎湖而臺灣自服；公據澎湖以攻復臺灣，難易之勢均也。襄壯公平海衛，水湧於廢井；公亦鯤身，泉沸於積沙。襄壯公之攻澎湖，潮漲多四尺；公之入鹿耳，亦潮漲八尺餘。皆自六月十有六日，至二十有二日七日而功成。而癸亥、辛丑兩歲六月，皆有閏，相去四十年間，天時人事若合符節，烏虖異哉！繼厥家聲，相映於雲臺、麟閣之上，無媿色矣。

弟兆弘君傳

君諱孝宗，字長美，一字兆弘。先世自吾南院分居海澄之青浦，至父晉如君以海氛避地吾邑安溪，母鄭孺人僅生君一人。臺灣既平，徙居同安，再徙廈門。年甫冠失怙，遂棄舉子業，從陶朱之術，行己以忠實為本，不苟然諾，鄉里皆信重。久之，外島遠夷咸聞君名，以百貨相通者，爭投託於君，由是家計漸起。其事母孝，年五十而慕不衰。青浦祖祠毀於海寇，時倡率族衆重新堂構，春秋之祭行焉。幼而善病，寄養於謝從□□□□□□□□□□□□□□□□□□□。後君往訪求其遺魄歸葬，且以時祀之。母舅無子，君為擇承祧者，資其婚娶，以至成立。

青浦與廈雖隔，而舟楫近便，族中往來者無虛日，君欵接不倦。與人交皆有終始，周人之急無吝。其敦本厚舊、樂義好施，遠近稱為長者。有司察其行誼，延為鄉飲賓，邑人咸謂君克稱斯舉。年五十有九卒。子八人，皆謹厚，不忝其家聲。

論曰：昔蔡中郎云，為人作碑銘，惟郭有道碑無媿色。然中郎致美於前哲，予紀實於亢宗。予於君厚愛而深知之，故簡而不蔓，樸而無華，要之詞不虛設，而事皆有徵。雖才謝古人，其志一也。予於茲傳，亦自謂無媿色云。

孝婦李孺人王氏傳

孝婦李孺人者，武定翰林院庶吉士丹書先生之正室也。系王氏，父篤慶，進士、工部主事。母李宜人。孺人生而端默，寡言笑，姿性明慧。數歲，工部授以《毛詩》，輒成誦，遂及《內則》、《女誡》諸篇，爲講説大意，肅然聽受。八歲而孤，哀慕切至，殆過於成人。母宜人賢，有節行，誨之壺範。時王氏世緒中微，宜人秉操守禮，以持門户，而孺人能左右克孝，慰其嫗煢。故方在閨閣，族戚間咸知王氏有賢女矣。

年十六，歸于李氏。君舅封公，先相國文襄公介弟也。行誼方整，行己型家。繼姑劉太君，性格嚴峻，動有軌則，稍不如指撝者，譴讓無所寬假，家人輩率惴慄畏咎。獨孺人嫺於禮法，習而安焉，奉其規條，靡有失墜。其未經稟承而行者，斟酌適中，協於事理，太君亦無以易之，用是得其歡心，愛敬兼逮，無幾微忤於辭色。

太君晚歲嬰痼疾，孺人晨昏温清，和藥捧膳，不闕一時。勤容戚顏，未嘗暫改。迨於展轉牀褥，歲月滋深，動息須人，雖婢獲中號爲忠謹者，氣衰力殫，不能無怠倦。惟孺人躬自執勞，至竟日終宵，寢食俱忘，率以爲常。如是者七年，病之劇也，百方不效，孺人禱祈誠懇，亦寂然無應。見老姑纏綿痛苦，心傷如割，惻愴旁皇，計無復之。一夜人靜後，孺人獨趨神堂，閉門久之，出而手自烹藥以進，病良已。當孺人趨神堂時，一僕婦私躡其後，從窗櫺中竊窺，燈火半明，則見孺人向神前跪，袒左臂，彷彿似持刀刲割狀。徐脱裹衣，燭影下，鮮血淋漓滿袖，裹刃而懷之以出，孺人面不改色，動作如常，毫無悽楚之容，餘人莫知者，僕婦亦勿敢言。數年後，乃稍稍爲人述之，孺人終不自道也。

越四載，封公復抱痾，日漸羸憊，伏枕歷十稔。丹書先生高節至行，通籍後，即乞假言歸，不出林壑，承歡侍疾，不離親側。孺人勤脩婦職，佐助于內。所需者必豫，久而不懈，如事劉太君時。遇喪祭大禮，必事事親自料簡，以盡誠敬。

感先姑文太君早逝，忌日尤致其思慕，奉文家外祖維謹。其老而病也，爲製送終之具，纖悉周備。凡逮於内外親疏者，惠心嫩行，不可勝紀。年若干卒。有子三人：長某，舉人；次某，進士，今爲山西介休知縣；三某，出爲仲叔後。

論曰：母子之道，天性也。苟異其所生，則慈孝均難能之行。故王延之爲子，夏侯氏之爲女，到于今稱之。至若姑婦之際，義由人合，加以毛裏之恩，不係於所天，分存而情疏，亦其勢然也。自子政、元凱以來，紀於史傳者寂寂尠聞焉。如李孺人之孝，可以補往牒所未有，流華芬而光史牒，又何以尚兹乎？

節烈陳衎娘傳

衎娘者，今臨漳邑侯筍湄之同高祖妹也。幼而有嚴重之容，及笄，適楊郎緝老，家在寶蓋山關鎖塔下，鄉曰竿柄，去府城四十里。緝老爲賈於城外江邊，歲時伏臘乃一歸。衎娘獨處，兩兒一女皆幼。有狂且亡行，夜毀户入室，將行非禮，衎娘拒之堅，狂且痛毆之，終不辱。比明，聞兒女號泣聲，或往視之，則衎娘衣裳碎裂，支體盡腫，隕絶久矣。緝老聞而奔歸，且告於外家。衎娘父與弟皆殁，母改適他姓，獨往視焉，莫知爲誰，遂不較，殯而瘞之。或曰賄也。

越月餘日，筍湄歸自漳州，意殊憤激，念無主名，深夜莫爲證，又慮發露遺魄，重傷烈婦心，隱忍積時，未嘗去懷。雍正二年春，赴鄉試，與同寓友人言其事，慷慨曰：“幸而雋，將求旌於當道。”榜發果高薦，遂告于轉運使沂水劉公侃，題“火烈冰清”之額，以旌于楊家。其秋八月會試，筍湄應五經之詔，中夜稍倦，短檠半明昧，見一女人衣純黑，入號舍。筍湄家有銅觀音像，常著靈，疑其是也。諦視，則形狀衎娘，驚而起，神志炯然，若有相者，果第南宫。

竿柄鄉有廟，祀仙姑，罔識何神，香火冷落。近歲里俗競稱爲陳仙姑，禱者必應，人争趨之，言其神。時見於廟，或見於塔，彷彿彩雲繞之，豈衎娘貞氣不没而託於斯歟？

論曰：匹婦不可奪志。其神不没者也，故能默相於人，又能昭善惡之報，以享鄉里之祭祀。吾謂土木之偶，靈而不衰，大抵皆死而不没者託而附之，其理固然，又惡足怪乎？

曾節母呂氏傳

節母者，安平曾乘齋之正室，子佐之母，肇球之祖母也。其爲婦，事姑盡孝。乘齋家饒於財，治內事鉅細咸得其理。及順治十三年，海寇訌亂，安平殘破無完室。嗣而遷居民入內地以遠寇，畫孔道爲界，界外田地悉棄之，曾氏家業蕩焉，乘齋憂悸以卒。兵亂中二子皆失散，獨一女在。其內姪呂轉觀於戈革中僅得子佐，素善於浮，因負之浮水，以歸其姑，其次子竟失之。時資用既罄，僕婢悉散，孺人哀痛餘生，保持十歲男、八歲女，煢然以居。亂後艱苦萬狀，惟以女紅爲事，勤且儉以度朝夕，夜作常以鼓三爲度。無膏油，則用香代，其憔悴如此。然猶見義必爲，族人合貲以祭先塋，雖貧必與。族戚中有吉凶禮，不能舉者，必有助。如是者十五年，至子佐成立，而後受子之養。其勤儉，天性也，蓋以終其身云。

論曰：家之將興，莫不始於門內。余所聞大家盛族，多出於嫠婦孤子之裔。彼其幽憂勤苦之意，專壹而不散，足以感動於鬼神也。《易》曰：“受諸介福，于其王母。”余願肇球兄弟勉之矣。

近道齋文集卷五

行　狀

考庶子公行狀

先府君諱遷鶴，字聲士，號介石。世居安溪崇信里，至我高王父淵泉公以山僻，非子孫讀書、親師、取友之地，慨然有遠志，遂徙居郡城。再傳爲曾王父，前封儒林郎宅淵公，始治舉子業，應試，數奇未遇。三傳爲王父太河公，登前天啓丁卯賢書，三任廣文，崇祀詔安名宦。忠允篤誠，物論比之韓仲黃、荀季和。累贈翰林院侍講。生四子，府君其長。

幼有奇慧，常從王父贈公渡舟中流，忽指水而言曰：“逝者如斯夫。”王父大驚，異之。先母戴安人數歲時，日者決其必貴，戒勿以與凡兒。外祖至郡城，有議府君昏事者，外祖請觀之，一見欣然曰：“是兒器宇非常，廊廟中人也。”遂定昏。歸謂外祖母曰：“我女果當貴，吾得佳壻矣，日者非虛言也。”府君之生也，王父年三十有八矣，雖得子頗晚，而不爲姑息愛，昕夕督教，不離左右。十六歲，即攜上公車，俾擴所聞見。前輩郭太昊、楊維先先生見而深加賞歎，謂先王父曰：“賢郎當爲晚成大器。”郭先生善書，盡以法度傳授。楊先生手點韓文一部見贈，曰：“熟此爲一代名人。”自采芹泮水，歷試二十餘年，無不優等。與仲父、叔父切劘淬礪，聲騰文園，有薛鳳之稱。

康熙壬子，仲父舉于鄉。庚申，補行鄉試，同考來阿王公得府君卷最後，將薦之，額既滿矣。春谷查公閱而心賞，然猶以爲少年英銳之作。及觀三場五策，乃曰：“此飽學名宿也。自棄其正爲副，同薦于主考劉公、白公，故府君獲雋，殿一榜。填榜在下弦之後，夜間忽覩月華光明，咸謂茲榜必有名賢。由今追計，非

133

府君莫當斯瑞也。府君自壬子下第，屏置時藝，專力古大家文。壬戌後，更博涉經籍，閎中肆外，思以灝氣偉論獨步天下。揣摩既成，乙丑會試，是科天子加意作人，欽定會試題目，爲前後所未有。同考滿澂王公首薦府君文于大總裁，咸以爲宜弁冕南宮，恭擬進呈御覽，欽定爲第三名，簡庶吉士，讀漢書。於時健菴徐公偕屺瞻孫公爲教習師，咸雅相器重。孫公嘗曰："吾一榜中，陳介石真學者。"徐公持府君館課文遍示同館曰："此君古文巨手，僕與諸公皆當讓一頭地。"

舊例，新庶常於本經外，更讀一經，前輩相沿，僅成故事。府君受《詩經》，獨實心講究，由朱註上溯毛傳、鄭箋、孔疏之說，甚有所得，於是恍然曰："吾曹區區呫嗶，以文藝爲羔雁者，淺陋甚矣。吾今日乃知所以爲學也。"遂研鑽先儒性理，次第通釋。今相國李公繼掌院，教習館課，得府君《太極太虛論》，披覽迴環，惜相知之晚。公邃於《易》理，善譚不倦。邸舍鄰近，晨夕相聚，講說娓娓，鼓二三始罷。退而尋繹，自王、韓注，孔義，旁及胡、蘇諸說，以折衷于程、朱之論。以卦意推爻辭，別其時位與才，紛互錯糅，歸于一是，筆而爲書，都成卷帙。其有未當，則極辨精思，就加改正，至于今蓋數易槀矣。又頗疑胡氏《春秋傳》深文臆斷，未必盡得聖人之意，因讀《韓詩》至《春秋》書王法，不誅其人身，怡然有得。乃上考三傳，下逮啖、趙、陸、張，窮討端緒，隨條著論。李公深許此二書，謂成必可傳，而又以爲甚得府君相長之益。

府君自少好學，老而益勤，未嘗一日去書。公常曰："成名後而無他嗜好，篤志於學者，吾見陳介石一人而已。此後進者之所宜師式也。"又常曰："陳介石五十而始窮經，經學大明。六十而始學書，書法大進。然則世之諉於時過，後學扞格難成者，其亦可以勸已。"府君書晚嗜李北海，且臨且摹，工夫少間，骨勁天成，由習熟彌道美。康熙三十九年，命諸詞臣各寫綾幅以進，睿賞十有六人，府君與焉。文漪汪公爲詞林時，遇早朝未辨色，不知府君已在列，與同年論字學曰："吾輩徒操翰墨，惟陳介石字入古人閫奧耳。"同宗子文公書法擅一代，以法帖數種請府君，曰："此先君子所遺，某時藏行笈，祈吾兄跋其後，使家珍價逾重。"何屺瞻先生贊府君書曰："精詣不雜，直入晉域。"其爲識者所推重如此。

府君詩步趨燕、許,雄渾無妍媚態。嘗于直廬中試御製《穹覺寺碑詩》,上閱畢,傳諭侍直諸詞臣曰:"陳某詩殊佳,必是勤學來。"然府君生平惟好樸學,意在考古傳後,駢偶組織,非其好也。戊辰,分校禮闈,得士皆宿有文望。

府君事王父承志無違。迨乎甲寅以後,兵戈亂離之中,寄棲外家,借一枝迎養。府君舌耕于外,先母戴安人手衽于內,竟歲辛苦,以供甘旨。王父壽逾八十,膳羞日具,幾忘家之貧也。初王父遲於舉子,嫡王母張太安人爲置生王母高太安人。府君始生,張太安人即就蓐間取歸寢己牀,出入提抱,無須臾釋,高太安人惟就哺而已。僅五歲而張太安人歿,府君感念顧復之恩,言及潸然。十三歲而高太安人歿,繼王母歐陽太孺人撫之。府君歷任坊院,三遇覃恩,王父累贈翰林院侍講,嫡王母、生王母皆累贈太安人。繼王母以例不獲三母並封,夙夜踽踽,積數年清俸,從捐例得邀貤綸,被象服,始慰孝思。友愛諸父,終其身無間。嘗共讀書蘇氏大筆亭,蘇君駿臣歎曰:"吾見人家兄弟,未有如陳氏者。坐以次,行以次,兄愛其弟,弟恭厥兄,分甚嚴而情好甚篤,陳氏其將大興乎?"

府君登第之越年,而先母戴安人歿,府君念糟糠賢助,且於亂離中奉養王父至孝,遂不再娶,亦不置姬侍,士論高其義。教誨從子,視猶不孝兄弟。惟以王父遺命"孝友詩書"四字申繹開導,庭闈講授,常至夜分。癸酉,不孝萬策倅京闈。壬午,先兄萬寶舉于鄉。從兄萬松、從弟兆泰,以乙酉舉。從弟兆熊以戊子舉。人咸以爲王父盛德之報,而府君教澤所貽也。至於親戚情誼,備極敦厚。長姑早寡,子又夭,遺孫零丁,其家利其遺產,欲逐之。府君取以歸,撫養至于成人,姑遂有後。次姑夫靈璧令張公同人,歿而貧,府君常周之。其歿也,殮與葬皆出自府君。

仕宦不離詞翰,而心存民瘼,志在濟人。吾鄉自軍興旁午,當事者權宜派取,有大當之費,胥役夤緣爲奸,千金之家,有數日立盡者。沿及承平,其弊未革。府君爲陳總督興公永朝,痛革之,迄今人蒙其賜。自海氛熾騰,議者請徙濱海居民入內地,荒其土田,名曰界外,而除其賦。及臺灣平定,荒土斯闢,按舊籍問賦,而歲月已久,人莫知其故業,賠累不可勝計,往往挈家流離。府君累陳當道，請就其見耕種之地，履畝丈量，以定厥稅，界外之人甦焉，流離之家咸歸故土。福州有生員陳國勳，恃才放縱，交不擇人，得罪長流山左，獨老母在堂，無兄弟，有聘妻常氏，志不改適，徒步入門，養姑已歷七年。府君聞其若茲，嘉尚孝節，爲作傳表彰，募金贖罪，歸復隸弟子員。簪掛之日，兼行合卺禮，母子夫婦完聚。

懷遠令林君存定北征時，有冒其名領通倉米三百石，運至大同右衛加三級者，竟不運送，不知何許人，無所坐罪，稽覈提問，禁西曹，當大辟。府君閔其災生無妄，爲募金補還通倉，并陳懇秋官，得免罪出獄，同時提問數十人，皆得援例補倉免罪。宦邸時最厚桑梓之情，凡吾鄉至京，雖宦署蕭然，必隨分展欵曲。其有卒于宦寓，不能運回者，必爲設法使旅櫬得歸故土。至有可以保全人功名之處，更極關情，鄉人至于今交口稱讚，無異辭。此不孝哀述中所僅記憶者，其他不可枚舉。嗚呼！府君平生汲汲焉以濟人利物爲事，而於憐才尤所亟。苟其見聞之所及，力之所逮，無不爲之。使柄權而得行其志，其所設施何如哉？

府君由庶吉士除翰林院編修，歷升左右春坊中允，兼翰林院編修，翰林院侍講、侍讀，至左春坊左庶子掌坊事，兼翰林院侍讀，累年輪直南書房，日飫天厨。賜御書二幅，内製松花硯一方，御製詩一部。年七十解組歸里，時繼王母歐陽太孺人尚在北堂，年九十有四。拜覲起居，戲舞斑斕，一堂五世，鄉黨以爲盛事。越二年，繼王母歿，府君年雖高，而哀悼拜跪如禮。其冬，改葬王父、嫡王母。去歲，修葺諸祖塋，營葬繼王母。嘗陟巘降原，相視陰陽，跋涉忘疲。家居前後七載，所遊者經囿文苑，所問者墨莊硯田。每誦“洒掃庭内，維民之章”，質明而興，夜深乃寢。絕欲二十餘年，飲食以節，皓髮丹顔，筋力猶壯，笑言有度，丰采凝重，儼若山嶽，見者咸謂德充之符，必登期頤，豈謂遂止於此。烏呼痛哉！

所著有《牖窺堂論易》、《讀書隨記》、《毛詩繹》、《春秋紀疑》及詩文稿甚多。易簣數日前，尚訂《春秋紀疑》數條，行楷一字不苟，其志慮尚遠，孜孜矻矻，期於終其身而後已。今惟《論易》篇部已成，其他尚俟編葺。不孝等庸虛無似，豈能讀遺書，而續未竟之緒，以繼述志事耶？烏呼痛哉！

府君生于前丙子十月初五日巳時，卒于康熙五十年六月初五日午時，享年七十有六。娶先母戴安人，生三子：長萬寶，次兆先，皆先卒；三即不孝。遺命如王父，且曰："吾通籍金馬，依光禁近，子孫有能顯達者，其思立身之要，濟物之道，以報國恩。"又曰："《謙》卦六爻皆吉，爾等書紳。"又曰："身後勿作佛事。"

晉江張侯遺事狀

侯諱召華，字實君，湖廣華容人也。由進士授晉江令，能自刻苦勤勞以爲政，宅心慈善，而明敏於聽斷。有逋賦久不能輸者，限既迫，號請緩數日期，及期則輸逋甚多。侯愕然曰："若貧人，安所得此?"曰："僅一子鬻之耳。"侯惻然，捐己俸贖其子還之。有父訴其子不養者，其子固羨於財，而怨繼母之誅求也，行重賄於侯，乞以貧爲解。侯鞫於庭，其子呼貧不已，侯出所賄，付其父曰："此爾子之物也，可以養爾餘年矣。"扑其子，邑人稱快焉。有守瓜園而斃者，暮夜莫知其爲誰。侯輕騎往視之，至其社廟，謂鄉之人曰："吾飲食皆自齎，不以一毫累若曹，亦不以無影響而累若曹，但畢集諸廟，不至則懼罪者也。"衆畢集，侯命關廟門，袒裼而觀之，有膚體傷敗者，問曰："若與誰鬮?"辭曰："某祖，某則膚完無恙。"侯曰："嘻！是矣。若夜而往盜，值彼之警，一與一相持毆良久，以至於斯耳。"其人駭然屈服。侯謂鄉人曰："暮夜必無見者。若等皆良民，無與若事。"獨取一人銀鐺以歸。未至城，行道者先傳道之。時已夕，自南門外之橋南，至於縣署，凡六七里，家家懸燈，以待侯至，咸嘖嘖稱嘆云。其他聽斷可稱述者多類此。

晉江舊爲人文淵藪，侯禮其俊者，勸勗父老，使訓其子弟，歌誦之聲晝夜相聞，自此晉江之童子試滿萬人，由侯之澤也，至於今追思焉。

史氏曰：侯之績茂矣，前後政莫之踰也。於時余隨先宮相宦邸，不能周知，因所記憶，效柳儀曹之作而紀之。他日訪諸枌榆耆艾爲詳載，以俟采風者登於邑乘焉。

長者遺事

族叔碻園，今臨漳邑侯筍湄之祖也。以忠厚聞於鄉間，人稱爲陳長者。當順治丁亥、戊子間，初定閩疆，大兵鎮郡城，有旗弁查姓者，居停長者家，久之賓主情熟，乃請曰："君眞長者也，某雖武人，慕義願爲兄弟。"遂叩頭執弟禮。及當去，情甚眷戀，曰："他日重來，必相訪也。"

越三十年，爲康熙丁巳，平鄭氏之亂，光復泉州，查姓者已爲大官，稱將軍，立幕東門外彌勒亭後。呼一騎給令箭，告之曰："吾有兄在城內。從南街直下，矩折而東，曰南岳廟，廟後有陳長者居，是吾兄也。持吾箭護其家，護不謹，不汝宥。"騎急馳，則屋無人焉。屋與廟之間有複壁，婦女匿者百餘，爲兵所窺破，將分而有之，係累相屬。騎適至，大呼曰："此皆吾查將軍之兄之眷屬也。"視以令箭，衆駭而散。騎乃令婦人各言其親屬，使鄰近呼而前，俱扶攜以歸，環騎泣拜，騎曰："不煩相謝，爾毋忘陳長者厚恩也。"乃望長者門泣拜以去。騎復問鄰近陳長者舉家安往。曰："長者某年即世矣。兩子避地永春，獨其長孫及一僕守舍，聞已被縶，出門南向，今當在演武場中，尋之可得。"騎挾鄰人俱往，徬徨周視，見主僕皆爲人執弗以炙，控兩空馬使騎而騁，至東門外見將軍，知長者謝世，哭良久曰："何意遂不獲見吾兄乎？"謂其孫曰："吾即日拔營赴粵，當到而家留飲。"食畢，予白金五十兩，衣一襲，又遺之佩鞬蟒服，曰："干戈之際，留此足庇而家。"越日，將軍來叩頭，哀感踊時，奠酒焚楮，而後上馬。未幾，有他駐兵踞茲宅，索酒食不給，恨不解。適白頭賊夜襲郡城敗走，駐兵得賊號衣，暗擲其家牀下，誣與賊通。長者孫自明無罪，以查將軍弓矢衣服爲證。寧海將軍曰："矢有字，果查將軍物也。非良民，查將軍不與相知。"釋勿問，鞭駐兵而逐之，終賴查將軍以保其家云。

論曰：長者嘗於滄桑擾攘之際，傾困倒廩以食饑者，人皆敬其厚德。若查將軍之敦於久故，其行誼信相伯仲矣。乃如所遣騎，亦非常人也。倉皇乍見而惻然動心，仁也；權宜濟事，使百餘婦女完其貞，智也。仁且智，足以表見於兵革用人之秋,而惜乎不知其姓名,余故具紀其詳,俾託於長者以傳焉。

墓　誌　銘

伯兄孝廉懋齋公暨嫂劉孺人合葬墓誌銘

君諱萬寶,字時初,一字懋齋,先大夫冢嗣也。少敦孝友,尚行誼,習勤苦,有經緯材用。年未弱冠時,先大夫奉先王父贈侍講公避亂詩山中,舌耕供甘旨,先母戴宜人組紃佐之,猶有不備。君嘗抱甕持竿以佐膳羞,夙夜偕仲兄及策然脂讀書,娛贈公心。比長,有文名,拔弟子員第一,復以高等食餼。先大夫宦京二十年,君專治家政,内外井井,罔有闕失。先大夫以王母高太安人宅兆未妥,將請假改扦,君曰:“吾不可以貽大人憂,往反萬里,孫與子等責耳。”相視澗岡,卜吉襄事而後以聞。論者嘉君能權以濟事,爲先大夫盡孝。

仲兄歿,撫兩孤姪,經營産業以畀之。策侍先大夫於邸,君教策子與子同。蓋自先王父贈公之遺訓,先大夫遵而修之,及君而引之勿替,家門雍睦,邦人取則焉。君雖貴公子,逾二十年,服食起居,最爲樸儉,若其義在,必爲仁能有濟。丁丑、丙戌兩歲,泉郡大祲,饑人載道。君悉捐所有,煮粥於承天、開元二寺,以食貧者,日千人,凡俱三日止,泉人稱之到今。君不豐於財,而好義若是,人尤以爲難。故安溪令許君封男卒於官,旅舍飄零,君捐貲遣僕護其櫬歸江右,遂獲首丘。烏虖! 斯所云施德於不報之地也。

壬午,登賢書,榜發,急理裝北上覲省。居二年,不服水土,病甚,殆不起,忽而漸可,遂南歸。一年而先大夫遂初服,孝養又一年卒。其慮物之智,好施之德,可以有補於世,迄未一試,君子惜之。

元配劉孺人,贈文林郎、廣東澄海縣知縣諱士鋒君女。歸我伯兄也,在山居食貧之際,先太夫人備歷艱苦,嫂氏能黽勉佐助。仲兄與策均未成立,撫待有恩。與先姊及妹姑嫂間,始終無間言。先太夫人卒,遂持家政,與仲嫂蘇孺人,及先室温淑人亦始終無間言。四女適人者,皆有令名。伯兄歿後,事先大夫敬,視膳脩不怠。性慈以和，常持齋素，臨婢獲未嘗有疾言怒色，宗黨稱焉。

兄先葬於南安合水鄉，既視兆非宜，乃啓壙以出。雍正四年秋，策典浙江試，特賜還鄉，而先大夫、先宜人適得佳城於晉江三十八都之前林鄉，以十二月十五日下窆。穴之左稍東，相兆曰吉，遂築壙，以十六日申時合葬。坐辛向乙，兼戌辰。嗚呼！策之歸也，獲襄先人之大事及兄嫂，皆聖天子殊常之恩，吾子孫世世不可忘也。銘曰：

若堂相望禮從祔，幽冥有知孝道具，宅兆允藏後昆裕。

仲嫂蘇孺人墓誌銘

仲嫂蘇氏，庠生景谷君女。昔先宮相府君與仲父、叔父讀書蘇氏大筆亭，蘇氏長老每謂其子弟曰：“陳氏昆弟行道以序，未嘗斯須攙越，此其門風孝友，將來必昌。”故蘇氏兄弟皆相欽重，景谷君尤親厚，謂先君必躋詞垣，又稔仲兄夙慧能文，遂以愛女字。

時吾家寓居詩山，仲兄贅于蘇氏。余嘗就蘇家省視，雖父母鍾愛，而無驕惰之習，婉順循禮。逮余將娶，始歸詩山。既生夏器矣，先母戴宜人婦道、母儀，具有矩法，三婦兩女咸克遵其教。未幾，先宜人見背，長嫂持內政。嫂與先室溫宜人槪，一姊一妹，同心協德，治喪理家，內外井井，守先宜人之訓，家庭雍睦，始終無間。服闋，父母念之，歸寧郡城，年逾三十，而仲兄抱病詩山，嫂奔赴侍藥，竟不起，時夏器十二歲，亮世九歲。伯兄構屋居之，家事綜於長嫂。嫂偕溫宜人日事紡績，入夜猶共勤工作，且督夏器兄弟及余長兒冕世，就燈讀書，夜闌乃罷，率以爲常。

康熙乙酉，余侍先宮相歸里，則夏器已爲太學生，亮世爲郡諸生，皆能應舉矣。先宮相試諸孫，以亮世文爲最，知嫂之善教也，甚喜，自是彌加督勵。故自先宮相、先伯兄身後，余北上京師，夏器兄弟學業有成，由母教也。亮世之爲閩縣教諭，上官擬調臺灣，嫂謂亮世曰：“海外公車爲艱，亟辭之，勿貪目前利。”亮世成進士，選庶常，咸服嫂之高見。晚年姒娌凋謝，嫂獨爲吾家內家督，秉性惠溫,而通曉大義,諸從子婦、從孫婦争迎致,有事咸禀訓焉。

余蒙恩假旋,頻命諸婦延嫂至家,見其神氣康强,冀登大耄。不謂以雍正九年四月二十九日中夜無疾而終,距始生康熙四年四月初十日酉時,享年六十有七。仲兄墳在南安詩山五臺之麓,坐午揖子,兼丙壬。虚其右壙,以雍正十一年九月二十四日辰時奉以葬。銘曰:

稽諸禮,歿同穴。宜子孫,永逢吉。

伯姊墓誌銘

先大夫有三男兩女,伯姊適晉邑南陳江桂林里進士、給諫林愧蓼公功弟,邑學生粹菴公之仲子,庠生暉烈君。太夫人賢而善教,自策八九歲稍知人事,適丁搶攘,太夫人絜兒女避地外家,姊年纔十一,見太夫人紡績時,姊必在旁效習。至十三四,則已女工精熟如成人。山居累年,貧匱中,策兄弟常斫松明,穿柚子,然以供夜作。太夫人率伯姊及幼妹勤苦至宵分廼罷,率以爲常。策身所被服,未嘗購於市,皆太夫人與姊十指中出也。

太夫人善操家政,恤長嫂體弱,不以纖悉累之。及溘棄諸孤,先大夫既官翰林,門緒寖張,食指頗繁,長嫂驟理家,不能具舉,賴伯姊佐助之。先大夫雖貴顯,太夫人織作如平時,衣服儉素,姊事事以太夫人爲法,終身不忘。與長嫂、仲嫂及先室溫淑人姑妹間,始終無間言。性和善忍,臨婢獲未嘗有疾言怒色。姊夫贅吾家近十年,既歸陳江,孝事尊章,睦于先後。莊敬夫子,克脩婦道,脩飭内外,井然有條,至今陳江以爲楷範,允乎太夫人善教之徵也。

姊生於康熙甲辰年閏六月念六日未時,卒於康熙辛巳年七月初九日亥時,享年僅三十有八。姊夫念姊賢,不再彈,惟置側室供井臼。以德之茂而壽命不延,未享其報,其有待於他日歟? 男長爲基,次爲圻,庠生,姊出。琚、玕,側室蔡氏出。策蒙恩歸里,既營先人宅兆,將還朝,外甥爲基跪請曰:“母葬有期,非舅氏莫能誌其美。”遂爲誌且銘曰:

猗伯姊,紹母德。秉儉勤,垂壺則。弟爲文,珉斯刻。

側室余氏墓誌銘

側室余氏，廣東人也。其家以負債，鬻於京師。年十六歸予，性質婉順，安於澹約。十八而生子楚。先大夫離家十九年，乃見一孫，甚喜，未滿月而氏殁。丁亥之夏，先室溫氏偶病，似夢非夢，見有侍於牀前者，問誰也，答曰："我家中人也。"常不離左右，熟視其狀貌衣服，平日所未見。既悟以問，余說其詳，則余氏也。嗚呼！孰謂人之生死有異情者？楚乃予第三子，娶楊君承祖女。有孫二人，曰㩴、曰某。今以某年某月日葬於東嶽羊角山祖墳之後，負某揖某，兼某。銘曰：

雖嗇於年後其昌，妥爾歸魄先塋旁。

慕恩伯慎園鄭公墓誌銘

公諱脩典，字念貫，一字慎園，系出閩南安石井鄭氏。祖父諱泰，受明季封號爲建平侯，加太子太傅，遁逃海島。至父諱纘緒以家兵三千人歸命，聖祖皇帝封慕恩伯，仍領所部防護海疆，駐節泉州。元配龔氏，前戶部主事心祐公女。繼娶曾氏，前進士櫻公女。生三子，公其長也。父殁，命公晉京襲職，遂占籍正白旗，而二弟皆留閩守墳墓。既壯，忼慷有志略，管本旗佐領事。康熙二十九年，隨軍征噶爾丹，得頭等功牌二面。四十三年，賑饑東省，以勞加二級，萬民爲製衣一襲。四十五年，領帑修高郵邵伯河堤，以勞加一級。其所至有樹立如此。五十七年，以疾薨于第，享年五十有四。元配黃夫人，無出。繼配佟夫人，生一子武，由廕監生補刑部廣西司員外，早卒，生一子國英。公有庶子鼎秀，段氏出。其季弟在閩，早卒，無子。弟婦陳氏青年苦節，哀告于公曰："不可使死者無後，未亡人無所依，請從兄公乞庶子爲後。"公憫其志節，諾之，俾鼎秀歸爲後云。今孤孫國英奉公葬于平則門之八里莊，從祖父遵義侯塋之左。先期乞銘，按其家狀而誌之。銘曰：

西郊之源，鬱鬱松楸。卜云其吉，貽厥孫謀。

黃撝園墓誌銘

君諱孫光,字孺謙,一字撝園,明鼎甲、尚書、謚文簡諱鳳翔公五世孫。曾祖諱浤中,明封奉政大夫、戶部郎中。祖諱高孕,郡庠生。父諱志齡,國學生,待贈文林郎。母蔣孺人,前相國八公公孫女。君生而敦謹,孝友天性,得二人歡。長種學績文,采邑芹試嘗屈其儕輩,謙於接人,而交遊不苟。

余與君皆溫家壻也,先室於君之内子爲姑姪。丙戌,余侍先大夫歸,卜居金魚里。六七年間,進士、靈璧令謝公,君之戚,而余之鄰也,數相約同到君家,君欵留竟夕,三人談平生事,無所不逮。知君者,莫余與謝若也。壬辰夏,君疾亟,自知不起,延余牀前,自述行狀,囑余濡筆。嗣後余捷南宮,歷中秘、宮尹。丙午秋,典試浙闈,特賜還鄉,治先人宅兆。值君嗣子世琭營地葬君,而未得吉兆,請余曰:“若葬有日,願賜辭以銘諸幽。”余嘉而諾之。丁未還朝,荏苒又六七年。今兒輩計偕,發世琭書,云得吉於東郊後亭之原,執前諾,索余誌,余甚喜。憶里居時,奉先大夫命,延堪輿,走陵麓,厤先祖坪上山,道經後亭,每徘徊眺望,意斯地背山面海,必有佳城。今君息壤適當其處,是造物留以待君也。

世琭君學本淵源,克振舊緒。諸孫美秀而文,森森玉立。山靈默相,後必有徵,因書其概郵寄之,以當臨穴一奠云。銘曰:

源山之東,佳氣鬱蔥。陵坂聳伏,矯若游龍。滄海環前,島嶼浮天。塔爲筆兮橋爲帶,靈以棲兮庇後代。

馬侯乾菴公墓誌銘代

公諱三奇,字乾菴,先世廣寧人。曾祖某、祖某皆贈光禄大夫、一等侯。父得功少從軍勦流寇,積勳爲京口總兵官,升福建陸路提督,授三等侯。時海氛猶熾,志在討滅,慷慨登舟,值颶風大作,殞身戰艦,賜謚襄武,升一等侯,世襲罔替。公時孩稺,母劉太夫人早卒,鞠於蒙古太夫人。八歲襲侯爵,英偉夙成,不爲紈綺之習。

康熙十三年，爲鑲黄旗參領，出師京口，聞耿精忠叛於閩，公請率襄武公舊兵二千人爲前驅。於是隨軍拒賊於衢州，屢破之，絶其糧道，復江山縣。以計入仙霞關，復浦城縣。長驅至福州，渡江而南。時海寇以健將北守興化，公奮刃摧堅，大軍鼓勇，僞都督趙得勝、何祐棄城走，乘勢復泉州，泉州人懽迎曰："是小侯郎君來耶?"直趨漳州，遂平潮、惠兩府。康親王奏請以公爲潮州總兵官，有旨報可。閩、廣之界，遺孽皆掃，由是大寧。在軍愛撫士卒，同其甘苦，而紀律嚴明，尤以殘掠爲禁，故所過之地，人懷其恩。

二十八年，升貴州提督，善輯苗蠻。有蠻阿所者，戕同類，抗官兵。既奉會勦之命，公曰："兵威所加，玉石俱燼，非仁主意也。若諭之以自新，能束手歸誠者，必荷聖朝輕貸。不然，誅之未晚。"蠻果泣感從令，奏請蠲宥。殊俗懷德，威寧數府。仰軍糧他邑，山道阻峻，人一月餘負三四斗，民力疲而兵常苦不給。公請改折色，就近地買，兵民交便之。歲餘，改浙江提督。公生於閩而官於粵，於大海南北形勢瞭如也。在浙數年，哨船歲出而靡有犯者。

三十八年，升京口將軍。公曰："昔先襄武公仕於兹，吾母劉太夫人葬於兹，吾得嗣旌節而掃松楸，平生願足矣。"在京口十有五年，恭值國家久道成化，滄海無波，江左康阜。公坐鎮雍容，而不忘戒備。常舟行巡海，狂颶驟作，櫂工失色，公神志自若，風亦尋息，衆於是服公之勇而重也。五十三年，詿累解組，以侯管佐領事。居二載，授鑲白旗漢軍都統。宿望舊勳，屢承顧問。今天子御極，以公聖祖眷待老臣也，賜雙眼翎，俾偕諸大臣，恭守景陵。公惟攀髯不逮，追念感咽，衰羸抱疾。嘗有旨令回京就醫，稍平復，即馳往，其忠敬不忘如此。

公篤於行誼，施從宗族，始多賴以成立。恤交知之緩急，接敬士大夫。耽書好吟咏，有古名將之風。前後請覲者一，恭迓南巡者四，俱蒙聖祖仁皇帝恩遇，凡賜匾額、對語、御翰、衣服各三次，其他若書籍、弓矢、鞍馬暨飲食之珍，便蕃不可勝紀。元配夫人李氏，故大學士、謚忠襄李公女。李公爲浙閩總督時，奇公器宇，且敬襄武公之壯烈，故許字焉。夫人幼莊儼有禮度，頗涉書傳，知大義。事姑以孝聞，相夫子以敬順聞。以系本國戚，嘗接駕於江干，聖祖指謂近侍曰：

“此撫順郡主女孫也。”賜衣二襲，并賜其先姑劉太夫人匾額，從夫人請也。公晚家薊州，遺命曰：“此地近景陵，必葬我於是，魂魄猶傍橋山也。”以雍正七年十一月初二日合葬於薊州莫家莊。余與公同事交好，爲知公者，故不辭而誌之。銘曰：

有爍其伐，無忝先烈。嶠外柱高，江澨碑揭。高原卜宅，東邇穀林。拳拳黃壤，老臣之心。

繹亭□公墓誌銘代

公諱珣，字仲琳，一字繹亭。先世居江南會州衛，明成祖時有以軍功顯者，遂隸籍順天武清縣。七傳至邑諸生士元，公之曾祖也。贈翰林院庶吉士完璧，公之祖也。贈公生二子。長之篆，爲諸生，早卒。次之符，順治己亥進士，選翰林院庶吉士，改給事中，官至都察院左僉都御史。言路憲府，風裁焯然。生公兄弟四人。長璘，丁巳舉人，惠州府知府。次即公。次琮，癸未進士。次瓚，辛酉舉人，行取西平縣知縣。初贈公有兄連璧無子，以僉憲爲後。已而，之篆亦無子，又以公爲之後。之篆以公貴贈督學僉事。配劉氏，並早卒，贈太宜人。

公夙有至性，十歲時遭本生母劉宜人喪，哀慕毀瘁，有如成人。每下帷，開卷有所感觸，輒涕淚漬篇帙。僉憲捐館，公服期雖畢，申以心喪，不御酒肉，與兄弟同廬居於外三年，然後復常。少時侍奉京邸，友天下士，學業精進。康熙乙卯，長洲韓公慕廬、華亭王公儼齋，以一代宗工主京兆試，閱卷賞歎，謂英雋之流也。壬戌成進士，授中書科舍人，選爲吏部驗封司主事，升稽勳司員外郎，調文選。迴避同鄉前輩，家居八年，補原官。以公累降秩，未幾，復舊，升稽勳司郎中，調考功，持論公正。

康熙四十九年，雲南上計簿，廣南知府盧公詢奏課卓異，薦而格於例。公昌言曰：“盧公天下賢刺史，顧可以成例格耶？”上素知盧公名，破格用之。公直道之言，喧聞班列。前爲文選尚書，則大學士熊公，後爲考功尚書，則今靖逆將軍富公，並雅相推重。己丑會試，充同考官，物論翕然。會河南提督學政缺，富公以名特奏薦，奉俞旨以往。比至官，整肅規條，杜塞私門。性豈弟樂易，巡部所至，士之茂美於文者，每加延接，和豫從容，爲講論讀書爲文之方，立身制行之要，藹然盡師弟子之誼，中州人士服義嚮風，至于今稱道之。

公清望愈著，時謂當致大用，而素恬榮利，鑒止足之分。任滿北還，過濬縣，古之黎陽也。愛其風土，因以僑寓。登大伾，臨衛水，託高尚於物外。然居恒鬱悒無歡，曰：「吾兄弟少相睦也。仕宦以後，相見有期。逮癸未、甲申之間，適有緣會，咸聚京華，追念平生爲樂，無過於此。時常相勗，以晚節各奉身早退，侶松筠以終老，而相繼淪落。今吾雖獨適於此，誰與共之者乎？」每獨立顧影，黯然傷神，久之，遂成疾，不起。其卒也，張太宜人哭之慟，如所生。公孝友之行，人無間然云。

娶某氏，繼娶某氏，俱贈宜人，賢順之德，後先相映。善事尊章，宜其室家。卒之明年，嗣子某奉公神柩，自濬縣歸于武清，以十二月十一日葬于北倉鄉東大河溝之高原，前期，以狀請刻珉之辭。予嘗貳吏部，知公之深，故不辭而爲之誌，系以銘曰：

鳳毛燿日，豹文蓋霧。先德望高，後昆澤裕。南省摘華，銓曹綜務。潘陸聯鑣，裴王齊騖。峩峩使節，于彼中州。何芳不采，唯駿是求。名成業樹，知止何憂。棲心魏土，濯足衛流。張仲雅歌，君陳策命。克惇人倫，用施有政。被憶姜肱，琴傷子敬。霜凋玉芝，塵埋水鏡。素輴旋返，丹旐始飛。舊鄉同穴，卜筮無違。刻辭幽宅，表行揚微。吁嗟九京，吾誰與歸？

神　道　碑

都統舒穆魯公神道碑

皇朝氣運昌厚，篤生賢哲，以翊佐台（太）平。至於積慶之家，鍾祉降神，則有將相勳業萃於同氣，如都統舒穆魯公其人也。公諱拖倫，先代從龍有功。祖諱懇册合，盛京薩爾虎城防守官。父諱克德，先鋒營先鋒，拖沙喇哈番。惟祖惟父，劬躬鬻後。公兄弟三人，伯諱顧圖，户科掌印給事中；仲諱弗倫，光禄大夫、議政大臣、文淵閣大學士兼禮部尚書。父以上三世，皆贈如其官。公其季也。

少而雋異，世祖章皇帝簡爲侍衞。聖祖仁皇帝御宇之初，襲父世職，歷官護軍參領、管佐領阿那庫大、鑲黄旗蒙古副都統、正白旗護軍統領嚮導總管、鑲黄旗蒙古都統。其襲世職也，值吳三桂之亂，請從軍自效，鏖戰岳州，鎗子中肋穿膚，奮身不顧，賚白金五十兩，給頭等功牌一面。遂抵雲南，搗其窟穴。其爲副都統也，請爲嚮導官，不輪班次。其爲護軍統領嚮導總管也，隨駕親征朔漠，跋履荒沙，啓行先路，不避艱瘁。服官踰三紀，靖恭匪懈，誠勞彰著，眷注優渥。嘗扈從途次，嬰疾劇甚，遣近侍頻仍垂問，良醫珍藥絡繹于道。疾有間，命兵部郵設頓輿緩送回京，病瘥供職。越二載，舊證萌動，乞致仕。家居四載，居起如常，忽中夜夙患頓作，知大期已至，却藥不進，恬然委順，享年六十有一。

公長身嶽立，隆顙豐頤，面赤如棗，望之儼然有威，而和平豈弟，待下平恕，至于今稱之。幼有至性，承顔繞膝，得父母歡心。兩兄撫教兼篤，公亦事兄如父，敬謹不違，同衣共食，敦睦無間。逮子姓衆多，雖析䆴而爨，其實有亡鈞之。襟懷灑脱，不問貲産，家事委之夫人佟吉氏。夫人淑慎而通達，善治内政，克如公志云。有子五人，咸躋榮路。

次君司業朱蘭泰，余嘗與同官，以公神道碑未有文字，見屬序綴。仰惟公門第貴盛，文武階秩俱極人臣，而家風樸茂，爲百僚楷式。司業君早成進士，列環衞，從戎殊域。今以宿學爲國子師，文武兼備，方躋大用。公之遺澤，克昌未艾，斯可紀也。銘曰：

洸洸都統，爲時碩臣。恩禮終始，令節完人。于國于家，行業彪炳。揭文青珉，川原悠永。

近道齋文集卷六

祭　文

祭吏部余太翁文

古之君子，身不必遇。立身於潛，後昆乃裕。猗歟先生，少耽章句。著聲膠序，爲時廚顧。旋遭播遷，延津是泝。文公山下，居廬寄寓。生涯苦辛，義不隕穫。終躓名塲，安命守素。怡神林丘，長吟自娛。世事浮雲，晨鍾忽寤。養德於和，寧心澹慮。理得機忘，内充外露。樂且不憂，喜而無怒。用柔勝剛，寧茹勿吐。以完其天，保定孔固。蕭然斗室，經書羅布。階前如林，瓊枝珠樹。誨爾式穀，前修矩矱。行先於文，庶超塵汙。有華其繼，天衢驤步。教義道彰，令名用樹。高標清節，而達時務。

始令江津，仁澤如澍。室惟一琴，人謠五袴。帝推循吏，天官粉署。百職辜功，權衡章故。公道大行，不撓威略。赫然中朝，雲霄一羽。歸善有光，顯親則具。先生壽康，丹顏遲暮。細楷蠅頭，燈前能作。晨夕煙蘿，從容杖屨。謂我未衰，歸歟漫賦。彼烏哺林，不羨鵷鷺。興念陔蘭，乞假已屢。今歲之夏，動心恐懼。惻惻中懷，不□暇豫。決意抽簪，歸舟何遽。飛帆吳江，果聞哀訃。乃知孝道，精氣感悟。

嗚呼先生，古人其庶。高齒完名，德音無斁。星應少微，芒沈曉曙。風木之悲，凄動行路。況我同僚，能不懷慕。南望愁雲，遥陳鷄絮。生芻一束，昔人是喻。應傳靈芝，産于墓處。終賁皇綸，貽慶表祚。靈其不泯，鑒此中愫。

祭許不器年伯文

太岳之裔，閩爲最宗。山開五虎，淵貯二龍。光光學使，世澤如崇。司衡于

淛,大鏞金鐘。甌香先生,遭時而隱。將軍一厨,内史千卷。高名海内,見重簪
冕。令德不遏,其流則遠。公自童幼,玉樹芝莖。感悽《陟岵》,苦志遺經。言
省叔父,來遊天京。貢于成均,爰蜚英聲。旋車故園,兇藩搆叛。扃户自潛,毀
巢無患。哀鳴脊令,悲傷鴻雁。百首短篇,汍瀾灑面。喪亂既定,令譽彌彰。當
道式廬,嘉賓承筐。或報之德,厥綏以黄。啞然自笑,今爲貲郎。

載入京華,交天下士。新城抵掌,孟郊是比。佳句傳聞,甌香有子。井必投
轄,門多停軌。歲寒書屋,滿壁蒼柯。想像淇園,綠篠千科。朋來共懽,賓去孤
歌。晉人風度,於今如何。

拜官于朝,陳留大邑。脱略常調,忘身赴急。竹岡之隄,頹址攸葺。豚棲鷄
塒,安若素習。池鑿在泮,門逮欞星。智井萬瓴,一何神靈。旱禱而應,昭格風
霆。賑灾西華,暍疾匪寧。有赫令聞,喧傳朝列。帝詢循吏,薦名丹闕。移官長
洲,前旌初發。萬人號呼,卧者填轍。江南賦重,百奸所叢。斟酌虚盈,民困乃
通。牒案無積,訟庭每空。示爾不欺,行之以忠。因事左遷,積勞成病。撫軍疏
留,群黎請命。帝鑒民情,神依民聽。仍縮章符,遂保善慶。疇昔風調,人士所
欽。騷壇酒會,式燕長吟。平山故事,在昔猶今。滄浪亭畔,解帶披襟。

才及懸車,精力尚固。憂民豈遑,致身不顧。星辰賈落,吴民哀慕。猶有潘
花,徒留召樹。公之令子,雁塔同題。襲馨蘭畹,通籍金閨。登堂未逮,繐帳徒
悽。吁嗟理數,孰之能齊?爲家孝子,爲時名宿。勞吏殉生,全歸式穀。萬户口
碑,千秋史局。用薦谿毛,庶效芻束。

祭少司寇李老師文

在昔唐虞,皋陶弼教。周用蘇公,刑措著效。泰山之左,葛侯舊鄉。方岳精
氣,歷古有光。煒煒我公,爲時而出。仰佐皇朝,垂名不没。始成進士,榮路將
階。興言色養,采蘭南陔。八載之間,春暉寸草。河獺林鳥,承歡家老。爰初筮
仕,出入綸扉。曉趨蓮漏,夜直彤闈。杖節端州,粤民蒙惠。農不征關,民無擾
肆。墺門外隖,小鯨弄波。公深其阻,繫頸投戈。誅正其魁,寬其徒黨。豈有平

人，誤置于網？

南海之南，瓊管諸黎。不忍暴吏，遂憤而攜。咸曰撫之，非公莫可。釃酒揚帆，忙於救火。黎聞公來，稽首轅門。匪敢悖貳，孰燭其冤？公撫而定，請陳于闕。治其暴者，群黎以活。即其土疆，經緯詳周。黎至于今，百峒吟謳。帝獎公功，遷官于楚。執法外臺，秋霜春雨。靡奸不服，靡枉不昭。改涖黔州，匪怒伊教。三江之役，實參謀議。苗人歸心，戈楯不試。近移旌節，作藩滇南。民懷其德，吏師其廉。入長司馭，亦丞司屬。臺霜清澄，卿月照燭。載貳法司，執法維平。宣我皇仁，期於無刑。風傳素絲，聲振蒼佩。其節不渝，與德相對。親持玉尺，校雋南宮。三千寒士，共待至公。年逾七十，神氣彌固。迴翔九棘，直身矩步。馳軺秦涼，人忘其災。不遑自恤，得疾之胎。拜章于朝，懸車歸里。高節完名，獲願之始。方掃三徑，待我公歸。如何不吊，星還紫微。

公爲法官，以寬治獄。周人凍饑，惟日不足。陰德之報，宜其長延。昌夢而符，三十九年。恭荷聖恩，哀榮禮具。慟及巷陌，悲生朝著。況我及門，桃李成行。歌聞梁木，摧痛中腸。緬惟東漢，在三誼篤。既申心喪，或乃行服。禮制所限，築室無從。徒陳雞絮，哀想音容。青編名臣，玉籍仙府。述事惟賢，鮑氏接武。存順沒寧，公無憾焉。念將安仰，□□□□。

祭遂寧張師相文

天佑皇家，篤生碩輔。感夢祥雲，應時霖雨。始在志學，義利分明。岷山之峻，錦江之清。逾冠通籍，磨丹玉署。改秩西曹，張于流譽。濟河惟充，熊軾是憑。六事率屬，邦化大興。轉運河東，矬政攸理。百利具修，公惟潔己。洊升卿寺，聲譽彌高。遐荒萬里，手握節旄。道逢震驚，公決良畫。宣布威靈，稽首怵惕。扈從茂苑，有命自天。錢塘開府，秉鉞有虔。皎皎清冰，瀼瀼膏露。浙人到今，詠歌召樹。遂貳夏官，視學南州。鏞鳴東序，鑑朗清秋。執法中臺，位崇望峻。皇皇者華，晝遊蜀郡。大江左右，爲憲武文。木鐸猶響，和風已薰。浲水之徼，歲夏橫潰。先皇命公，淮陰載蒒。禹乘四載，鑾輅頻臨。授公方略，澹災灑沈。公奉睿謨，乃隄乃濬。我竭其心，洪流以順。工不虛作，帑不虛糜。仰贊平成，世永賴之。

乃掌邦政，乃掌邦教。乃掌邦治，卿月懸照。讞獄內外，五聽求情。國用有式，銓敘有經。公在班行，巍然岳峙。愈勵素絲，百寮仰止。退思補過，進思盡忠。年之耄矣，不懈益恭。聖皇馭宇，眷惟舊德。俾贊辨章，台司是陟。拜疏闕下，言展先塋。惟忠惟孝，是公平生。旋歸政府，丹青元化。盡瘁鞠躬，暫以疾假。良醫善藥，帝命是將。公雖羸憊，必肅冠裳。臨終之時，神明不二。祇懷國恩，靡及家事。屛藩臨奠，賵賻賜金。贈官三少，禮重恩深。際會盛時，夔龍爲伍。完節盛名，青編不腐。

某等東堂射策，以文受知。相嚮長慟，哲人其萎。瞻拜縱帷，籩豆是列。想像音徽，汍瀾不竭。

祭少宗伯梁邨蔡公文

儀封張公，開府吾閩。修明儒術，嘉惠學人。設立鼇峰，以匹鹿洞。招致俊髦，朝昏習誦。公於斯時，羡冠而來。高名夙播，爲衆所推。洛閩遺編，公有素業。張公一見，欣然延接。幕府多暇，何緒不抽。志氣感發，惟道之謀。歲在己丑，斯文有慶。安溪相國，司執衡鏡。公遂見知，春榜巍然。臨軒選士，玉署儲賢。於惟安溪，殷勤善誨。吾曹所宗，北斗東岱。邊笥不匱，馬帳常寨。公蒙賞鑒，摳衣以前。退食餘閒，時趨函丈。如彼洪鐘，有扣必響。微言斯領，分誼日親。立雪冬夜，吟風春晨。南望白雲，假歸省覲。尊聞行知，伏處無悶。

海康陳公，秉鉞擁麾。重理書院，訪求石師。安溪相國，以公應聘。皋比既設，生徒環聽。相國還朝，王程所當。公率群彥，請登講堂。紀筆成書，鼇峰講義。至今學者，傳爲盛事。聖皇御宇，大闢四門。公來廷謁，天顏霽溫。命入內廷，趨侍禁近。殆將十年，不懈恭愼。洊歷華資，遂佐宗伯。遶路方馳，崦嵫遽迫。去冬抱疾，仰奉恩綸。良醫診治，藥物甚珍。如何不淑，歸神崧嶽。聖情軫傷，恤典周渥。榮哀交備，公何憾焉。雖未遐壽，體受歸全。靈櫬將旋，縱帷暫啓。同奠椒漿，汍瀾悲涕。

祭大宗伯李公文

代啓昌符，朝稱純德。前輩典型，後生楷式。於惟隴西，誕哲應時。鄧林喬木，謝砌祥芝。爰自丱齡，習聞庭誥。深潛其思，祗肅其貌。器凝山岳，價重圭璋。豹文炳蔚，駿足騰驤。宛宛長離，來棲玉署。翩翩綵衣，亦在邸寓。翱翔詞苑，位秩洊高。遂師六館，握麈坐皋。辨囿言瀾，從容誨誘。樂育人材，莪阿蕙畝。三湘七澤，英秀所生。既司學政，亦典文衡。陶冶之功，楚風一變。遺澤至今，濟濟俊彥。

恭逢聖世，君子道亨。正人登用，爲貳爲卿。秩宗虞代，春官周室。五禮九儀，屬僚是帥。素絲之操，貴而彌修。仰承天眷，恩禮何優。載世文昌，家門鼎盛。戒滿撝謙，慎持德柄。遭艱歸里，感慕情深。如何不淑，喉舌星沈。遺疏上通，九重軫惻。光賁黃壚，卹章是錫。

策等瀛州委佩，忝託同官。肩差杞梓，翼接鵷鸞。班列之間，言瞻矩步。謂宜永年，受福孔固。遽傳訃音，士林共悲。遙薦鷄絮，莫罄誄辭。

祭李君世文文

昔先相國，佐佑六經。道開俊彥，教始家庭。君體惠質，爰自丱齡。襲訓高堂，切劘諸兄。幼嗜靡它，敦敦書案。漬墨磨丹，宵槧續旦。古簡頤幽，群言浩瀚。靡阻不探，有謂斯戾。惟志之壹，惟力之專。思該七略，歷歲窮年。扢揚風藻，披葩吐妍。詩筆兩妙，作者推焉。

歲在戊子，興賓鳴鹿。君偕伯氏，雲逵鶱逐。並駕公車，昆金友玉。蔚其聲華，高謝潘陸。平津開閤，謝氏庭芝。言侍朝夕，請益問疑。喻彼善斲，匠石是師。素業彌進，尊聞行知。託附梁門，常趨講席。相見無時，抗談在昔。辨鋒每銛，言瀾屢激。使我心傾，沛然悦懌。先儒遺册，同事編摩。繁複既除，散佚攸羅。預參筆削，用意切磋。哀成卷裹，厥庸孔多。

丁酉之春，相公還闕。恭侍仙舟，飛橈吳越。緒論必聞，大啓扃鐍。凡在從遊,吟弄風月。運序荏苒,歲逾十春。恭逢聖明,闢虞四門。念君未達,留滯埃塵。良田晚穫,舍茲何人。豈期不辰,二豎侵迫。證候匪常,方痊驟劇。寧無良劑,遽淪精魄。靡留頹波,嗟馳過隙。

嗚呼哀哉,理數參差。賢不永命,才不遇時。鬱陁懷歎,自昔有之。不謂吾子,今古同悲。賢兄在邸,令子在側。荊枝痛枯,蓼莪哀極。凡我同禂,感念悽惻。託情誄辭,淚不可拭。

祭黃撝園文代

嗚呼黃君,止於是耶? 生為世胄,蔚為國華。文如錦綺,氣蒸雲霞。道孚乎古,行脩於家。允惟孝矣,其心孔嘉。省晨定昏,和氣愉色。膚髮無虧,竭力盡職。生事死慕,循禮罔忒。茲行之本,繄惟士則。

某也兄弟,實忝知交。附松者蘿,投漆以膠。鳥鳴嚶嚶,雞鳴嘐嘐。寫情解帶,唱和絲匏。居室之邇,昕夕相過。消暑華堂,桃笙對臥。言無不盡,清飀滿座。麈尾松枝,珠璣咳唾。古人有言,貴相知心。與子投分,珀芥磁鍼。張范之義,視古猶今。素車奔號,悲淚盈襟。刻勵平生,中歲善病。加之執喪,毀乃滅性。藥餌雖良,不延壽命。天地之數,於茲終竟。彼造物者,孰為主張? 或修於愚,而短於良。福禍之由,不可為常。其可問耶? 天之蒼蒼。

噫乎黃君,束修自好。言不忘理,行以義蹈。慎而靡邪,卑則無傲。吾黨所欽,庶幾完操。誰云豈弟,神明不勞。君病既亟,我訊床前。為君拂紙,自述之篇。口占授我,我涕如漣。君所遺憾,二親未葬。不獲執紼,以臨幽壙。孝子之志,瀕終惆悵。讀其文者,其情可諒。君之哲嗣,壻于吾門。期爾橋梓,陵厲並騫。君今已矣,望在後昆。顯揚令名,以慰君魂。

嗚呼哀哉,想像笑語,感念平時。疑君猶在,瞻睇繐帷。我陳雞絮,君知我悲。其人如玉,君實有之。

祭中山王文代

伊松栢之本性,歷霜霰而能榮。蔚喬木以竦幹,喻世載其忠貞。昔在明之中葉，炎州板蕩而不寧。遭莫氏之篡逼，遯漆馬之江城。日播亡其失次，惟君家之是倚。奮一旅以興誅，用報讐而雪恥。伊左右而宣力，鬱堂構於舊址。雖王號其中輟，固不替乎先祀。迨聖朝之混一，導本國以朝宗。紹先葉之遺緒，爰再續乎王封。美輔政之籌策，實蹇蹇其匪躬。允高曾之不忝，宜國人之追崇。禮有班於廟饗，惟酬德而報功。咏皇華以册祭，奉恩綸於九重。聞茲邦之故事，欽賢佐之遺風。采芹藻以薦悃，體聖代之褒忠。

祭馬伏波文代

昔漢中微，隴蜀紛詾。仰惟君侯，意氣騰超。既藐公孫，遂匡隗囂。歸身赤伏，翊佐中朝。涼州蕩定，勛立名高。拜守隴西，羌人弗騷。已平卷妖，爰伐交叛。緣海刊山，浪泊剋戰。窮追禁谿，兇徒解散。獻馘洛都，嶠南用奠。治城穿渠，剖疆置縣。條律約章，駱越丕變。

天子命我，執節炎方。既册新藩，亦祭故王。越岑度川，道路悠長。峩峩銅柱，標于遐方。企慕英靈，束帶登堂。嗚呼君侯，自遠有光。文軌萬里，厥功可忘。云何寫誠，豵毛是將。昭明不没，儼乎洋洋。

祭朱總憲太翁文代

美皇朝之嘉運，篤元老以佐時。固光岳之靈氣，亦式穀之所貽。伊太翁之盛德，與陳荀而齊規。敦行誼於早歲，樹風節其靡虧。偉劉氏之七業，實以父而爲師。比鄧家之一藝，守庭訓而無違。遂發解於鹿鳴，旋矢音於鳳翽。信善積而祥流，本貞符於門內。翳誨言之諄諄，蹈古人之清介。凜素節于冰霜，曾不玷于塵壒。喜教義之有成，奉心命之繾綣。榮木天之吉士，膺寵服之輝煌。何在貴而彌樸，抱冲素以自藏。含玉采而不燿，晦名迹而潛光。

迨年歲之就耄，執溫恭以終老。每夜寐而夙興，勤庭內之洒掃。及開府於外臺，佩嘉言以爲寶。惟風操之彌遒，茲令名其永保。聞中臺之綸召，遂拜表以陳情。棹鷁舟以西邁，補《南陔》之歌笙。覯渥丹之晬面，期松筠之葱青。何日月之不淹,忽歸神於天星。稽歸善之古義,蔚聲華其不泯。望鄱陽之浩蕩,仰匡廬之巉嶙。信揚名於奕世,紀高行之繩準。奠鷄絮以攄哀,亮何伸於微悃。尚饗。

祭大司農趙公文代

乾坤正氣,實清以剛。生爲正人,應時之昌。煒煒趙公,于庭有命。光佐太平,遭逢明聖。歲在庚戌,親政之初。大羅天上,同會冠裾。始令商丘,古節攸蹈。游刃割鷄,一班窺豹。内升粉署,執法秋官。直而不撓,振衣林巒。既膏厥車,浩然之志。永言幽棲,抑又何冀。璽書來召,出自東山。超陞階序,遂典大藩。就拜中丞,開府于越。遂移楚南,有虔秉鉞。楚越之政,萬民所懷。自民視聽,命掌中臺。載踐文昌,地官是長。威鳳九苞,群僚具仰。

公之清節,古人所難。奉身之具,不取于官。敝衣蔬食,寒士之素。雖躋膴仕,不改其故。以儉養德,可以無求。苦節爲貞,樂此不憂。公之立身,靖共爾位。歌咏素絲,正直順事。其體則直,其用則方。引繩靡曲,執矩爲常。譬彼孤松,亭亭百尺。歲寒何凋,霜皮黛色。譬彼白玉,潔於層冰。雖露圭角,表裏俱澄。夙夜在公,克勤于職。敦敦几案,不遑退食。靡有鉅細,目力必經。疲精竭思,豈恤頹齡?一典京兆,再校南省。盡日窮搜,朗鑑辨影。披衣待曉,官燭輝煌。長宵漏永,短檠猶光。公於斯時,心力交敝。辛苦當年,無忘此地。鞠躬盡瘁,期畢餘生。庶幾古人,完節令名。

與公通籍,年餘五十。垂老同朝,梧岡棲集。云何不吊,歸神于箕。凄凉形影,能不愴悲。易簀之餘,哭公于室。卧榻蕭然,陰寒慘栗。帝有恩命,禮備榮哀。念我舊友,名德崔巍。

祭安溪相國文代

皇膺天祚,五百聖期。必有名世,見而知之。昔在庚戌,皇始親政。漢策敷榮,周官論定。於時惟公,嶽立不群。梧岡苞羽,蓬島卿雲。言歸采蘭,妖氛遽起。言念平生，知不垢滓。果聞密疏，來進九重。孤臣血淚，勁草疾風。城困重圍，師迎兩路。賊衆奔逃，勛傳露布。既升鰲殿，遂貳綸扉。公來覲闕，湛露霏霏。五紀閩南，海堄桴鼓。帝有神謨，將軍其阻。公贊大計，與天意同。先謀元帥，允成大功。長偃鯨波，彌歡魚水。領袖鶯坡，禁林密邇。納言是掌，典午是遷。蒼水爲珮，卿月高懸。爰持玉衡，觀風畿甸。化比文翁，彩成豹變。有虔秉鉞，仍在王都。慨念澄清，身爲楷模。陰雨既霝，河流既順。我民用歌，惟帝其訓。召棠蔽芾，陰連庭槐。乃從文昌，入踐中台。一十三年，太平公輔。匪皋則萊，寧帷房杜。謙而不有，休然以容。江海雖左，其用在冲。廟堂之上，寂若無語。密勿天工，休徵時叙。

君子之學，敬謹爲基。清慎且勤，何措不宜。一節始終，罔非用敬。知臣惟君，知賢惟聖。恭惟聖學，心契羲文。性與天道，惟公得聞。數由理神，道因器顯。聖作之師，無幽不闡。心法之妙，傳授之真。安知其老，不懈益勤。恩禮之優，以厚元老。錫賚便蕃，世守爲珤。興言泉壑，冀養遐齡。如何不吊，歸神上清。有德有言，功又不朽。兼諸三立，聲明□□。念我同譜，垂五十年。如彼晨星，落稀在天。公又不留，能不悲愴。百爾含凄，兆人失望。敬用雞絮，聊寫我哀。公靈不泯，髣髴其來。

祭□□□□文

惟閬風之弘麗，蘊琪玕之懷寶。若鄧林之森爽，擢梗（梗）楠於雲表。際聖朝之嘉運，降申甫以翼周。慶門緒之方茂，等二方而匹休。秉殊質於稚齡，種宿成之慧悟。騁辨囿之縱橫，又律身而中度。逮服官而通籍，凜夙夜之靖恭。誦素絲以自勵，美進退之從容。奉元兄之善訓，既周旋而罔墜。喻垂荂之交輝，每怡顏以相對。逢聖帝之御寓，溥瑞露於八紘。簡平恕之大吏，弼教化以明刑。統寰瀛以在宥，雖萬里而非遠。司執法於外臺，信風行而草偃。閔僻左之愚陋，疏法網其在寬。既閭閻之感化，亦民謠之胥安。懸朗鏡於桂嶺，沛祥霖於瀧水。人至今其思之，尚謳謠之在耳。

解簪紱以歸里，適雅興於林泉。託姻戚之厚誼，喜過訪而晤言。追前修之盛事，有香山與洛社。飄素髮於綺筵，皆太平之壽者。期相偕於皓首，結金石之心盟。各曳笻以吟詠，作盛世之耆英。何哲人之不淑，遽歸神於星府。痛交契之深情，灑汍瀾其如雨。搴繐帳以凝佇，想彷彿其下來。薦鷄絮以將悃，公寧知乎我哀。

祭蔡少宗伯夫人文

中壘頌圖，當陽史記。彤管流芬，青編表懿。猗惟夫人，毓粹孀星。性涵玉穎，德振蘭馨。在昔先姑，竭誠致孝。芳躅不泯，徽音克紹。垂紛佩帨，視膳問衣。扶持搔抑，習禮無違。

宗伯先生，蹈儒之矩。窺尋洛閩，莫問細巨。猗惟夫人，内職是修。綜理家政，用意綢繆。娣姒允諧，尊卑其順。雝雝閨門，靡有咎吝。田荆玉樹，竈無異烟。采蘋擷藻，牖下是虔。好施之仁，自親而逮。濟及里閭，黽勉無怠。被承象服，寵荷龍章。翟褕燦爛，琚瑀雍容。每念聖恩，海嶽深峻。勗勵夫子，終始清慎。撫待姬侍，和氣如春。《鳲鳩》之咏，含哺維均。服官内庭，罔憂内顧。家人女貞，義資佐助。

君子偕老，宜膺遐年。如何不淑，感疾纏綿。臨歿遺言，有條不亂。佳兒佳婦，敦睦誠勸。神志清明，超然去來。溘捐塵壤，遽返瑶臺。嗚呼夫人，視履元吉。媲行郝鍾，追踪尹姑。安仁華鬢，情黯悼亡。敬薦椒酒，唁慰帷堂。

祭崔母劉太宜人文

家人之吉，門緒以昌。載於前史，壼德流光。壼德伊何，禮先婦職。妻道母儀，頌圖垂則。惟太宜人，誕粹韶年。君舅君姑，克孝以虔。既潔膳羞，亦謹湯餌。歷久如常，婦職斯懿。太翁曠達，不問治生。佐助内外，凡百經營。事啓其端，乃告其備。無成有終，安貞之義。曰儉與勤，處約之方。不開衣篋，寧輟紡牀。象服是膺，身其云貴。三十餘年，終始無貳。

吾友早歲，悲喪慈親。相彼鳲鳩，含哺維均。撫鞠之仁，果收其報。寵命推恩,頻頌紫誥。方期偕老,白首相莊。猶有雙雛,並伫飛翔。誰謂雲輴,飄然永逝。南岳眇芒,西池迢遞。屬與吾友,唱第齊年。登堂之誼,感悼凄然。瞻拜靈坐,椒漿盈觶。願紀徽音,託之彤管。

祭張孺人文

昔中壘之八篇,揚芳芬於蘭壺。美貞順與賢明,耀千秋之赤管。惟清河之淑女,媲令軌於前修。明《周詩》之蘋藻,習《戴禮》之膳羞。奉北堂之姑嫜,承歡心而克孝。勤侍食於朝昏,念清齋之可效。雖遠戾于京邸,望白雲以興懷。遂同歸乎枌社,得共循夫蘭陔。奏房中之朱絃,聽聲律之諧應。舉鴻案以相莊,駕鹿車而允稱。垂有嫪以逮下,嘉秉德之惠溫。篤在桑之均一,固賢媛之所敦。承褒錫之綸恩,煒中闈之象服。何年齡其不延,歎頹影之已促。感安仁之詞翰,悵帳室之凄清。陳鷄絮以申奠,慰僚友之中情。

祭蔣相國杜夫人文代

稽劉杜之史傳,握彤管以垂躅。美琬琰之粹溫,揚蕙芷之芬馥。懿夫人之茂德,具林下之風徽。叶《易》象之貞吉,蹈箴訓之遺規。處隱約而必耀,譬潛淵之照乘。始籩室以贊襄,終宜家而衍慶。樹北堂之萱草,采《南陔》之蘭英。奉《内則》之禮度,得銀鬢之歡情。昔侍直於承明,今辯章於政府。信國爾而忘家,賴中闈之令矩。毓丹山之雛鳳,比崔韋之授經。遂飛翔於霄漢,貯韋平之嘉聲。荷華綸之褒錫,被褕翟之象服。響應節之璜琚,宜永膺乎遐福。

何景光之不駐,掩寶嫠之星芒。歸精神於崑閬,侶許董之班行。檢手筆於遺□,亦既云有治命。早達識於死生,悟修短其有定。承九重之賜賻,極人世之哀榮。煒母儀與婦道,披圖頌而齊聲。聞訃信於天南,將鷄絮而自遠。想繐帷之暫褰,望雲輴之來返。

祭嵯院太夫人文代

昔劉杜之煒管,揚蘭壺之芳芬。懿《家人》之貞吉,故發揮乎斯文。考圖頌之八篇,首母儀以爲勸。雖慈愛而能嚴,助義方之明訓。猗太君之賢淑,夙嫻習乎禮容。媲《周詩》之尹姞,匹晉史之郝鍾。允黽勉以同心,又委蛇而中節。奏協度之珩琚,響諧音於琴瑟。美王家之珠樹,擬謝氏之瓊林。展文武於聖代,均克慰乎母心。視釐政於廣陵,不遺鮮以貽戚。參軍事於閫外,踵元戎之偉績。昔湛氏之截髦,貽陶侃之令名。若善果之稟教,用靡替其家聲。

　　聞視聽之未衰,逾大耄而方永。荷綸誥於天扉,觀騏駿之交騁。何嫠女之遽沈,嗟萱草之隕墜。悵嬬星之易斜,乘雲輞而永逝。曾塵寰之不戀,指仙都以爲期。侶金妃於絳闕,覲王母於瑤池。託分誼於葭莩,薦椒漿以陳愫。願有紀於徽音,垂閨幃之矩矱。

銘

静鏡軒銘

　　君子之學,主敬爲基。通貫動静,不失其時。動極而静,静爲動本。默而識之,其則不遠。鏡之爲物,喻心虛明。瑩然無垢,萬象斯呈。惟垢之無,實静之故。亦如止水,照物畢露。古人有言,静則生明。心鏡洞徹,比銅更精。云何能静,其功在敬。嚴肅齋莊,收視反聽。能敬斯静,心不垢淄。戒爾後生,視我銘辭。

贊

關侯贊

　　季興佐命,挺出河東。昆弟之好,君臣之忠。厥心毋貳,喻日天中。威振華夏,萬人之敵。志在《春秋》,國士之風。

大士贊

　　佛之爲道,虛曠圓明。是大慈尊,赴感應聲。寂而能通,心無不在。自彼西天,來見南海。

盧孝子贊

猗惟盧君，璧水菁英。克敦本行，孝德揚名。厥孝伊何，刲股以羹。療親之疾，用意專誠。北堂南陔，饎潔膳馨。表厥宅里，苦節用旌。念我同氣，嗣續衰婷。從妹既孤，資其有行。家廟肯構，合禮之經。澤流腌骼，義山是營。積善餘慶，載世昌榮。

林節婦陳氏傳贊

節婦陳氏者，福清林生其默之妻，今湖南益陽令嵩基之世母也。其家世有纓紱，閨門脩整。節婦幼襲壺訓，莊重不妄笑語。年十七歸于林生，相莊以禮。越年而林生病，久之浸殆，節婦誓以同死。林生曰：“死者一往之烈耳，有祖姑、姑在堂，非若誰事？繼嗣未立，非若誰撫？能盡是，則願若無死。徒相殉何益？”節婦泣而諾。既寡，椎髻布衣，不預親串婦女之會，事祖姑及姑以孝聞。中遭亂離，未嘗一日闕於養。立仲氏子嵩基爲後，所以鞠育教誨甚備。已而，仲氏歿，無它子，議別立嗣。節婦曰：“吾立嗣均也，不可使小郎有子而它求。”於是更以某爲後，而嵩基歸，後其本生，內外義之。然節婦始終愛嵩基如子，愛嵩基之子如孫，至今嵩基父子述節婦事，涕淚交下，知其篤於恩而感之深也。年逾七十，當雍正某年，有司以苦節上聞，詔賜坊以旌之。於戲！節婦不唯從一之貞，而事姑嬸孝，撫子孫慈，於婦職、妻道、母儀具矣。

嵩基將之官，念幽懿之可傳，請於當世能文詞者。同年桐城張公廷璐既爲之傳，予乃效劉氏八篇之體而爲贊曰：

懿我宗媛，習禮允蹈。曒日誓心，寒霜比操。生賢於死，惟義之宜。堂前膝下，孰孝孰慈？爲婦爲母，克修其則。我思古人，無憨淑德。帝表宅里，風聲既宣。史臣濡翰，圖頌斯傳。

自題五十畫影贊

衛武垂訓，敬念德隅。一謙四益，爰與道俱。緘彼金人，閉塞其兌。守之如瓶,不泄于外。爾年既艾,厥德弗修。安於縱恣,能勿悔尤。蘧氏之學,日新不惰。惟其知非,殆能寡過。傳吾真者,悄乎其容。庶幾知懼,惕然于中。懼之如何,宜静宜默。老氏要言,雄雌白黑。願言自今,懼以終始。周旋罔虧,元吉視履。於水於鏡,古人鑒之。寫諸丹青,銘戒在兹。

妹倩林爾保行樂圖贊

行年四十,强仕之時。慎爾出話,謹爾威儀。謙爲德柄,德爲福基。勗哉君子,鑑貌自思。

從女弟行樂圖贊

《家人》之吉,利在女貞。吾家之教,婦德賢明。懿我妹氏,婉娩儀形。無怠敬順,鍾郝齊聲。

王和丈行樂圖贊

與君同里,遊三十載。別久見君,其容不改。丹青繪貌,俾我誦之。何以祝君,壽考維祺。

石安人行樂圖贊

屢遊王家,審知壺德。無非無儀,善議酒食。《家人》之吉;白首相莊。其心淑慎,琚瑀鏘鏘。

表姪芬夫行樂圖贊

蒼然其貌,可以觀德。秉兹古心,好是正直。有酒盈尊,陶然自適。比操寒松,不改其色。

近道齋詩集卷一 乙酉劃舟紀行。

河西務六月初八日

連年憩馬河西務，今日維舟即此灣。潦雨乍添旋漲岸，晴雲稍卷欲歸山。
布帆吹急風偏直，素魄光微月正彎。祇爲江山侍行邁，勞人十載暫當還。

家君十七歲時侍王父南歸，今策與幼子楚實
從家君撫景追憶，已五十四年，語次感咏

吾祖當時買棹歸，家君未冠傍春暉。今予復此隨蘭槳，幼子也能舞綵衣。
五十四年如恍忽，六千餘里尚依希。亭皋極望成追憶，故國楸原夢欲飛。

流河驛泊舟，夜月言意二首

林鍾律晚近清秋，薄暮風涼動碧流。烟火一灣當水驛，桂光半滿入蘭舟。

其 二

江村泊艇宜宵賞，海國歸橈是晝遊。即事已添瀟灑興，清衾有夢到林丘。

步 家 君 韻

御河牽纜泝洄漩，去國何須意惘然。社燕將雛回故壘，洲鴻刷羽上高天。
行囊剩有經書滿，舞袖歸翻錦綺鮮。素影沙光澄似練，浩歌一曲扣吳舷。

花 園屬青縣。十三日

輕舟夜泊在花園，茅枳江頭自一村。幾樹長條飄綠帶，滿江細浪浴金盆。
篙工棹罷宵光静，笠客鋤歸岸際喧。前路滄洲(州)佳酒近，也應沽取醉清尊。

薛家窩十四日

綠楊岸轉薛家窩,今歲曾經兩度過。水面微風吹遠樹,沙邊皓月照澄波。計程漸覺京塵遠,對眼惟添野興多。同是故園今夜景,清江幾處勸漁歌。

望 夜 大 龍 灣

東光南轉大龍灣,旅泊雙舟萬里還。水漲添時平似鏡,冰輪高處滿如環。禾阡匝岸居人少,茨屋臨川古戍閒。地接齊州無百里,驛程別是一江關。

舟 中 臥 聽 鳴 蟬

密林夾岸映河流,亭午蟬聲到客舟。飲露誰能同皎潔,吟風何處共優悠?偏宜笛竹眠中聽,最是絲楊影裏幽。試問峩冠貂作飾,可如清響韻泉丘。

既 望 桑 園

桑園東岸是齊州,古渡晨征記舊遊。月魄可憐今夜滿,風塵未厭幾時休。天京北極紆千里,海嶠南歸棹一舟。已喜晚涼滌殘暑,霙飛四葉即清秋。曆紀十六日望,十九日立秋。

舟 中 翫 月

年年都下碧蟾新,佳景誰能賞一巡。客到輕舟無俗味,天將明月與閒人。玉沙彩碎流星火,珠火光騰泛蛤蠙。歸到家山應更好,柴門秋夜皎如銀。

糧 船三首

巨艘壓浪盡糧裝,百里如林眺遠檣。北土久經拋地脉,南州自合貢天倉。河沈白馬時驚汛,舸載蒼龍歲省方。民力不勞官廩足,誰陳高議到巖廊?

其 二

太行東騖百川分,七淀波光六遂聞。可許春田皆滲水,會看秋稼便如雲。

163

雨簑兼採鱗鬐健，月舫還搴菡萏芬。此事由來應天意，何人乘勢樹鴻勳？

其　　三

津門接海極遼東，滿目荒壖望不窮。斥鹵洗餘爲沃野，茅菅鉏盡有農功。魚溝岸夾條陰長，龍尾車廻汐□□。□□□□□□□，□□□□□圻中。

划　　子

揚州划子水行遲，晚夏方逢火令時。拂几却疑居小屋，開窗絶似對清池。風過簾外宜攤卷，月到灘頭好論詩。但喜驛程生夕清，家人莫漫數歸期。

德　　州二首　十七日

夏初駐馬望御船，簫鼓喧騰水驛邊。孤迴蓬亭繁瑞色，徧排香案獻華筵。人看百戲珠如汗，路插千旗錦似烟。今日重尋歌舞處，晴沙月晚自空鮮。

其　　二

水陸交途是此州，州城城北舫橋浮。沙棠暫觸炎薰去，錦纜還衝皓霰流。十載江湖餘馬跡，一家生計有書樓。何時却與身閒便，坐對谿磯狎野鷗。

故　　城二首　十八日

故城渡口水瀠洄，搜攬炎風撲面來。入夜蕭疏微雨合，半天吹蕩薄雲開。秋田已長遲禾稼，夏景將闌候管灰。怊悵江頭星月下，纔聞滴瀝灑輕埃。

其　　二

城南負郭賈家園，庭宇深沈似遠村。亭外置花香對面，樓前種樹綠當門。北門臺榭經遊少，兩度居停此地存。不奈水程催去棹，無因重訪把瑤尊。

立秋日故城早發，步家君韻三首　十九日

江面寒颸覺候凉，吹葭伶琯動金方。故城水道陵晨發，舊國山邨念歲芳。晚樨有情爭綠蒨，秋花無意鬥紅妝。清宵漸可親燈火，書卷呼童解客裝。

其　二

一片秋懷謝客心，河干伏暑望連陰。已看碧浪迴新漲，不信紅塵到遠岑。盤鱶行思閩海近，霄毛飛向楚江深。采蘭蔯草平生事，且在香芹澗底尋。

其　三

秋山暫與白雲期，此日涼生薢蕘知。鳳闕北望旋斗柄，鷁舟東轉遇風時。籬英欲待淵明醉，江芷空勞宋玉悲。祇爲霜華催結實，蕭森原野使人疑。

夾　馬　營

水曲隄環夾馬營，舊聞藝祖此鄉生。讖歸點檢符膚禪，妙得機關酒釋兵。五代餘氛天吏掃，百年嘉運泰階平。黃昏何處尋遺蹟，萬里雲消玉宇清。

武　城二十日

火輪亭午武城西，欲聽絃歌迹已迷。言氏昔年嘗仕魯，邑名今日轉歸齊。舟人繫鷁依青柳，牧豎驅牛向綠黃。遙睇川原乾嘆甚，西風那得問虹霓。

珤塔灣廿一日

一年三度到臨清，不是車程即水程。寶塔灣頭中夜月，祇應還似向時明。

臨　清廿二日

繁華自昔是名州，到日翻教旅客愁。不爲聞高波浪湧，千尋鐵鎖橫中流。

都水署中晚雨徹旦，步家君韻廿三日

烈暑愆陽勢正驕，陰霖竟夜沛層霄。未疏晚柳翻青帶，欲穗秋禾長綠苗。竹葉香隨賓榻滿，桃笙涼送夢魂遙。莫忘風雨今宵意，明日江頭舞桂橈。

戴家灣宿聞廿四日

河聲一夜響潺湲，激浪鏘鳴到枕邊。夢裏不知眠客舫，渾如山舍聽飛泉。

舟行見夕霞照水,賦得江上詩情爲晚霞,步家君韻

斜陽疎樹澹清華,一片秋光照暮霞。浣水初臨苧蘿石,濯波正漾錦江沙。彩分河荇參差色,影雜洲蓮爛熳花。無限詩情渾不禁,碧空似度五雲車。

梁家淺廿五日

地是梁家淺,秋來碧溜深。濃雲催急雨,古樹翻寒音。岸際人居密,天邊夕影沈。黑甜今夜好,凉思起清衾。

東　昌廿六日

南來七閘到聊城,薄霧初褰碧漢晴。不辨當年射書處,至今人説魯連名。

東昌曉發廿七日

曉掛風帆競碧旻,南艘泊處勢如鱗。忽聞簫鼓遥喧響,報道舟師賽水神。

阿　城

土橋候閘阻輕舠,閘板初開浪轉高。今夜阿城聞吏過,南行一路盡通漕。

安　山廿八日

安山回首望神京,大火西移斗柄橫。北極纏差三兩度,水途行過廿餘程。

北柳林廿九日

清商入夜扇輕颸,六月階蓂落盡時。數里便過分水處,整冠晨拜禹王祠。

過南旺步家君韻七月初一日

何年汶水始西通,南朔雙流度土功。兩戒河歸天象應,百泉滙自泰山同。

冬官廟外吹蘋浪，夏后祠邊颭柳風。一命不聞榮白老，酬勳自古未能公。

南柳林阻閘

爲過南流放北流，柳林南閘阻輕舟。波濤盡地聲如吼，不管征人徹夜愁。

自南柳林盤閘至濟寧初二日

長堤十里綠毶毶，垂影翻風映碧潭。只少酒樓兼茗肆，東州便是大江南。

南池步家君韻二首 初三日

任城佳踐古南池，曉愒方當雨後時。柳帶全遮李侯座，苔衣半染杜陵詩。庭花含潤娟娟艷，汀葉因風欸欸垂。過客無緣銷寂晝，隔墻高榭送吹絲。其西爲金龍大王廟。是日賈客賽神演劇。

前　韻初四日

連朝風景賞南池，北望雙舟未到時。洗墨徒愒鵞帖字，拂箋惟誦鯉庭詩。魚衝密影銜青泛，蟬咽秋聲出綠垂。偏喜晚涼宜竹簟，空濛纔過雨如絲。

君子亭步家君韻初五日

汶洸津會水亭開，聞説公餘劍履來。木槿鬥花依石徑，條楊交影夾河隈。依遲已近靈星節，信宿誰陳賀老盃。更有濯纓臺上景，雙橋接岸滑青苔。

濟寧懷古

州城襟合兩河中，汶水南迴泗水通。節使經營殘碣在，天井閘乃唐盧龍節度使尉遲恭所建。尚書香火古祠空。有報功祠，祀明工部尚書宋禮。郊原雨過禾翻綠，湖澱光浮蓼正紅。山左近年多泛漲，何人疏導續神功。

舟　至初六日

南池西望草橋開，遠見雙檣逐浪來。書案未須重拂拭，水窗深閉淨無埃。

河 干 七 夕

歸舟豈似泛靈槎,碧落宵澄大火斜。燕拂波心疑促渡,風迴湖面暗聞花。誰言漢渚星辰隔,翻覺塵埃歲月賒。試看白蘋江畔客,何人不是旅天涯。

過夏鎮步家君韻初八日

鳳德逢周晚,驂停問楚津。秋原名蹟古,夏鎮里閭新。浩浩東西岸,悠悠南北人。自來賢與聖,踪跡也風塵。

韓 莊 閘

嶧山湖水御河邊,雪作浪花爭拍天。數葉飄然吹不去,竹篙纜住釣魚船。

雨 中 過 八 閘

江頭一望曉濛濛,青草岸迴八閘通。萬里客歸秋雨候,雙橈人唱急流中。靄連平野渾迷樹,濕重行雲不趁風。信道舟行如畫裡,誰將彩筆繪天工。

臺兒莊晚泊初九日

臺莊南去少人家,午後維舟傍水涯。近接嶧湖饒藕芍,慣拏輕艇足魚蝦。帆風纜轉開斜照,江雨欲晴見晚霞。明日便離齊魯地,吳都麗景路非賒。

夜至下相初十日

乘夜風帆到下相,湖光月色兩蒼茫。故人猶在蓮華幕,剪燭誰同夕漏長。

趙、田二輿夫送至下相乃歸,登舟感賦十一日

禮或求諸野,迺有輿夫貞。吾家田與趙,服役久神京。今歲六月吉,筮卦得南征。東郊折楊柳,方外但曹生。趙田轉殷勤,相隨一月程。夜過駱馬湖,浪花送葦輕。念當終別去,晨發遣北行。臨歧有言約,俟我及春明。戀戀主人意,所

事亮不更。家尊白玉堂，旅宦淒以清。豈有殊恩私，足以致汝誠。汝兮獨何爲？感義實琤琤。歸途尚夷猶，顧盼金風鳴。我歌以送之，所慨世俗情。

下 相 懷 古

逐鹿當嬴暴，誅蛇讓沛仁。詩書仍劫燼，宇宙一風塵。趙辟初威敵，鴻門忍負人。驅除功不忘，酣戰意猶新。霸迹吾岡下，英靈德水濱。遙看荒廟處，肅氣動秋旻。

黃 河 口

飛橈直鷲戒河干，坐對澄暉向夜闌。伏汛已平波不漲，上弦纔過影漸團。應知晨渡商颷靜，共喜宵涼碧露溥。南去吳江桑梓近，客心暫向此時寬。

清江浦十二日

擊楫渡黃河，河流廣且駛。轉舵入清江，洪澤分南紀。是處險工多，歲歲金錢弛。釘木以爲椿，其內塞之葦。草質有朽枯，土隄因頹毀。近聞洪塘埂，決潰無餘址。下灌於兩湖，湯湯揚州水。城中三尺高，自腰浸至趾。田疇盡已淹，市價騰薪米。吁嗟劇可憐，此邦之赤子。何時禹功成，疏導各適理。無勞歲省方，灑澹天顏喜。

淮陰懷古十三日

重雲密雨艤淮陰，垂釣清磯問碧潯。身賤却存甘辱意，位高翻抱不平心。市廛豪少雖無賴，絳灌通侯諒所欽。記取當年埋首處，等閒身世即浮沈。

風 便十四日

順流風便送將歸，宗愨何人願不違。對面舟來翻似疾，回頭岸過只如飛。遠村樹色須臾近，是處烟光瞬息非。朝雨晴時閒矚望，滿江帆影蔽秋暉。

界　首

一川南北分州邑，兩岸東西隔水湖。到曉天風渾未住，蕭蕭惟聽響秋蘆。

露　筋　廟

一夕清霜勁，千秋皎月懸。草茅聞令質，松楸勵芳年。廟倚兼葭際，舟迴芷杜邊。篙工閒指點，盡解話貞堅。

自高郵至邵伯，見水漲，屋、田皆成沈災，閔茲有作

淮浦清江水，就下趨揚州。今年伏汛長，浩瀚那可收？上決洪塘埂，巨波排山丘。下淹江都城，巷市成澮溝。其勢無消納，泛漲曾未休。斗門悉已開，東岸潰高郵。南向過邵伯，陸道絕鳴驟。五行失常理，反望北風流。連河勢如掣，莫能棹航舟。西騖出湖中，一葉隨風浮。眼見長隄畔，嗸嗸澤鴻愁。屋廬皆半沒，何況乃平疇。河勢日以高，高岸齊城樓。一穴螻蟻穿，萬姓魚鱉游。茭薪寧不屬，補救非良謀。固惟廟堂徹，能忘草野憂。所憂豈我力？聊爲商聲謳。

揚　州十五日

大王風送木蘭舟，彩鷁南飛錦浪浮。此夜故園同皓月，可知今已到揚州。

維揚懷古十六日

隋煬當日意豪邁，錦帆千里臨江介。岸邊影明照鐙釭，殿腳汗香流粉黛。欲恣遨遊遂八荒，自誇繁富越前代。湛酒迷花蕩不歸，浮雲黯慘天陽晦。民間供億詎能堪，士卒疲苦難可奈。奸豪競起草澤中，戈鋌便動蕭墻內。秦政無道僅及身，武帝末年痛懲艾。當於人鑑識興亡，淫樂豈念後車戒？嗚虖理亂有本源，一部青編比靈蔡。

揚州夜發過三叉河十七日

江都西去水三叉,珛塔層層迴瑞霞。此地龍舟經駐處,行宮門外月光斜。

儀　真十八日

鑾江水接大江流,爲覓江航纜划舟。況復故鄉親舊在,臨邛可似長卿遊。

江　行十九日

朝宗收盡百川同,一葉舟行萬頃中。燕子磯邊看暮景,布帆輕便借東風。

江寧府署是周瑜舊府,相傳大門猶其遺制二十日

江寧刺史府前門,舊是周郎帥幕存。鐵鏁沈時青鶻入,應多遺恨到英魂。

金陵懷古三首　廿一日

珠庭日角符天瑞,虎踞龍蟠得地靈。更製衣冠從古禮,盡祛絃板尚儒經。
留都府第叢蘭紫,遺迹宮城細柳青。梵刹樓高憑眺望,濃雲驟雨晚沈冥。

其　二

假託流言靖難兵,三千麗戰入皇京。投軀未少丹心客,誤國應論白面生。
燕度高城時已識,僧歸滇海事難明。南都此後移宮闕,空有閒官署九卿。

其　三

江沱自古亦偏安,明季當時事業難。不見熊羆專閫外,徒聞燕雀處朝端。
戍烽羽檄連朝急,宮燭梨園徹夜歡。自是皇家穹眷在,寧教天塹限波瀾。

自江寧東歸夜櫂至沙漫洲廿二日

秋雨亦偶霽,吾行其云返。度橋日漸斜,過磯時已晚。是夜烟靄微,初更風
勢緩。蕩槳戴宵星,波濤静如偃。弦月未東升,落影大江滿。萬點螢火沈,千斛

珠璣轉。迴顧兩岸間,蒼茫山色遠。葭荻何蕭蕭,白露下清瀚。暫泊沙漫洲,近港稍澄淺。中宵玦輪飛,正麗參旗展。河漢相涵泳,一色莫能辨。東瞻瓜步近,西望鍾山緬。慮無忠信涉,所恃舟航穩。豈惟鶩歸踪,方當獲游衍。

金　山廿三日

江中山起一拳高,絕似金堆負巨鰲。洶湧洄流人畏到,方知財利是風濤。

新　豐

新豐鎮裡雨初晴,河水宵添漲未平。旅舫撩人醒蜓夢,垂楊隔岸送蟬聲。

丹陽館驛邊敬瞻夫子題吳季子墓碣二首　廿四日

人物南州啓,南方人物始自季子。風流上國馳。讓王宗泰伯,審樂繼虞夔。聖筆題茲土,賢踪惜共時。荒塋歸蔓草,不朽是豐碑。

其　二

地接吳都近,亭鄰館驛傍。銀鈎傳古篆,珉鑿更中唐。碑重立於大曆間。十字春秋法,千年日月光。百靈應不散,風雨護丹陽。

洛　社廿五日

沿岸幾叢秋樹,跨河一座虹梁。欲雨欲晴天氣,似明似暗星光。

滸　墅

滸墅至閶門,無過三十里。正遇北風高,揚帆瞬息耳。云何關不開,舟以數百艘。銜接不可前,尺寸相排抵。秋來苦劇熱,晚凉聊可爾。兩岸夾人居,天風不到此。入夜轉鬱蒸,背汗流及趾。安得決籬樊,飛櫂吾去矣。

至蘇州得伯兄書,因寄信告行期廿七日

家庭近有雙魚到,驛路遙迎駟馬歸。且喜鶺鴒他日會,先教鴻鴈此時飛。

因寄家信言意

行行返桑梓，曰歸亦云暫。湖海是家園，鄉閭類旅店。行役十載餘，生涯百事欠。數椽久未營，一枝將奚占？倉皇還出門，田圃安得瞰？平生意浩蕩，不解謀升甔。忽令半途間，輾轉生愁念。已矣且無然，志士不求厭。

姑蘇懷古三首

黄金白璧贈嬌娥，傾國都緣戀苧蘿。謾誚吴風争艷舞，奸謀須讓越臣多。

其　二

文學南方祖子游，六朝一變尚風流。即今潘陸成孤響，蘭芷蕭條曲浦秋。

其　三

堅陴三載阻婁閶，遂把民租作税糧。季葉豈無忠烈士，枉教敝政恨耕桑。

崑　山廿八日

薄暮到崑山，旻色對蕭爽。追思昨日時，昏霧布天網。黯淡二儀間，風雨晦高廣。造化忽迴换，耿耿星河朗。濁浪轉清漪，澄氛消罔兩。多謝世間客，緇塵空勞攘。

至嘉定廿九日

東入疁城界，村田一望賒。大都繁樹木，强半種棉花。小艇沽魚客，疎籬賣酒家。橋低知水長，岸轉逐風斜。旅泊來雙舫，逢迎備駟車。居人初未識，聚看路傍遮。

署中觀伶人演韓蘄王本事三十日

金山力戰走金兵，鼓角猶傳破敵聲。和議一時真誤國，江流萬古恨難平。

署中製雲蟒佳緞，恭爲家居七十大慶之服八月初一日

製錦堂前製錦衣，小陽春候慶春暉。霧雲鱗甲相憑借，争使人看羡晝歸。

傍晚出署登舟初八日

時雨時晴白露秋，他鄉故里意綢繆。來觀蒲邑三年政，已作平原十日遊。
街上石橋妨走馬，隄邊木橛久維舟。相期臘月重攜手，好對梅花檢酒籌。

閶　　門

茂苑嘐城一水通，歸舟正遇北東風。今宵直到閶門住，纔聽城樓鼓二中。

購　書十一日

買將書史當良田，蘭閣芸香載滿船。種菽偏宜巖澗側，耕鋤只在石池邊。
不須豐儉占暘雨，豈有租庸問貨緡。坐擁百城稱驛富，好教孫子屬丹鉛。

家君同施吏部游虎丘，以事不獲追隨，
因憶舊遊，併懷中秋佳景二首

平地峰巒路委蛇，竹欄杆外酒家旗。生公但有譚經石，秦帝空餘試鍔池。
香屐去衝朝露濕，盪船歸望夕陽遲。無緣眺覽隨今日，可得風光似昔時。

其　　二

星迴斗轉近日秋，士女吳都競虎丘。香界滿輪飛月鏡，酒帘沿路鬥燈毬。
石邊杯榼千人會，閣裏笙簫一夜謳。擬欲停橈觀土俗，鄉關無那櫂歸舟。

姑蘇曉發十三日

蓬窗夢破聽雞聲，蘭槳雙搖趨曉行。若念客心忙似箭，天風依舊送迴旌。

平　　望

平望村頭一望平，東連震澤水澄泓。居人米市常宵啓，旅客花船只夜行。
秋氣不寒仍不暖，野雲非雨也非晴。越州此去無多地，算卻江南第幾程。

石門鎮十四日

行盡江南一月餘，石門夜纜浙西渠。波洄浦溆翻紅蓼，雨歇亭皋長綠蘆。桐葉已飄涼霧積，桂華欲吐晚雲疏。秋風已覺生鄉思，正學張翰憶鱠魚。

石 橋 夜 望

陰霖乍豁對層霄，閒步隄邊上石橋。人在彩虹高處立，水環香稻望中饒。微風噴浪催萍葉，藹月和烟帶柳條。極目却隨川嶺盡，故鄉行李尚迢遙。

武林中秋步家君韻

團團飛鏡碧旻東，夜到臨安鼓一中。玉浦暗香聞芷杜，銀河清露下梧桐。光迴天目千尋影，波泛江頭五兩風。遙憶家園芳桂子，小山叢似廣寒宮。

江口客店不寐口占十六日

江上潮初落，天涯月尚圓。故山應有夢，旅舍奈無眠。

吳山秋眺，再步家君武林中秋韻十七日

臨安地控浙西東，山勢高盤郡邑中。遊女停車踏荒草，騷人載酒倚疎桐。伍君潮噴三冬雪，西子湖翻八月風。烟火康衢宸賞洽，青珉萬載壯瑤宮。

新 店十八日

錢塘江口趨潮來，百里風帆亦快哉。明日富春山下過，舟中堪望子陵臺。

釣 臺二首 十九日

甘把漁竿老釣磯，恒星可似客星輝。雲臺衆駿爭先駕，天際孤鴻只自飛。不共風塵三尺劍，長隨烟雨一簑衣。故人情重終難繫，江畔蘆花拂袖歸。

其　二

九鼎後來繫一絲，桐江不讓采薇辭。競傳黨錮群公節，盡是清風百世師。竹帛勳名輕管晏，烟霞事業等臯伊。休將石隱閒相擬，謾羨商山採紫芝。

自烏石灘早發二十日

七里瀧頭逐曉天，初寒時候水生烟。天公若念歸人意，還乞東風送客船。

停　步

人家多在水西居，南去蘭溪十里餘。林裏遙聞喧語笑，村翁應是説樵漁。

龍　游廿一日

十年前邑宰，孔李是通家。投轄當琴署，停舟傍水涯。山田時雨足，溪洞夕陽斜。今日重經處，寥寥舊種花。

水　碓廿二日

誰將機巧代民勞，竟日春聲不用操。長訝雕輪行澗底，寧知玉杵傍亭臯。窺人水鳥爭紅稻，落地風鳶轉碧濤。村俗久誇安逸事，牽舟却值上灘高。

衢　州

狼烽昔日度霞關，節帥旄旄駐此間。召虎不緣臨越水，長蛇應已踞吳山。三年阻遏凶徒潰，百戰勳勞汗血殷。鐘鼎如今遮莫問，可能青史未全删。

百靈街廿三日

西安南至百靈街，風息江頭夕氣佳。水淺不容牽舴艋，日行卅里泊洲涯。

清　湖廿四日

越溪行盡捨輕船，欲換籃輿度嶺烟。已覺閩山日來近，翻教客舍夜無眠。

江郎石廿五日

江郎山上石,排立爭巉巇。其勢鑽青霄,往往沒烟嵐。我行適晴朗,仰見危峰三。北峰似抽筍,團團末欲尖。南峰對壁立,側視渾相粘。中間一罅直,雙劍插高巖。靈廟紀舊文,剝落捫珉瑊。或傳是人化,仙骨餘磛嵒。功德有封號,垂冕穿朝衫。茲説固謬悠,疑信空寄談。峻嶒下斗絶,無徑遂攀探。不知造物初,誰與爲刻鑱? 草樹生其巓,毛髮緑鬖鬖。惜哉冥飛者,何由結茅菴?

峽　口

來日行山盡,歸時入山始。肩輿度木橋,悠悠峽中水。

仙霞關廿六日

仙霞迴望在雲間,天險南來第一關。鳥道千尋峰突兀,羊腸九折磴迴環。勢趨兩浙全輸水,壤接東甌不離山。夾路松篁幽峭甚,都忘名利向塵寰。

念　八　都

百家烟火萬山中,流水穿街繞屋櫳。誰似忘機老農圃,一生未與邑城通。

曉發念八都,過楓嶺,午至廟灣廿七日

楓嶺晨過霧氣昏,傍巖沿碥轉茅村。高峰對面初無路,流水灣頭別有門。石畔肩輿穿雨足,樹邊引袖拂雲根。陰曦亭午風餐後,五顯青蘿更與捫。

余以丙子冬過五顯嶺,越歲廟燬於火。
今雖廟貌脩飾,不如其舊,重經有感

神靈長是藉山靈,五顯山高逼杳冥。他日千軍曾跪馬,何年一夕下流星? 莓苔乍長鮮猶碧,竹柏新栽嫩始青。殿宇更低香火寂,風光非舊雨淋零。

漁　梁

行盡千山與萬山,漁梁嶺下出重關。如今便有東流水,流到三山送客還。
自漁梁以南水始入閩。

冒雨至浦城,居停主人甚貧,閔焉有作廿八日

雨中何處可停車,旅館蕭然坐榻虛。市上暫賒方得酒,牀頭全罄始沽魚。
從無童僕供過客,祇有兒孫當走胥。竈突長如秋夕冷,能堪寒雪灑階除。

浦城俟舟,住一日,訪諸親友廿九日

仲父他年設絳帷,枌榆轉從盡交知。重來訪舊生千感,秋雨樽前話昔時。

夢筆山二首

夢筆江生事豈真,山形刻秀對秋晨。詩囊水滿腸枯澀,試向華胥乞老人。

其　二

自是學人應有才,文心全向簡篇開。若教荒落才須減,何預夢中郭璞來。

觀　前廿日

秋潦消時不任舟,還將小艇下灘流。觀前日暮微陰合,細雨輕拋水上漚。

舊　館九月初一日

浦城南界接甌寧,路轉山阿水轉汀。岸際人烟喧小市,山頭樹影蔽高陘。
授衣節響千家杵,應律秋生一葉蕢。連日雲陰渾不散,蕭疎夜雨隔篷聽。

水　吉初二日

江村日暮影蒼茫,水面山風送夕涼。沙岸一篙維竹纜,舟人復此賽龍王。
舟上下水,皆於此作神福。

建寧府北六十里是浦城、崇安二水所會，
追悔衢州分水處不取道崇安，以覽武夷之勝

武夷巖碅寰中最，一曲一勝丹青繪。北上長走仙霞關，空想絕景無緣會。王畿十載逐埃塵，飛帆南下風吹兌。衢州取道至崇安，雙槳自可泝清瀨。如何歧路轉夷猶，辜負秋嵐峰壑靄。他時尚擬及春深，清明茶熟爭蘭餲。鐵鎖攀躋颮颺梯，玉泉懸瀑瓹修帶。吁嗟此諾何當踐，百年擾擾生感慨。

至建寧，知承初兄、來初弟登賢書

苜署清風遠，芹池化雨深。芝城懷往緒，木鐸有餘音。先王父曾爲此府教授。桂蕊開新圃，荊花長舊林。弟兄荷祖澤，種德勝遺金。

舟 中 水 碓

三間板屋泛溪涯，道是舟來却是車。一葉未飄汀繫纜，雙輪長轉浪生花。轆轤安穩銀牀正，龍尾水車名。周環玉碅斜。贏得香粳粲如雪，天台何必羨胡麻？

延平見余三仲敏，已理楫北上

逢君已向西江去，慰我初從北關歸。塵世虛名爭捷足，征途景色有斑衣。徒驚晼晚移清律，無過倉皇別翠微。會合還如津水劍，應同化作老龍飛。

建溪灘歌初五日

建溪灘險春怒濤，兩山狹束歸長槽。巨石□密孚□豪，鋒鍔尖銳快如刀。厥像狰獰蟠根牢，或潛波波底□鯨鰲。雖有斧鑿莫爬搔，老虎當道耗鼠嘷。龍迴狗跳聲鳴號，鹿牙羊角形桀驁。雞公鴨子狀嗷嗷，彌陀羅漢石柱高。七里下隳牽索絢，大黎叢碎排巖磝。茶洋箭港急澄洶，黯淡浮浪簸輕舠。雙門溜響寒

風饕，老虎以下皆灘名。如此等類多蝟毛。大抵凶惡礙行艎，長年嫻熟賴爾曹。頭棹尾舵工所操，凝慮瞪目觀滔滔。左斡右運手力勞，勢欲澀遲前支篙。彩鷁容與鳧鴈翱，乘流直鶩飛江皋。駿馬電逝蛟魚逃，旅人跼坐生煎熬。舟石擊撞差釐毫，屏息收視精氣韜。得意疾轉環周遭，中流超忽捷猿猱，神怡心愜良所褒。我行安然靈惠叨，神明喜靜憎煩囂。慎哉行子勿慢慆，清晨無爲語嘈嘈。

水　口

水南水北勢迴環，浪息東西兩岸間。賈客園亭圍綠篠，居人屋舍架青□。□□□□□□，候雨晴時鷗鷺閒。此去川平二百里，挂帆明日抵江灣。

近道齋詩集卷二 丙戌以後作。

閏七夕

新秋重見七襄開，河漢佳期夕又催。匝月離情如一歲，連宵淚雨灑千回。香車已復飛雲路，妝鏡還應照月臺。莫訝從茲人倍巧，今年兩度乞將來。

臈月五夜觀梅

上林葩卉寂寒空，何遜揚州興不同。五葉階賞催歲晚，數株園蕚向宵中。玉臺影映微茫月，金谷香飄凜烈風。桃李休誇春夜宴，可能含雪鬥芳叢。

上元前一日雨

正是金吾弛禁初，曉驚飛雨灑檻疏。空聞墨跡翻青浦，那得銀蟾上玉除。濕重難然百燈樹，泥深誰度七香車。明宵只好高齋坐，獨向藜輝照檢書。

奉寄威寧伯兄

申伯生靈嶽，元方出太丘。七丘辭粉署，五馬入黔州。自職方郎中授。郡是皇朝設，臣分絳闕憂。木稀青兀兀，水響碧悠悠。風俗兼苗獠，官曹雜土流。舊歸職方掌，今見遠人柔。茂苑繩前武，昆彌接昔猷。治民家有訓，爲政學而優。訝士邦刑理，謂爲刑部員外。司賓國禮修。謂爲行人司正。肺嘉寬衛服，干羽格遙陬。祥鹿夾車轂，畫熊垂彩斿。璽書他日下，碑頌此都留。昔也壎箎唱，從來蕙茝投。六書銀管舞，萬卷玉籤抽。西北徒瞻望，川原限遠遊。寄懷憑短翰，吉甫謝清謳。

送族子紫東省觀威寧

伯氏承皇命,青綢牧遠氓。阿咸趨子舍,黔嶺事遄征。芳晝馳驅好,春衫結束輕。采蘭官署暖,折柳野橋晴。浩浩凌江漢,迢迢歷楚荆。葭隨青雀暗,花映紫騧明。鳥道峰千疊,龍腸驛幾程。雨餘銀杏濯,天霽竹雞鳴。每憶揮長塵,相將對短檠。吾真倒困廩,爾亦屑瑤瓊。文要江山助,詩多客旅成。霜毫行處染,風景望中生。自昔言家學,由來作代英。鯉庭聞妙旨,鳳閣佇蜚聲。去矣三春莫,悠哉百感盈。斑衣應羨汝,爲別最含情。

族子爾忱以朱墨研、水中丞共貯一匣,爲題絕句

漬墨生春霧,磨丹起曉霞。惟應一勺水,滋出筆中花。

緑牡丹五首

洛都紅紫競芳芬,一種曹州迥出群。翠幕圍來輕映日,緑蘿深處藹生雲。花藏葉底遥難認,瓣在跗中近不分。若傍蘭闈含曉露,好將眉黛與文君。

其　二

傾國名花別樣妝,輕蟬緑髩鬥容光。踏莎行去纔留影,映竹窺時但有香。左氏何年分紫綬,姚家今日賦黄裳。誰傳鹿韭葱蘢色,占斷深春錦繡場。

其　三

疊羅新本艷如煙,樓閣分明暈點圓。影入淥池渾不見,棲來翠羽鬱相鮮。却勝汴郡青飛蝶,休數河陽緑睡蟬。架上荼蘼欄外柳,濃陰一色養花天。

其　四

緑暗叢中望有無,芳傳曹國擅名孤。風摇翡翠雙飛翼,露浥蜻蛉午日珠。紫陌紅妝知莫並,青霓白舞也應殊。花時若值張祠部,座上新添貴客圖。以下二首次家牧仲韻。

其　五

百兩金開尚及春,峰嵐朝擁楚臺神。洗殘脂粉香偏酷,點著蛾眉色更新。

亭畔楊妃爭解語,窗間謝女想宜顰。何當采采堪盈匊,月幌風簾賞浹辰。

紫　帽　山

青嶂西郊外,城中望若何。翠連平野色,影入大江波。古洞傳金粟,新泉度綠柯。夜深遮月小,春晚宿雲多。石塔凌霄漢,丹梯蔽薜蘿。居然朝帝座,冔冕響瑤珂。

洛　陽　江

潮信通泉澗,清瀾到海流。衣冠來晉室,景物似中州。兩岸村烟接,長虹架水浮。濤翻風入夜,波静月當秋。車馬塵踪滿,壺尊雅客遊。漁歌連日動,一葉櫂輕舟。

題薛昭遇仙女張雲容簫鳳臺,得絳雪丹
度世畫影,爲施季龍作效曹唐體。

靈境雲寒洞壑開,長松樹底坐蒼苔。碧霄路近仙娥下,絳雪丹成羽客來。湘浦絃聲猶彷彿,漢濱珠佩尚徘徊。何如采藥逢烟駕,瑤井芝厓盡日陪。

貞　婦

鯨霧昔四塞,擾擾紛戈鋋。狼火遍墟落,虎跡盈市廛。倉皇綠鬢姿,縲索相連牽。吁嗟有貞婦,磨之乃逾堅。所期風操勵,詎保軀命延。誓同芝蕙焚,不共瓦礫全。從容甘白刃,談笑輕黃泉。成仁志不奪,蹈節生可捐。慷慨劉義士,感激胸氣填。儕輩三十九,相率歛金錢。遂完趙璧歸,烈火彌鮮妍。寒霜萎百草,筠菊方蒼然。孰能艱危際,惻惻生哀憐。節義兩無憾,丹青亮足傳。吾聞竇二女,百尺下深淵。又聞韋道安,敲石注鳴絃。誰爲第五琦,草疏達高天。三復柳州詩,秋風淮水邊。

東園雜詠十六首

尚友堂

君非今世士，志在古之人。遺編千載後，高步逐風塵。

論經軒

施氏傳易學，七略紀西京。祇應傳舊德，稽古繼家聲。

省吾居

習靜閉園扉，虛室光耿耿。所求方寸中，無事愧衾影。

養竹菴

四圍綠參差，垂影映春草。羨君庭砌間，養得孫枝好。

綴巖壑

因地爲巖磵，功成點綴間。不宜置丘壑，祇似在東山。

挽春亭

孤亭空四面，種得四時花。長似芳春艷，東皇不迴車。

鴛鴦榭

高榭俛澄沼，匹鳥鳴相隨。願言頌君子，遐年福祿宜。

鶴寮

庭前放晚雲，簷下棲夜月。月夜九臯聲，天際聞清越。

鷺磯

磯邊下振鷺，雪羽照清光。水雲鷗作伴，簪組鵷爲行。

字城

短句老無敵，長城不可攻。獨來憑雉堞，身在最高峰。

秋舍

素節兌風扇，空堂爽氣來。人當皎月出，酒待黃華開。

荷池

小池種芙蕖，水與華俱净。何如曲江頭，紅雲蓋明鏡。

雲　洞

白日氣陰陰，石洞宿雲深。有時出洞壑，便擬去爲霖。

松　逕

鬱鬱蔣生逕，寒雲繞蒼柯。誰念著書者，丹鉛歲月多。

蕉　窗

有窗不護紗，蕉葉綠於綺。微雨灑窗前，輕颼搖窗裏。

激　泉

激水非本性，鳴泉一道飛。偶然作機事，未與智相違。

謝星伯初學爲詩，賜賀五兒周月，造語便工，次韻奉酬

蘭夢雖同歲，芝庭屬比鄰。龍媒應羨汝，犬子不如人。謬委瑤箋重，翻驚白雪新。傳詩他日事，休厭劇吟頻。

狀　元　籌

銓宰舊將籤作部，選人掣籤起於明季，時譏銓部爲籤部。春官新換榜爲籌。此時花纈不同樣，不同得榜眼、探花，昔人有"新詞入樣"及"花樣不同"之語，蓋以塲屋文字爲花樣。自古科名合巧求。合巧得狀元。待買得來寧足樂，局罷負者向勝者買。却防奪去最堪愁。狀元以四紅合巧，得五子一色奪。一般窮達皆言命，故賜朱衣與彩骰。相傳骰子紅四是朱衣。

贈富知園和皆山壁上韻二首

蔣生歸處又參尋，到日惟應動隱心。逕轉小亭緣淥沼，庭通曲磴向青林。風塵京國思前事，雷雨江城送莫陰。重與解衣憑檻坐，故園相對是同音。

其　二

塵纓濯罷事幽尋，湖海難忘澗壑心。自有才名傳鳳闕，已聞詩句到雞林。苧蘿國色終榮艷，喬木家聲起藹陰。不信烟霞真伴侶，肯容卧聽晚蟬音。

秋後寓言贈僧志願

萬石巖中景，先君昔曾遊。天然成洞壑，海氣湧林丘。佛子時相約，王孫未可留。舊文空在篋，風木恨清秋。

代送施滉江撫滇

舊閣承麟閣，高牙出鳳城。西南開大府，朝著選名卿。山嶽由來峻，冰霜底自清。以寬存治體，用恕佐威明。皎月從星好，和風逐雨生。還聞璽書獎，竹帛紹家聲。

代送萬朗齋之任河東

寵命移新節，清聲出舊臨。離筵寒漏永，別路雪雲深。每念承家緒，能忘報國心。黃河滋九里，喬木竦千林。事業歸青簡，風期在碧岑。幔亭春茗熟，挂機擬相尋。

紅　梅　影

庾嶺驛邊千樹艷，孤山亭畔一林鮮。晴霄照水霞初落，月夜衝寒火欲然。已共蠟黃爭燦爛，還將雪白鬥嬋娟。百花頭上開如許，金谷珊瑚不值錢。

賦得竹枝影瘦橫殘月

桂魄低朱户，琅玕蔽玉除。影綠山石□，光透徑風疏。直箭橫青幹，彎弓挂碧虛。由來棲鸑鷟，今獨對蟾蜍。

賦得蒼磴幽尋過古寺

幽林石磴點蒼苔，躡屐空山澗道回。古殿長經巖月曉，禪扉偶逐洞雲開。有時元度閒相訪，莫道淵明醉未來。喜得參尋消萬慮，紅塵不上雨花臺。

賦得綠疇小駐勞春農

穀雨青疇足，蘭風綺陌偏。衣黏花似雪，車踏草如煙。載酒王丹政，躬耕冀缺賢。惟應勤耒耜，聖世是豐年。

賦得春景暄和好入詩

坐凭雕闌望翠岑，緒風暖送玉樓陰。等閒桃李皆新艷，次第鶯鳩作好音。禊水曉晴多到客，雩壇半景有歸吟。陽春若問烟霄曲，好在西園翰墨林。

賦得忽聞画閣秦箏逸

画閣春深翠幕懸，誰人閒撥十三弦。行雲欲駐高窗外，白雪遙聽小檻前。少婦樓頭當柳陌，王孫家世本秦川。清聲斷續移瓊柱，流徵調宮最可憐。

賦得佛屋紗燈明小像

燭影明珠絡，豪光映碧紗。旃檀瞻月面，金粟爛天花。丈六本無相，大千猶有涯。毛端開寶刹，曾是法王家。

賦得今月曾經照古人

圓鏡斜鈎歷莢催，跳丸轉笠幾週迴。謝莊賦裏流光度，庾亮樓中照影來。人世滄桑多少恨，廣寒丹桂鎮長開。碧霄殿闕高誰問，露白風微獨上臺。

賦得柳暗花明又一村

前村隨柳復尋花，嫩綠殷紅一望賒。冪地深垂彭澤影，晴天遥映武陵霞。仙都似隔無多路，隱士如今有幾家。愛逐風雩看野馬，不應塵鞅是生涯。

賦得豆畦欲暗雉初肥

亭皋煙樹接平畦，嘉菽葱蘢翟雉迷。園藿已看連宿莽，山梁何事逐鵾雞。

高軒望盡青蕪遠,媒翳驚飛繡羽低。却憶南朝長埭上,鏘鏘彩仗驟駒嘶。

賦得綠樹陰濃夏日長

火雲蒸畏日,綠影蔽高天。屋枕千章畔,門當五柳前。水紋凉竹簟,風氣潤桐絃。此地銷長晝,還應似小年。

賦得身閒詩曠逸

物外得身閒,幽棲即閉關。人歸蓮社裏,家在輞川間。澗遶風前竹,雲收雨後山。吟來詩句好,清曠出塵寰。

賦得夢破篷窗雨

驟雨侵宵打客篷,衾寒夢斷黑甜中。飛迴園蝶人依舊,欲到家山路未通。雀舫微明蘭燭影,雁洲正響葦花叢。還如馬上堪能續,重訪華胥太古風。

送余田生之任江津

新將黄綬帶青袍,舊日韓門是李翱。家住延津騰兩劍,官從益部夢三刀。蘭陔祇望雲山遠,棧路休辭月峽高。早抱一琴歸粉署,朝天始得遂林臯。

湯少宰招陪隴西公宴陶然亭眺秋色集字

八月追佳踐,仙都僻一丘。縱歌懷楚畹,高興對靈州。晚曠看庭際,朝氛斷嶺頭。笙竽深壑扇,碁局半簾收。影撼青梧亂,聲過玉簟秋。蒼蒼蘆岸冷,淡淡水園幽。宦路簪裾集,吟辭沈謝優。盟心應不極,裁翰約江鷗。

同隴西公恭和聖製覽孝經衍義有感而作

春色陔蘭茂,年芳砌萊催。浮雲愁眺望,愛日喜追陪。在廟周詩感,于田舜典哀。遺編勤乙夜,要道貫三才。瑞紀靈鳥集,符徵白兔來。懽心萬國合,壽域八埏開。孝德光前籍，天經入睿裁。秋風徒自恨，紅葉已成堆。

御製朱子大全序恭紀，同隴西公集序

道衰鄒孟逝，質敝董韓徂。邪怪淹年葉，浮華騁四區。濂溪一人出，伊岸二程驅。先覺生同里，超然擢嶺隅。述經笑毛伏，刊簡抵班輸。閣老修看畢，宸居契未殊。分章梳細髮，條串握靈珠。志湛雖英智，神融變下愚。探尋嗟此會，展玩樂無踰。捄翰乾元造，昭文緯度摸。長才揭嵩岱，麗作照娥烏。復有槐庭咏，賡歌答翠梧。

奉和隴西公恩賜草荔恭紀

綸閣飛瑤札，雕鞍遞翠籠。□先丞相府，品亞狀元紅。昔者淪巖潤，蕭然翳葷蓬。新從遙徼外，移植禁園中。五月芳行殿，千株映離宮。敷華承湛露，垂實向薰風。名號宸章錫，栽培帝道隆。石榴輕博望，枸杞笑唐蒙。信美猶吾土，殊私眷我公。一承天澤渥，百果未應同。

前 題 集 字

故山與南海，嘉果餉六月。塞上有華水，草荔舊名華水。巖間金彩綴。聖主錫稱號，品味共佳絕。裁翰下彤庭，遂令識顛末。眷我參鼎老，雖飽無內熱。書堂對馬枚，素志浩歌豁。惟皇妙幽贊，川岑齊擢拔。微物際休時，在野況才哲。

隴西公蒙恩賜坐籃輿遊熱河行在，恭紀二十八韻奉和

鼎彝功成日，翩然念壑丘。閒雲天路曠，湛露王恩優。掌舍治行邸，饔人饋脯脩。千齡逢聖后，三接禮康侯。魚水誠懽契，螭坳意密繆。風塵徵往夢，霖雨徧荒陬。茲土山川異，禁城草樹稠。東南環潤道，西北倚峰頭。宣室思前席，離宮命櫂舟。肩輿承寵渥，目賞遂迴周。疇昔甲兵際，里閭樽俎謀。心雖巖穴契，迹爲廟廊留。王國時分陝，燕畿德置郵。閣開册羽歲，圃見黑章遊。枌梓固云

樂,江湖寧免憂。鴻勳扶太極,遐想結神州。九月搖蘭槳,千村種麥疇。幔亭經屈曲,藍水泝湍流。霧洞蒼松晚,霜籬白菊秋。瓊葩疑綴雪,珠瀑像垂旒。芸局徒羈繫,雩壇限從遊。及門皆睇望,當宁待謨猷。累葉秦婚晉,居鄉魯近鄒。歸情隨雁去,旅迹笑槎浮。園荔思同采,豯毛憶可羞。歲華何冉冉,客興竟悠悠。跨岸松陰密,平泉石邅幽。卷阿吟舊句,尺幅畫滄洲。

和隴西公述德紀難詩

明季失其柄,弄兵繁有徒。餘氛連海嶠,閏位竊珪符。賊酋林日盛受明永明王封,稱平南伯。祇類魆營窟,翻爲虎負嵎。中原初靖亂,南服尚稽誅。處處聞刁斗,年年索粟芻。崑岡騰烈燄,丹穴置罝罦。遭會逢屯厄,橫災暗覬覦。鴟鴞悲毀室,鸞鵠哄鷟雛。漁仲文之彥,平居行不渝。蓼莪方愴戚,荊樹幾凋枯。慷慨思并命,倉皇便即途。人皆危此去,誓不顧殘膚。豺猲谷中嘯,脊令原上呼。公儀求易子,趙孝競捐軀。義使肝腸激,言將涕淚俱。凶群胥感動,渠帥亦嗟吁。填壑知何濟,抱薪計是愚。一行愁斷雁,千里憶神駒。衲子來籌筴,僧銳峰密獻搗巢之計。廝僮請執殳。兵資因冶鐵,軍食算田租。其地危千仞,懸厓陟四隅。搗巢雖策畫,絕徑每踟躕。帶斧開榛莽,攜媒逐鷗鳧。緣巖謀獵者,鎩礙託樵夫。選卒鋒鋩銳,前登膽氣麤。輕便爭走犴,趫捷鬥飛鼯。是夜淒風緊,遙隨燐火趨。濃陰寒黯黮,澍雨影模糊。失路紛零落,尋踪半已蕪。銜枚穿泥濘,攀葛上嵌崓。山怪行銷矣,雲師助友于。冥濛留曉霧,晻曀蔽陽烏。眾寡誰能料,潛幾事不虞。眼迷嵐漠漠,夢駭角嗚嗚。羸老投崖盡,梟鷲棄穴逋。摩雲終得李,犯雪欲擒吳。百戰從茲勝,先聲誰所驅。皁旗頻陷陣,常用關侯廟皁旗戰輒勝。墨経自提桴。嘗守村城小,惟餘四伍孤。時遺兵歸取糧,在者僅二十人。突來乘弱壘,勢似鼓洪罏。投石齊飛礮,張拳搏伏貙。追奔收組練,歸凱舞鉦鋙。竟返連城璧,全迴合浦珠。竹林高素節,棠棣惜芳跗。十載夷強寇,諸鄉闢坦衢。威靈廊廟震,倫理鬼神扶。既用繩先武,還將啟後謨。代傳龍豹略,機握鳥蛇圖。螭陛馳丸蠟,狼星射木狐。功成魚得水,運泰鳳棲梧。撫恂陳家緒,行宮荷帝俞。彩箋揮聖筆,璿榜表名儒。若斧光瑉碣,非煙起石鋪。閬山絶頂有仙鋪庭。禹碑垂點畫,湯鼎接規模。我祖芝蘭契,<small>先祖與漁仲先生友好。</small>賢孫研席娱。<small>先生之孫與余同貢成均。</small>夙齡親杖几,<small>余曾謁於籃輿。</small>末坐聽笙竽。老有風流在,人看氣概殊。豪情對松菊,邵德壽桑榆。文武材何忝,<small>學使孔公奬先生有文武全材。</small>恩華事有孚。將來孝義傳,青史未應無。

隴西公蒙恩賜題額對語,獻五言二十韻

瑞象開軒籙,賡歌和舜徽。築巖符聖夢,分陝舊王畿。皇眷紆台座,大書出禁闈。鳳凰九霄下,鸞鵠五雲飛。霖雨需要服,高風待振衣。豈能忘素尚,祇是戀恩暉。荒徑竹千箇,故山松十圍。一旗春茗熟,數甲野蔬肥。近者陳青璪,悠哉望翠微。却聞駒皎皎,徒賦柳依依。更借麟臺掌,偏遲鷺渚歸。猶扃卧龍洞,未掃釣魚磯。榮路終休轍,枯棋暫息機。歲華憐晼晚,鄉思隔芳菲。疇昔爲縫掖,從多老布韋。許身才不薄,撫世意空違。元宰逢丹扆,訏謨佐萬幾。乃心堂陛合,吾道古今希。縱有烟霞契,其如湛露晞。且期銘琱鼎,持用答金扉。

附　隴西公和詩二首

伴食常懷素食憂,女蘿桐樹倍驚秋。自天霖雨誰能作,振古高風不可儔。舊植久荒三徑路,滄波暫繫五湖舟。連朝浹背非關侯,累息深恩愧復羞。

其　　二

與君先子舊時諾,夜月清溪曉露林。委翳不勝良友念,驪飛虛負古人心。雲迴舜世重華日,夢結商家萬里陰。巨榜高懸驚逾分,新詩況復抵南金。

元戎李公恭懸御賜扁額,和隴西公紀恩之作

幕府歸來十載餘,華堂今喜奉天書。青編姓字應長在,白傅風流盡不如。御筆高懸巢閣鳳,皇情常憶釣磻魚。況逢緑野開扃日,拜詠恩暉有二疏。

壽黄達甫次隴西公韻

榴火添杯色,榆星照弁華。分甘同孔奮,濟困亦朱家。元老欽風義,新詩紹

正蕰。惟應綺筵上，煥爛起祥霞。公手藁朱書，故云。

代壽隴西公有序

相國隴西公暫離黄扉，卻歸緑野。晉接殷勤於清晝，乾文煥爛於紫霄。謨明弼諧，當宁既稽乎典訓；明良喜起，在廷又盛有賡歌。公於是捧出九重，裝成兩卷，喧儒林之盛事，爲名家之寶傳。既越次年，序當九月。香浮菊醴，逢降嶽之佳辰；彩映榆星，擬如岡之雅什。謹纂鈔緗簡，雕刻髹屏。不揣戎行，竊追高韻。蓋宮商相應，義固兼夫引年；而瓦缶自鳴，情實專乎介壽云爾。

獨抱遺編學魯儒，已將大業紹皋謨。捧歸玉軸金英璨，競進瑶觴菊蘂敷。杖履烟霞來素尚，精神龍馬是祥符。還聞調燮躋仁壽，皇極年年會坦途。

和隴西公鰲峰書院詩

驅車向神闕，停斾揚儒風。勳業酬明主，經書紹晦翁。披帷多使節，操几亦文雄。盛世方興學，吾鄉久息戎。沚菨春水緑，岡樹曉椴紅。鹿洞懷陳蹟，鷥旂頌魯宮。作人君相事，斯道古今同。逕轉山容近，亭臨沼面空。披雲留雅譙，化雨是元功。若到成材日，無忘樹椅桐。

暑

雨霽江頭望，天陽映密條。曉光留寂寂。庭籟佇蕭蕭。晚靄今安遇，煩蒸正苦驕。寒冰坐能得，擬玉過瓊瑶。

清源避暑

偶因避暑到巍巔，翠嶺清源縱目偏。緑徑雨餘時叫鳥，碧霄磬晚乍鳴蟬。南臺別寺當幽石，蘿室靈蹤謁老仙。六月蒸埃消獨盡，寧忘曾點賞心年。

登王家樓二首

王君高屋比層臺，永晝常隨素友來。夏節肯嫌沈紫荔，春朝豈惜泛金杯。

坐看古洞山容近,時見江皋樹色開。携取歌童爲度曲,凉籐輕展勿忘哉。

其　二

屋邊危棟對青峰,浩景流光望處通。間送飛雲移案上,却窺明月入窗中。蘭華曉氣應霑露,桂酒香筵正拂風。自是埃塵曾不到,悲吟休唱大江東。

劉阮到天台

幽山獨望有因緣,探藥餐胡路已傳。更度洲橋逢二女,却邀洞屋結千年。百罇碧酒分蘭寢,幾曲瑤琴調綺絃。爲問絲蘿真類夢,曉風暮雨侍郎眠。

蕭史攜弄玉上昇

何人引鳳聽歌長,合管曾聞送夕陽。緩節疑應待公子,凌空早已逐仙郎。同時嘯傲青岑畔,比翰招游綺里鄉。三弄不妨喧細細,桂華月滿媚秋涼。

吳宮教美人戰二首

劍氣秋宮起,金山四照明。試餘朱錦墜,調熟綠鬟傾。總律除驕志,迴奔寄忍情。只應圖楚亂,七縱每能成。

其　二

十隊披裝就,佳人轉影遲。有征催妙質,整衆瘁芳姿。往返偏難學,酣號競不疑。前來聽禁語,誰敢笑聲時。

咏嚴子陵

桐江江岸水深深,隱退閒曾卧澗岑。客星已出風塵上,故侶漫知物色尋。潭邊遊鷺涵清興,□□□□對素襟。我昔羈帆觀片石,渡頭鳩雨起長吟。

咏陶淵明

飄然清望愛陶翁,放意荒園農圃同。綠引篠根遮徑曲,青交柳帶倚門中。

休論舊國憂何許,笑把金醅醉不空。日夕峰晴詩思滿,但攜鳩杖到籬東。

憶　昔

爲歡追往日,託愛感先年。取友皆名士,求師接大賢。繁雲披檻對,皓月到窗懸。楊叟疑狂客,梅翁類小仙。詩辭開舊卷,度數寫新篇。覽境窺蓬戶,勤農問水田。催橈川漾漾,揮馬陌芊芊。九葉籠纖霧,雙莖惹曙煙。履聲近池鳳,冠彩結林蟬。被遇親龍案,調元首鷺聯。丹扉頻任寄,三徑且忘捐。試問沙隄築,寧如桂澗還。間凌蒼嶂嘯,更擁碧霞眠。瓊蕚垂寒麗,鶯笙送畫咽。端居真永念,知己負多憐。只有歸與願,清谿訪石泉。

代壽鄭母陳太孺人歌

君不見西京劉光禄,白晝校書夜相續。天遣老人吹藜杖,杖頭火光耀於燭。一篇珍重等遺經,前有傳頌後丹青。不獨文字爲鑒戒,佩裳千載觀儀型。前修深意論婦式,佩帨衿纓慎内則。婦式修成即母儀,貞順賢明俱不忒。鷺江聲華説榮陽,荆山産出是圭璋。古來大義美歸善,共道音徽盛北堂。穎川名系崔盧侶,德星芒彩鍾賢女。鹿車入門即同推,鴻案當筵時自舉。珩璜節度叶歌詩,迴步春容韻每遲。惟用和柔爲正行,蘭性蕙質便可知。房中綠軫傳清調,樹背循陔承色笑。春秋膳膏候無違,晨夕暄寒心自料。沼毛采采動盈筐,牖下潔治何齋莊。家人之卦爻二四,主饋肥家德所當。中庸高遠由卑邇,順親必自兄弟始。視於無形聽無聲,善體親心稱孝子。閨中姑嫂即弟兄,世上母女最關情。須道小姑信如妹,堂上阿家感至誠。此意人間誰能識,怪道歡心難可得。吾曹讀書且如此,何況陰性多吝嗇。太君純懿資三靈,豈煩保姆深丁寧。自將温惠調和氣,至今鍾郝號典型。聖主龍飛六十春,却數當年設帨辰。昨日佩珂拜丹闕,回首南望鷺江濱。鷺江風景似蓬島,海水環迴波浩浩。數峰縹緲擺神仙,萬石巖中雲不掃。半天悠揚聞鳳笙,瑶池仙使董雙成。還向麻姑索麟脯,金漿釀馥瓊漿清。爛斒舞袖南薰颺,慈母開顔高堂上。玉樹璀璨珠樹光,枝枝葉葉森相向。

陶家截髮本留賓,冠蓋雜遝稱觴人。願得年年逢此日,三雅橫飛送百巡。惟我與君稱同志,一啜周醪心已醉。潞河幾載畹蘭馨,肝腸如雪堪相示。農曹使旄奉天書,何緣嘉會逐簪裾。遥遥一獻清宮曲,銀鬢丹顏訊起居。早晚皇家紫泥誥,連幅縑緗榮國號。欲借光禄手中赤玉筆如椽,更與韋柳之母照青編。

庚辰南巡恭紀

璇象元涵地,瓊輪即配陽。順乾施厚化,受日表輝光。簡牒傳堪數,徽音志不忘。軒轅聞附寶,潙汭降娥媓。石紐因興夏,扶都遂啓商。來嬪稱自摯,倪妹造爲梁。明德炎精著,宣仁宋業昌。母儀推盛世,女範佐先皇。疇昔開平治,勤勞事贊襄。六宮師法度,九御式妃嬙。織室親繰屢,綈衣服澣常。繪圖陳鏡鑒,應節響珩璜。樛木歌能逮,鳴雞警末央。霞明天極後,雲繞婺星傍。克敬承長樂,思齋媚太姜。中闈修帨佩,内則舉椒房。迨及東朝御,安居北堂康。名真齊任姒,頌已比虞唐。聖孝春暉慕,皇情愛景將。陔除懷采草,河涘感求魴。夜寢時先問,晨羞每自嘗。滑甘調冷暖,簟席候温凉。肅穆褕褕襚,雍容火玉璜。珠簾垂爽榭,芙艦面漪塘。宛轉鸎初語,低迷燕乍翔。舒顔依砌藥,怡色對墻萱。耆武清邊塞,神威靖漠荒。舜階升羽綴,禹服奠金湯。昆蟲皆生育,寰區盡享王。恩流曦照灼,澤被海汪洋。歸善情敦懇,尊親義顯揚。撝謙辭勿有,大美謝何當。昨歲江淮幸,南州杏柳鄉。肯教違晝永,共奉賞辰良。導輦先龍舸,扶輿上鷁航。岸陰纔吐葉,隄畔早颺芒。始發津澌碧,還經瀆水黄。叟童環祝禱,婦子佇瞻望。微雨吴江櫂,輕颸越港檣。喜觀民穧稼,欣省户蠶桑。曆紀庚辰正,年周甲子長。

近道齋詩集卷三 戊戌以後作。

瀛洲亭宣旨日口占二首

藝榜重登翰墨臣，瀛洲亭北拜恩新。共知晚達非干世，所恨微榮不逮親。
識面只今餘故吏，題名自古續先人。空慚前輩垂推獎，浪許驊騮逐後塵。

其　　二

庾杲身依綠沼蓮，品題國士受恩偏。一枝尚在孫弘閣，萬里曾隨元禮船。
良實不妨當晚歲，好花合擬待秋天。殷勤訓語鏤肝鬲，敢忘春風三十年。

擬喜雨應制

清時暘雨叶箕疇，乍看亭皋沛澤流。潤灑黃梅占應候，波翻綠麥喜登秋。
周詩已賦農夫慶，夏諺將歌聖主遊。卻羨蜀都題柱客，能摛文藻頌油油。

恭賦御製郊原浮麥氣

宸□當乾月，憑高豁四郊。青袍被墅岸，綠綬結林梢。夏麥浮虛氣，周原坼
實苞。休徵協風雨，樂歲一肥磽。近水清波接，連天翠色交。從茲歌億秭，處處
競笙匏。

恭賦御製諸花候御輦

塞垣東北艷暉遲，消盡輕寒卉未披。到得紅英迎路處，恰逢翠輦省方時。
春隨日馭爭先到，律應風行不待吹。喜看離宮千萬樹，傾心共似向陽葵。

恭賦御製氣融催景麗

玉曆璿璣正，蒼龍斗柄迴。寒隨庭雪盡，春逐谷風來。月令陽方暢，年芳候

暗催。綠烟隄外密，紅糝水邊開。麗綺金名谷，繁華錦作堆。共懽逢□運，和氣
遍埏垓。

恭賦御製人烟有慶色

運值三階正，文垂五翰聯。虞瑟宣令序，幽鼓報豐年。繡甸紆宸賞，金聲發
睿篇。望中窮埜色，佳處靄村烟。禾黍高低接，槐楊遠近連。絪縕環廣陌，葱鬱
入長天。瑞繞和風細，光含霽景鮮。一人歌有慶，皇極本無偏。

恭賦御製飛泉界破數峰青

巉巖萬丈灑飛泉，迸玉拋珠下半天。一抹黛痕都界破，數峰青靄不相連。
拖紳直隔蒼雲斷，掛練斜分素壁懸。自覩乾文垂麗藻，畫家爭向畫中傳。

恭賦御製濃妝淡抹耐寒松

北亭南望對遥林，積雪經時擁碧岑。麈尾輕霑銀霰濕，龍鱗濃壓素霙深。
閬風琪樹應爭色，卻月瓊枝共此心。一自天章標本性，千年老榦更森森。

恭賦御製肩輿頻視桃花水

宸遊不爲玩芳華，翠輦蒼旂拂岸葭。浪急桑乾飛竹箭，春深穀雨漲桃花。
蘆溝東轉流清口，柳垡南迴會子牙。永定狂瀾成沃土，萬年聖澤浩無涯。

賦得夏雲多奇峰

本自高山出，還爲列岫容。憑虛形更幻，當暑氣尤濃。萬壑隨風變，千巖盡
日封。聚時成疊嶂，散處是孤峰。海市寧留影，天梯豈有縱？忽聞蒸溽雨，疑落
澗淙淙。

賦得平埜春草綠

韶景當芳甸，平蕪極遠林。氣浮烟共靄，色向雨來深。埜徑青袍映，書帷翠

帶侵。麥芒交細浪,柳綫接新陰。河畔歌中調,池塘夢裏吟。每承天露湛,長有報春心。

賦得秋水共長天一色

秋水共澂徹,秋天正霽晴。滄波連曠闊,碧落映虛明。河漢斜遙浦,江湖混太清。初疑雲一氣,最好月三更。試論莊生理,誰含宋玉情。乘槎兼泛舸,俱得曉風輕。

擬題湯西厓院長新得文徵仲爲李西厓畫園林真蹟

茶陵辭黃扉,蘭皋憩緑野。招尋盛賓侶,良辰共杯斝。夢寐輞川圖,優游洛陽社。同時文待詔,水墨擅瀟灑。寄言丹青妙,爲將泉林寫。亭樹久寒烟,蒿蓬埋古瓦。代遥變陵谷,逕荒斷車馬。遺卷尚新鮮,居然想風雅。神物有所歸,先機亮非假。臺閣兩高名,往者與來者。

代送鄭魚門

鄧林盛杞梓,荆山富琮璧。惟此大江南,才俊之藪澤。昭世振金鐘,簡賢持玉尺。恭聞君子心,奉命已夕惕。共知壺中冰,表裏俱潔白。

壽徐前輩

紫陌交華轂,方知静者賢。菊松陶令宅,書畫米家船。日下推耆宿,人間號散仙。自堪成大隱,楚樹得長年。

壽滌翁劉年伯

雲中蒼犬影,庭際白鳩窠。代註神仙籍,人堪孝悌科。教經看林杏,對酒賞煙蘿。長得春暉麗,風光樂事多。

送施伯美之任韶州

豹尾天光近,螭頭日影明。侍中長執戟,閤外看揚旌。陌雪飛離席,鄉雲動遠情。青春斕袖喜,白晝錦衣榮。盛代周干戚,兹都舜石鳴。共知勳閥峻,累葉紹英聲。

約遊祖家園,至豐臺觀芍藥

雅會華簪集,良遊紫陌多。客心期浩蕩,此候正清和。荒館看垂柳,空塘賞小荷。平泉餘古石,絳藥艷香羅。芳草騷人興,喧鶯醉後歌。莫孤筵上約,塵壒有煙蘿。

吳五翁暨張孺人雙壽

抗志風塵表,遊心翰墨場。鹿門身共隱,鴻案老相莊。北闕承毛檄,南陔介羽觴。顯親應匪懈,嘉績報巖廊。

壽田總憲

海內瞻名德,巖廊重老臣。風霜爲法紀,龍馬是精神。寒歲臺中柏,遐年楚國椿。張蒼應可比,壽過百秋春。

贈李南屏

局擬尚書令,官齊領護軍。韋賢光緒業,江總謝清芬。瓊珸荊山剖,鐘鏞壁水聞。新恩兼舊職,煥采動星文。

壽吳使君道存

有美同枌梓,爲祥比鳳麟。盛名三虎賈,群從八龍荀。出投滇州遠,初營泮沼新。西曹升粉署,北闕拜丹綸。漕運邦之重,郎官帝所詢。公才冠朝著,星象應天囷。移節燕畿左,連艘潞水漘。深情期報國,理劇在通人。案牘盈秋夏,奔馳忘夕晨。鑑光長不垢,玉净本無塵。運偶千年聖,時逢二月巡。摛詞承睿賞,扈蹕擢儒珍。謝客詩無敵,周郎酒更醇。勞歌沿柳岸,幽興引漁津。績業當平世,煙霄足致身。濟川須異夢,降嶽自靈神。雲物書祥後,羲娥欲會辰。華簪值強仕,綵袖正娛親。前輩風流在,佳期齒髮新。相將歲寒意,堅操老松筠。

和諸葛子襄秋屋四首

黃絹新詞錦不如,潘郎秋日感閒居。世人知誦凌雲賦,家法爭傳墜露書。文士生涯無一尺,長年功課有三餘。祇愁塵壒侵窗几,屋後新營仲蔚廬。

其　　二

平津東閣旅人家,學得攤書且種花。五鼓猶酣莊叟蝶,一旗問試陸翁茶。逢嘉客至因開逕,是散仙曹不上衙。多謝巾車頻枉過,門前輕碾舊隄沙。

其　　三

吟罷瑤章百事閒,後園扉啓望青山。數家村屋氛埃外,半畝池塘草樹間。盡日不聞人跡到,斜陽惟見鳥飛還。若教買地成鄰舍,屨步時來叩竹關。

其　　四

幽棲何必傍峰嵐,斗室寬然近可探。環佩偶來共蘭閣,鐙釭寂坐即茅菴。壁間畫景如真賞,窗下翰音亦解譚。方朔金門爲大隱,笑他捷徑在終南。

壽蔡詒東表兄偕老雙壽

粵西處處芾棠陰,趙北年年黍雨深。化起閨房鏗珤瑟,風行閭里動瑤琴。劉綱偕註神仙籍,賈虎爭喧翰墨林。他日鹿門歸舊隱,幾重天詔到層岑。

壽　郎　中

粉署聲華冠鷺班,星郎恩禮動龍顏。寒林歲向蒼柯晚,綺席春隨玉管還。自古名人皆降岳,幾多詩句誦如山。北堂更喜雙銀鬢,先捧霞杯舞袖斑。

代壽山人楊梯雲

有美關西彥,充然見道容。素心山與水,家訓友而恭。塵跡輕朱紱,衣冠侶赤松。香山他日會,招下翠微峰。

送 周 其 蓮

暫辭芸館著萊衣,太學何蕃且一歸。林下猶逢朱荔熟,海邊休戀白鷗飛。禾當晚穫爲良實,花到秋開是德機。寄語步兵休漫醉,共將彩筆向天扉。

天灣橋二首

州城北面水迴環,行到天橋徑一灣。楊柳緣堤交翠綠,芙蓉隔沼鬥朱殷。好將舟舸乘明月,祇覺邨墟似故山。多羨星郎美風度,勞歌消得暫時閒。

其 二

夕陽歸路轉城隅,炎暑氛埃半點無。吏部風流爭謝傅,平河水色類吳都。三更漏下調歌管,八里橋邊憶舞雩。明日不知誰寫得,輕舟夜月泛江圖。

送成絅齋前輩

親持玉節向南交,坡壘關前響鐸鐃。恩賣舊藩光俎豆,禮成新册胙苴茅。誦詩已取通經用,柔遠今將薄海包。謾笑生平誇膽氣,請看騶從滿坰郊。

送 鄧 典 籍

高密侯家有俊人,軺車南去燿星辰。幾年黃閣司綸客,今日朱方仗節臣。文物尚存中國舊,圭符更册外藩新。永教銅柱高標外,芹站茶籠萬里春。

題同門徐錢塘小照

凤駕望京邑,車中屬所欽。載途瓊雪滿,連嶂碧雲深。客思緣川陸,勞歌念古今。雛將丹穴羽,聲徹九皋禽。昔感風霜道,茲同翰墨林。願言貞素節,莫忘歲寒心。

題徐集功秋林讀易圖

暫住巖扉學隱淪,秋林蕭爽淨無塵。松柯自不關榮悴,蓍草還應問屈伸。

金馬幾年同曼倩,竹簾終日似嚴遵。六橋無限風光好,待得鶯花便及春。

壽柯聚公

流火移新律,凉飅碧漢清。芳傳紫蘭茂,影映白榆明。綺席飛金盞,雲璈和玉笙。王都回首處,兼起故園情。

寄秉言

故園榴火晚開時,滿市喧喧喚麗支。水底看沈赤虯卵,盤中爭擘白羊脂。高齋日靜塵飛少,半景風凉席散遲。誰念蓬山一羈客,鄉心同憶竹林期。

隴西兩前輩夜過

共得一枝棲,今宵屣步西。墻高初月轉,鄉遠尾星低。方朔淪金馬,莊生養木雞。惟應同語命,出處庶無睽。

華亭司農公蒙賜御書聖製詩,恭和八篇,
伏讀感歎,竊步四章奉獻

芸閣從容曳履人,九重恩禮眷儒臣。虞弦揮處音何古,湯鼎臨來迹更真。瑶札光華增邸第,珍厨氣味爽心神。每懷耆舊天顏喜,此外那曾假一嚬。

其　　二

三公須用讀書人,四十餘年侍從臣。黃閣承恩常一體,白麻宣命便爲真。好同巴閬稱門閥,宋閬中吾宗三堯兩爲台輔。祇笑長沙問鬼神。庚杲舊依蓮沼畔,仰瞻天藻自歡嚬。

其　　三

五色雲開唱第人,韓公位望冠朝臣。鳳梧歌咏傳來少,魚水心情寫得真。乍睹文昌添瑞景,早從崧嶽降靈神。懸知奏草通行殿,睿賞清辭一展嚬。

其　　四

朝著榮生照翰人,聖皇優念講筵臣。群誇館閣千年遇,須信巖廊一德真。

王令風華爲領袖，裴公龍馬是精神。晚來空忝瀛洲客，也與同官細對噸。

送余考功假歸省覲

解綬辭丹闕，褰衣向翠岑。見君今日事，卓爾古人心。叱馭馳危棧，分符傍
碧潯。江流同浩蕩，蜀道豈崎嶔。吏部邦之重，仙郎衆所欽。粉垣稽舊典，桃樹
種新陰。考課京房法，清曹李重箴。宦情輕五斗，公望挺千尋。去即挐孤櫂，歸
仍抱一琴。能因時進退，宜與世浮沈。況有循陔念，寧忘陟岵吟。驛途秋月澹，
鄉思白雲深。潔己等寒玉，養親非暮金。冥鴻真得路，慈烏正依林。孔李投嘉
分，芝蘭契素襟。相將歲華久，荏苒鬢毛侵。近共平津館，常隨赤舄音。塵譚晨
娓娓，棋局夜愔愔。東閣居猶在，西州恨莫禁。愴悽懷杖几，愁愧列縉簪。聞説
壺公麓，堪招海客禽。田間期結構，物外想登臨。春洞香芽熟，村翁竹葉斟。半
牀遊夢蝶，萬卷檢書蟫。祿命看三甲，行藏訊六壬。終焉娛澗壑，奚以慰蒼黔？
令序方蕭爽，連朝尚滯淫。高名當烈日，離緒對愁霖。皎皎歌場藿，呦呦感野
芩。何年劍潭上，會合兩霜鐔。

天橋灣和沈、張兩前輩

北郭平河靜不流，使君別愛小邨幽。壩樓吏散人來晚，橋檻風凉月上秋。
連日清尊揮綺席，有時歌管在蘭舟。吾儕官職間相稱，詞客都緣眺賞留。

吳使君於此地餞余考功用前韻

一琴歸去枕溪流，餞宴偏宜芷杜幽。今日且爲同里會，此間便似故園秋。
芙蓉隔岸招飛鵠，蘆荻當窗繫小舟。若向煙林窮勝事，也須回憶白駒留。

壽汪同年祖母百歲

五雲開處捧宸章，寵渥新承日月傍。家慶忻逢天節慶，賜坊高出狀元坊。
感王母夢爲靈瑞，王姚江祖母岑氏，年百餘歲，其生時，岑夢神人自雲中送兒下。打老兒九

有異方。同署何人中黽筆,更添榮典照縑緗。

上華亭司農三首

一代高名眾所宗,千秋竹素事昭融。經書還得司農定,翰墨兼追內史功。當日洛川雙立雪,先君並出總憲門下。多年沂水世吟風。緗桃著子如堪賞,只在梁門化雨中。

其 二

臺有叢蘭閣有芸,兩從恩地纂遺文。綸扉説易天心見,蓮府言詩國政聞。晚逐清塵望枚馬,長思講席奉河汾。家聲世業淵源在,歛向相傳事子雲。

其 三

回憶春風二十年,牙籤親檢絳帷邊。一朝鐵案裁明史,萬首瓊緗答舜絃。碧落同瞻卿月迥,寒芒直與五星連。金丹秘訣終傳付,凡骨也應換得仙。

送 力 夫 南 歸

雁序翩翩盡友聲,余與介夫同年,因盡盡其昆季。一年兩度送南征。六兄[力]夫先歸里。暫攜詩卷歸蘭社,便逐賢書上玉京。素菊却經寒有色,才人須到老成名。共知此別無多久,不用摻裾悵離情。

題施濟國小照

蕙開晴光翠陌連,苟君坐處一鑪烟。家傳麐閣烏臺上,人在十洲三島邊。楊柳風流争玉樹,桃花顏色讓金鈿。他時皓髮香山老,檢取丹青認少年。

贈 曾 爾 絢

故鄉初定喜登賢,桂魄生華感上天。庚申補行戊午鄉試,文明啓運,月華表瑞。虎榜兩頭升玉署,旭園先生爲榜首,先君爲殿榜,先後館選。鴻雛幾箇似霞仙。林象湖、李世來、世邠先生,並庚申榜哲嗣。高才未忝名人後,遠步須過駿馬前。種得芸香爲世

業,謝芝應向此中偏。<small>吾鄉後進之盛稱庚申榜。</small>

雨中王別駕招飲

銀鞍共到子猷家,琴有流泉筆有花。且喜祥霖成歲事,好將清讌對年華。歌當急處催弦索,景最長時動瑠莨。<small>是日夏至。</small>日暮主人更投轄,不關泥濘阻歸車。

潞遊舟迴倒疊元韻

甘霖未免滯行車,却泛輕舠渡渚莨。莫怪尋常遊潞水,須知咫尺近京華。一官清署惟攤卷,小院紅榴正吐花。薄暮呼童具尊酒,宜將旌騎枉吾家。

題布選君雙瑞圖二首

白 燕

千年化質有光輝,脱却烏衣著雪衣。競說玉筐當日見,不知珠館幾時歸。河西岸畔迎風舞,城北橋灣帶月飛。<small>吳使君亦見於天橋灣。</small>最是星郎懷皎潔,素心相賞莫相違。

瑞 菊

本以黄英符土色,還聞素蕊應秋時。何如併作同跗瑞,別是重陽一種奇。蒻綺裁羅空窈窕,金相玉質鬥離披。齋頭並蔕君曾賞,<small>余齋頭盆菊一尊兩花,曾爲選君所賞。</small>欲倩丹青傍一枝。

和吳比部白燕

天橋灣裏見珍禽,飛過蓮塘入柳陰。齊郡庭前瑶作羽,茅山樹上雪爲襟。一迎皂蓋知靈物,若語雕梁定好音。聞說侍中雙表瑞,釵頭精氣應華簪。

戲題偽沈獅峰畫

水墨精華擅玉堂,生綃一幅繪林岡。但能未失獅峰意,優孟衣冠亦不妨。

贈 劉 毛 伯

鎖院曾鄰席，春寒再度宵。風輕簾一幅，漏永燭三條。駑足慚先路，豐毛定拂霄。瀛洲好相待，聯佩紫宸朝。

壽白軒李公

早辭麾鉞返巖扄，自爲烟霞適性靈。漢室勳名麐閣畫，晉朝風度漆園經。劉綱夫婦皆仙籍，荀叔兒孫是德星。珠履筵中誰不羨，閬峰高見老松青。

壽華亭閣師

景福敷遙壤，昌期邁大廷。紫宸升似日，黃閣壽爲星。一德紆天眷，千秋降嶽靈。風薰金軫律，月滿玉階蓂。禮秩兼三老，聲華載六經。應知舊槐色，長與石松青。

答 軒 蓮

芸閣攤書暇，相懷在竹林。羈翎猶滯迹，烹鯉見遙心。幕府談兵壯，巖關養霧深。時在楓嶺劉直謙幕中。寄聲羊叔子，投筆更清吟。

送 潘 子 登

玉貌潘郎已白頭，神京初作少年遊。豈無奇策堪經世，恐似寒花欲待秋。高適旌旄終貴達，虞卿書卷暫窮愁。歸途莫惜吟兼酒，詩伯重封是醉侯。

送莊復齋之任濰川

同在扶風絳帳前，相將得上大羅天。高文舊擢仁皇代，名邑新膺聖主年。邸第最難今日別，濰川應有德風偏。讀書到此方成用，莫學迂生老蠹篇。

送周甥令同安

天庭濡翰掞高文，才子聲華海內聞。從許魏舒成宅相，惟應喬達號神君。

潮環浯浦懸宵月,雨出輪山帶曉雲。得遇聖時仙作吏,鳴絲恭和舜風薰。

贈同門王立常

世葉承邦禮,文場繼國風。上林探杏共,恩地執經同。雅興烟霄外,心期汗簡中。慙無寶刀贈,巴曲詎能工?

題汪千波采藥圖

戀闕緣姜被,尋山愛紫芝。願爲黃海客,久謝白雲司。翰墨紛何事,松筠未有期。因君一長歎,貞素媿磷緇。

送浣園之任寧台

六纛辭丹闕,雙旗向四明。浙東新寵命,黔嶺舊聲名。洞戶天台秘,潮音海嶠生。仙蹤兼佛地,俱荷德風清。

贈 徐 前 輩

喬木垂青蔭,鮮葩暎絳跗。淵龍奇半甲,穴鳳瑞雙雛。地涌三層浪,天開四達衢。國珍知趙璧,廟器論商瑚。高步推能者,幽棲信命乎。一竿嚴子瀨,兩槳白公湖。谷口人稱鄭,姚江客姓虞。消閒禪寺榻,遣悶酒家壚。設卦占无妄,觀爻裕罔孚。惟將蘭作友,休問桔爲奴。慮淡塵氛遠,神清夢寐俱。烟霞緣不淺,翰墨興何孤。壇倡懷東觀,琴囊向北都。舊交綿世葉,前輩識規模。春草吟詩卷,秋林玩畫圖。風流真未墜,傑出媿吾徒。

雪

西來王母不曾歸,垂手亂翻玉女衣。日馭春隨蕡莢盡,雨絲夜帶柳花飛。已飄綠浪過青陌,更下朱檐撲素幃。一樹丁香開爛熳,可憐著粉轉芳菲。

秋日訪强大年先生,索贈古梅和尚

屧步槐街訪鄭虔,書堂寂静對秋天。直廬身退成孤尚,鄰寺僧過話四禪。

座上心情如水月,世間榮落是風煙。他時若向東峰住,也共宗雷有法緣。

謝星伯齒及服官,詩以壽之,兼致敦勉

兩家祖父同時人,前輩意氣非今倫。余昔童稚侍吾祖,歲在辛酉斗指寅。中夜伸足蹴余覺,今宵得夢幻且真。給諫謝公惠相訪,手持黃冊色鮮新。謝公高第在乙丑,先君後起周干辰。榜頭十人皇所定,試冊裝黃此其因。乃知前輩告先兆,感發夢寐誠不泯。繫余與君通門好,崢嶸世業侶鍾荀。君才傑出少其匹,騰馳千里稱騏驎。乙酉侍奉返初服,是秋君以英髦掄。其冬卜居金魚里,西家寶樹即芳鄰。七年閭巷素心者,水味何淡醪何醇?好友王蘇二三子,杯盤錯置不厭頻。松枝塵尾每竟日,披寫肝鬲無涯畛。羨君孝德耀前史,采蘭南陔奉慈親。高堂大耄啟嘉宴,余時歸里從諸賓。年來不偕上計吏,有鳥在林獺在湑。笑余將老尚慷慨,驅車還踏九衢塵。平生難忘國士遇,操持杖几隨平津。十試禮部竟一得,敢望淵魚聳赤鱗。居然忝竊蓬瀛客,恭荷國恩垂珮紳。館中老吏舊識面,鞠躬前賀負折薪。寄書吾友相劘切,晚穫良實古所陳。前歲余齒當五十,相國貽詩道殷勤。男兒成名多老大,惟期歲寒茂松筠。君今已及服官政,請以此義爲君申。況間彤廷頒玉曆,龍飛九五六十春。上稽慶祚邁堯舜,中朝議禮事紛綸。聖代貞符諸祥集,岡有翽鳳郊游麟。搜剔巖穴出才俊,如君安得容隱淪?東堂射策當第一,一枝未宜讓郤詵。碧霄浩蕩縱飛翻,荊璞剖出光璘霦。萱幃繙髮方強健,教子今成廟廊珍。寸草春暉那可報,迴鸞紫誥酬劬辛。遠追給諫繩其武,芬流貽厥家聲振。高秋九月澄氛霧,榆星陵曉熒清旻。此時遙頌山爲壽,此日曾傳嶽降神。故園柚熟菊花盛,冠蓋裸踏聯花茵。舊交羈宦金門側,何由騫坐有陳遵。亦用歌詩誃親串,深淺莫辭醉百巡。

題謝星伯小影

聞有丹青客,鬢眉寫元暉。正看叢菊色,須着老萊衣。庭瑞稱琪樹,家聲重璅闈。邇來知道力,已覺去年非。

壽洪母孫太君

自昔論才俊,殷勤賴母賢。芬芳蘋藻薦,節奏瑪琚傳。河漢明秋夕,笙璈動錦筵。還聞紫泥綍,恩錫下高天。

恭和御製原韻

鼎湖號戀盡班行,六十餘年景歷長。道化淳和還太古,聲靈烜赫震殊方。調時玉燭寰中照,干呂青雲海外望。獨爲萬幾勤歲月,祇將兆姓惻胸腸。高春影落驚輪晦,秋樹風來愴候涼,德邁虞廷欽聖孝,哀逾雅什奉宸章。天顏穆想丹霄上,孺慕深縈繡扆傍。捧誦千迴惟下淚,情文生感永難忘。

壽海寧相國

景歷三埭正,昌期一德親。四時歸鼎鼐,百職仰陶鈞。舊是文章伯,今爲柱石臣。蓬山堆錦繡,丹地贊絲綸。步履輕如許,菁華盛莫倫。麟鳳占氣象,蛟馬比精神。繡座恩長渥,蒼穹福更申。趙公年最久,潞國禮逾新。正是嵩呼日,還逢降嶽辰。聖皇膺萬壽,上宰亦千春。

上谷感舊

上谷高牙是舊遊,李文貞公開府保定,余在幕中。旌旆道路感西州。時銜命典試湖南,道經城外。召公剩有思人樹,傳說終爲濟水舟。李公即於開府就拜台衡。此日琴尊成雨散,當時書記盡風流。同時何、王、徐、魏四人其後皆爲翰林。惟餘古樹門前澗,凍咽寒烟二十秋。

蒙恩賜歸,途中口占

筍水源山入夢頻,鳴騶晝錦奉恩綸。故鄉親友應相訝,是十年前老舉人。

寄林壽侯

絲管聲中送別筵,此行好上大羅天。聖恩今賜歸鄉國,可似當時曲裏傳。

山東道上口占

當年負笈公車地，今日持衡使節來。客夢疑衝寒雪曉，王程已覺好風催。

苦　　熱

旅舍望西立，煎蒸劇火攻。飲冰從受命，涸水竟何功。高樹寧遮日，炎雲不散風。蒼蠅轉無賴，搖塵屢呼童。

送韓益恬分校歸署

昔歲同登第，今秋共鑒文。冰霜應自信，駑驥詎空群。話舊情方愜，言歸袂已分。長將故人意，相望越山雲。

浙溪舟中口占

玉尺親持出鎖闈，聖恩還賜錦衣歸。東風也解隨人意，送着輕帆去似飛。

晚　過　釣　臺

風帆直上子陵灘，寂寞荒臺起暮寒。聖世未容歸卧穩，暫將使節問烟巒。

山　行　口　占

筍山松壑入雲深，霧雨蒼茫蔽遠林。及到籃輿穿鳥道，方知使節已登臨。

楓　　嶺

石路彎迴繞澗旁，輕輿直上到危崗。寺僧指點門前道，楓嶺南頭即故鄉。

雨　度　仙　霞

一片蒼林萬仞山，穿雲冒雨度高關。客程不用愁登陟，恩許皇華載斾還。

水 口 夜 泛

危灘過盡水波平，結纜連舟趁夜行。弦月正中江霧起，掛帆又逐曉風輕。

題表弟黃遂伯畫松

霏霏朔雪晚風颮，百尺蒼然擢勁梢。他日報恩歸澗壑，與君共結歲寒交。

丙午臘月望日志喜二首

故國川原畫錦榮，先人宅兆喜初成。君恩渥處天心感，海霧褰開曉日晴。

其　　二

東原吉卜若堂封，日暖風和在季冬。莫羨皇華歸舊里，先人更覺主恩濃。

題林漢亭寫照

憶曾共踏軟紅塵，珥筆彤墀但致身。徒羨故人維小艇，一江烟水自垂綸。

題胡司訓行樂圖

科頭閒坐小籬旁，晚節金英特地香。塵外得無陶靖節，閒吟詩句對重陽。

壽柯聚公五十

我於十年前，作詩壽吾子。君今年五十，我來歸舊里。羨君有異術，壯顏盛髮齒。作詩復壽君，考祥在視履。從茲更十春，君年值順耳。蒙恩再畫遊，爲君酌浮蟻。

壽 丁 提 臺

帝念東南切，高牙倚碩臣。巍科名久著，環衛地尤親。年少登壇早，恩深錫命頻。榆星光海澨，黍雨遍江潯。投分齊僑肸，歌章頌甫申。願同諸父老，共酌玉醪春。

閨　　怨

自昔情難定,真成恨有餘。祇應逢李益,何處覓相如。

戲　　作

海錯山珍弗外求,吾鄉土物富盤羞。此來不識鱏魚味,辜負林泉作晝遊。

別表姪黃世則

高館銀釭入夜明,簷牙惟聽雨來聲。籃輿冒雨侵宵到,便是桃花潭水情。

丁未初春,族弟長美送到劍州,贈此言別

王春擁節返神京,鴻鴈追飛送北征。一別龍津歸鷺水,長途誰憶棣花情。

近道齋詩集卷四 丁未以後作。

玉圃尊堂雙壽

海昌吾宗老，茂德隱巖扃。康强逾大耋，吟興無休停。行高高士傳，光動少微星。銀髦蘭閨侶，春容琚瑀鳴。劉綱樊夫人，偕老地上行。是惟積善慶，流祉在家庭。恭逢聖錫福，壽考瑞昇平。歲歲開賓筵，冠蓋富耆英。工歌何所奏，既醉入瑤笙。勗哉循陔者，立業揚令名。

壽吳副使

憶昔與君初相知，君年正近强仕時。羲娥迴環十餘載，齒髮當今服官期。前歲蒙恩歸故里，來往經過問行止。君言銀髦在北堂，且須晨夕供甘旨。歎息此道古人難，孝乎爲政家庭間。但使荀覬能色養，不妨安石嘯東山。孟冬十月小春候，賈虎荀龍翻舞袖。還把壽觴上萱幃，堦前看發金芝秀。

題金別駕全城圖

維茲高郵城，巨浸臨大湖。康熙歲丙子，盲風疾雷驅。夏秋苦恒雨，仰天長嗟吁。衝波撼雉堞，勢危西南隅。一穴苟穿蟻，萬衆將爲魚。賢哉金別駕，爲民不顧軀。城上三日夜，存亡吾與俱。經營塞兩關，彈丸購泥塗。傾貲吾不惜，何敢辭勞劬。終焉得保完，忭舞咏其蘇。郵人稱至今，好事傳繪圖。我讀循吏傳，茲事古來無。濡翰紀汗簡，應有石渠儒。

題王雲廷尊人卷

李杜文章伯，無聞進士科。果然憎命達，不在賦才多。緒業森階樹，高文采沚茇。九原應自慰,勿復歎蹉跎。

題郭勁草度隴圖

平生懷壯志,結束事驅騁。隴道度深林,休辭道路永。朅來滯京華,皓髮已在頂。追思往日遊,一瞬如泡影。奇驥老伏櫪,神駒勢已逞。所願筋力強,春酒日酩酊。

題范太僕行樂圖

報國才猷著,傳家義訓深。春容和氣滿,夜象德星臨。榆樹方流影,梧柯有翽音。共看渥洼種,逸足已駸駸。

題范星原行樂圖

秀氣鍾華胄,英姿出盛年。凝神思簡冊,素尚在丹鉛。淡宕當春柳,清馨照日蓮。休誇粉垣客,須是玉堂仙。

郭勁草題別

八水三山兩地殊,早年羈旅戀秦都。故園荔子珍無匹,試問林宗有意無?

題玉圃試泉圖二首

北苑新芽舊有名,一旗采得自清明。呼童煮試中泠水,味與靈臺一樣清。

其　二

江華數載理桐琴,歸橐都無半笏金。須信東吳種花處,祇應如水是臣心。

章節母李氏

松柯有正性,冬雪寒逾鮮。栢舟不移志,國風采而傳。吁嗟章氏母,苦節四十年。結縭方八載,如何喪所天。二老在堂上,三雛啼膝前。一死寧足惜,餘生未可捐。潔膳稱婦孝,授經誨子賢。中夜聞寡鵠,春深泣杜鵑。有司陳其事,仰荷鳳綸宣。旌操表宅里,流光曜井廛。果報有翻覆,門户更迎遝。芝蘭半凋矣,桂菊亦摧焉。昔聞劉與杜,哲匠懷丹鉛。尚存身後名,千秋照簡編。誰爲傳與史,閨壼揚貞堅。

張節婦荆氏

鬱鬱紫莖秀,皎皎白環潔。玉碎質逾貞,芝焚氣轉烈。清河有賢婦,習禮修房闥。婉婉奉君姑,顏色承歡悦。雞鳴尚箴規,温凊期有節。藥餌手所操,釵簪紛盡脱。寡鵠不孤飛,生死同一決。慷慨復從容,恬心赴泉穴。恭逢聖明運,倫理義娥揭。況在縉紳家,大義本昭晰。近從邦畿內,化以周南達。中壼垂頌圖,當陽秉彤筆。萬年本朝史,作者當匠哲。大書而特書,汗簡事鑱鍥。

旌表節孝蔣母彭孺人

寡鵠琴中調,悲鵑谷裏聲。奉姑全孝德,鞠子盡哀情。國史應流耀,綸章已寵旌。即今承介福,謝樹正鮮榮。

旌表節孝張母章孺人

孝德蘭陔共,貞名蕙壼傳。哀鵑隨銅漏,寡鵠入絲絃。紫綍從天下,華坊表宅前。會應簪紱盛,苦節報當年。

許魯齋手植栢

古栢何年植,前修手澤存。高柯招鳳宿,老幹似虯蹲。不改冰霜操,長承雨露恩。争如孔林楷,千載尚蟠根。

送羅生其宿偕子克樹南歸,壽母謝太孺人

古樹皴霜皮,不須裹彩芝。榮親在學業,不貴朱紫色。有子能希賢,黜華而

215

務實。三載大學中,言行百無失。品其課藝精,荻訓識母德。雛鳳食桐花,文采耀朝日。攜歸侍瑤池,芝蘭香繞膝。風暖春暉長,萱莖茂堂北。勿謂廣文冷,雞豚養可必。講學奉慈幃,倫紀身先率。正己兼正人,母心樂何極。遐算齊岡陵,從茲操券得。

送王左士之任代州

勝地臨邊要,通人佐牧才。文名喧梓里,高斾出金臺。路有薰風送,民迎黍雨來。仁恩應有感,早晚樹三槐。

送族弟庭思之任肥鄉

千里分王甸,雙旌出國都。光華鄰日月,運會際唐虞。判事遊霜鍔,澄心對玉壺。早看徵拜入,丹闕共晨趨。

送表姪蔡邃園南歸

天扉挾藻壓群英,雁塔題時舊有名。剖竹雖關今日事,樹藼已動故山情。水雲拂櫂春方暖,宮錦裁衣晝更榮。我亦羈棲懷澗壑,何當筍水濯塵纓。

送同年李仙蟠之任徐州

金馬同時久,銅魚近歲膺。齊都盛聲績,周典重□能。丹陛綸方渥,黃堂命再承。徐方成政後,早見璽書徵。

送張登若得教職南歸

宿學臨軒選,鴻談講席膺。儒風當代盛,師道此時興。雲漢光何遠,菁莪化已蒸。業成趨魏闕,藜榜佇飛騰。

代 壽 和 尚

壽者非無相,琳宮現色身。立言師古德,修道證前因。慧日應長照,禪風自遠臻。時時來聽講，看轉法王輪。

賦得誦詩聞國政

六義傳姬室，諸家盛漢時。謠吟通里巷，贈答叶笙絲。本自民風采，因將國政知。溫柔周召什，勤樸唐魏詩。論樂分殊調，徵歌審所宜。延陵觀舊府，端木訪矇師。學古人爭重，窮經俗可移。平居耽講誦，達者應昌期。

賦得臨民思惠政

皇圖方啓泰，聖政懋勤民。端拱釐幾務，深思徹曉晨。廟堂千載計，寰寓一家春。上相謨猷獻，群僚奏對親。豳風耕織重，郇雨黍苗勻。息訟文書簡，蠲租詔令頻。普天歌至化，薄海頌鴻仁。萬彙歸涵育，霑濡草木新。

賦得敦俗厚農桑

聖治期淳穆，皇仁致阜康。化民惟富庶，裕俗在農桑。比戶無懸耜，連村有懿筐。民勤風更樸，生厚俗逾良。一本岐三穗，千鹽聚七襄。嘉禾書史館，瑞錦示班行。熙皞民情樂，謳歌帝力忘。泰平縣玉歷，億載慶無疆。

賦得丹誠勵匪躬

運值勳華盛，時逢海宇清。群材歸樂育，百爾荷生成。結願心常切，銜恩報匪輕。奉公懷恪慎，體國勵忠誠。不作身家計，寧爲貨利營。澤人非市惠，潔己豈沽名。苹野呦呦韻，梧崗翽翽聲。比將葵與藿，長向曉麰明。

賦得更遠四門聰

滄海盈珠玥，荊山富瑤琨。篤生天運啓，養育聖朝恩。周室知三宅，虞廷闢四門。宸聰還更達，天語自來溫。尺寸皆收採，毛翎盡蕘蕘。弓旌招澗壑，幣帛賁丘園。芃樸風斯茂，卷阿道所敦。五雲多處望，瑞氣溢乾坤。

賦得千潭一月印

儀迴光何遠，川虛象自涵。層霄瞻一月，大地映千潭。水氣騰高下，陰暉遍朔南。魚龍驚法鏡，蟾桂濯澄藍。祇是心相印，寧將手可探。影從深處見，道向静中參。體用窺精理，機鋒入勝談。若求空色諦，須問老瞿曇。

賦得月映萬川圓

心印誰能識，憑高望邈然。一輪澄皓月，萬鏡映清川。箇箇蟾光滿，村村桂影圓。静時渟止水，動處泛流泉。是萬還爲一，于淵即在天。何人情獨契，此理妙難宣。體用元來合，空明象已傳。長思参密諦，庶得契精詮。

賦得超然會太極

遐想陰陽始，覃思造化先。元機成卓爾，妙趣即超然。動静斯焉啓，希夷自此傳。周圖窺奥義，孔易悟真詮。無極幽難睹，流形顯已宣。包羅緘不露，森列象俱全。體驗知心法，萌芽起情田。箇中能會取，太極理當前。

賦得中爲天地心

妙悟乾坤理，機緘在一中。從兹分造化，因是啓鴻濛。莫訝心難見，須知義可通。歛舒時屢换，闔闢化無窮。何處窺偏倚，自然徹始終。往來千變化，動静兩昭融。有本兹焉立，在人理則同。危微非歧念，允執契宸衷。

賦得所樂在人和

在鎬周傳雅，迎薰舜作歌。天顔長有喜，皇極本無頗。井里豐年稼，膠庠盛沚莪。寶圖開泰運，玉燭布時和。星聚占營室，瀾清奏緈河。律隨八風應，瑞紀五雲多。寰宇瞻辰象，遐荒驗海波。微生逢聖代，託意在卷阿。

題紫蘭霞嶺停驂圖三首

皇華旋返，戾彼高關。停驂迴眺，邈矣三山。搜蟥剖璞，我勞孔艱。

其　二

今日何日，靈氣生申。丹霞絢瑞，萬福來臻。永錫難老，豈弟作人。皇華二
章，章六句

其　三

長路驅高駕，危峰駐使車。所欣心不負，迴望興猶賒。紫氣臨關內，榆星照
海涯。今宵逢旅館，玉斝酌流霞。

送海寧相國榮旋

和氣鍾真宰，昌期挺大賢。祥雲金榜下，彩筆玉堂前。桂管綏蒸庶，蓬壺領
散仙。寅清逢舜代，啟沃值商年。奏疏辭丹地，恩綸下碧天。謝安情已愜，疏廣
命仍宣。逕菊秋逾茂，巖松老更堅。從茲開綠野，瑤斝介遐年。

題嚴同門臺灣圖扇

閩海有長島，乃在澎湖東。南北千五百，東西不可窮。昔爲紅毛窟，汛泊南
洋通。鄭氏攘其地，遁逃伏兵戎。聖朝威武張，奮伐收豐功。一郡領四邑，版章
遂大同。地氣燥且沃，晨露霧濛濛。種禾不須耬，坐待秋穫豐。泉漳與潮人，百
萬萃農工。茲邦庶而富，內販百貨充。樂我羲皇運，化日懸昭融。村落何繚曲，
林岫密叢叢。誰將一幅圖，寫入手握中。他日秉麾鉞，持此揚仁風。

題乞巧圖

桂影當宵照果筵，深閨乞巧自年年。世間用此惟鈍緩，萬事俱從拙處全。

題晚香玉

素質清姿似水仙，晚來香滿小庭前。祇應識得西來意，合種高高最上天。

題翠雀

徼外芳叢亦自殊，綠莖青蘂競紛敷。不將濃麗爭春日，贏得騷人入畫圖。

咏　　蟬

何年齊女化，遂入蔡琴彈。條柳風爲韻，高桐露可餐。連陰輕髩濕，積潤薄
綾寒。喜雨能同調，嘶吟曲未闌。

題郭使君春水泛舟圖

澹澹春水碧，鬱鬱春柳綠。輕舟泛平湖，春野恣延矚。何時顧將軍，丹青寫
帩幅。眸子焌然睟，道氣知內足。近者奉恩綸，江介司民牧。願言施豈弟，膏雨
春疇沐。浴沂舞雩興，推心即同樂。好解囊中琴，仰和南薰曲。

壽蔡亨宜太翁

德自鄉閭重，名隨齒髮高。青緗傳世業，寶樹見兒曹。闢地開三徑，聞天喻
九皋。賓朋環酌斗，梅馥入香醪。

壽佘履菴六十

篤行孚遐邇，冥搜富古今。情懷三徑菊，聲譽九皋禽。鉛汞傳真訣，箕裘有
嗣音。會聞丹鳳詔，早晚到烟林。

黃虞夏尊堂雙壽二首

苩署傳儒術，蘭閨號女宗。丹鉛猶亹勉，璜瑀每從容。銀漢星光照，瓊筵壽
酒濃。南陔舞衣者，方捧紫綸封。

又

名德鍾荀侶，徽音劉杜傳。龐公偕石隱，樊氏並真仙。絲竹喧紗帳，衣冠會
錦筵。更聞雙綵鳳，銜誥下高天。

壽周太翁

自昔傳高行，于今仰令名。花蹊陶菊茂，粉署謝芝榮。綺席喧金管，丹顏醉

玉觥。秋宵翹望處，炯炯壽星明。

代別鄭掄秀

紺寓消長夏，清言對夕晨。同爲京輦客，喜是梓桑人。榮路方紆組，歸裝正動輪。所嗟殊出處，惜別轉情親。

代送左界園

一帆歸度楚江清，休爲汀蘋動客情。宦路息機終灑落，當時直道已分明。天邊鴻去飛偏遠，海畔鷗閒狎不驚。獨有青門故人意，秋風吟望五羊城。

壽施濟川

西平勳德遠貽孫，伯起清名裕後昆。自是鄧林饒杞梓，可知謝砌富蘭蓀。鳳毛耀彩開丹穴，雞舌含香佇粉垣。齒髮如今正強仕，黑頭公輔紹高門。

壽黃太翁孫嘉

舊國煙蘿入夢思，羨君泉石得幽期。筍江月照筵中醴，楓嶺雲封壁上詩。膝擁鳳毛環綺坐，班聯豹尾近丹墀。金英開遍瓊英發，遙把華堂獻壽時。

代送保定彭太守

聖政惟稽古，勤思吏治澄。禹都鍾間氣，虞代擢廉能。巍望推梁棟，名邦實股肱。聲華輝朝著，愷悌頌黎蒸。鈍陋慚無教，師資喜有承。龔黃知遇邁，會見璽書徵。

送黃孫嘉歸里

萬里來官邸，三秋返舊林。江山宜遠望，翰墨富清吟。蘭佩高人興，萊衣孝子心。令子請假奉侍南歸。祖筵增別感，猶自滯華簪。

題桃源圖

雞犬聲中別有村,家家延客置芳樽。如何搖艇重來處,萬樹桃花鎖洞門。

題董□□行樂圖

五經傳舊業,<small>宋有董五經隱居得道。</small>六曲隱高人。松老連山秀,茶香滿壑香。仙賓跨鸞鵠,異脯薦麒麐。更喜謝家樹,長依莊子椿。

題□□□行樂圖

京洛多緇塵,素衣改其色。之子獨孤騫,去去將有適。埜服而道巾,蒼茫恣行跡。提攜榼與尊,釀自春江碧。倦即藉草坐,開酌對泉石。我亦抱微尚,劇有煙林癖。倘踐青峰盟,松下理輕策。蕭然物外遊,相逢爲主客。

題□□□行樂圖

黃海富怪奇,殊境非一狀。猗嗟采藥翁,遺榮履遐尚。珠湖下逶迤,峭立開列障。蒼林冠素厓,對壁時翹望。將吟謝客詩,高鑱百尋上。顧謂盧浩然,泉石營意匠。想像煙壑間,天風送幽曠。何當理輕筏,茲焉恣搜訪。

送□□□之任山右

常日看揮麈,今朝餞去輈。土風尚唐魏,世運是虞周。俗樸人易化,才高仕必優。早聞褒茂績,當宁正旁求。

送□□□之任粤西

搖檝凌湘水,揚旌度嶺雲。牧人無遠近,茂績必彰聞。閭井歌來暮,金蘭惜離群。好將單父軫,上和有虞薰。

壽□母二首

孝有翔烏集,官聞還鮓清。循陔無愧色,樹背有賢名。宋幔流芳遠,潘輿喜氣生。好將母儀頌，譜入玉笙聲。

又

愛日陔蘭茂，暄風背草春。山濤傳啓事，陶侃有慈親。珠履登堂滿，瑤笙送酒頻。揚名誠不忝，多羨綵衣人。

題

仙崔曾鳴處，泉兼半井苔。直峰拋影入，片月瀉光來。瀲灩侵顔冷，深沈熨眼開。何當值丹頂，滿汲石瓶回。

贈

誰賞亭間竹，能知爨下桐。每尋東漢史，遐想古人風。之子稱時彦，名揚喻國工。已知文似豹，還解蠹爲蟲。

壽 □ 瑞翁

湖海襟懷獨有君，平生意氣握蘭芬。言經季布金無價，酒是周郎客盡醺。萱草堂前烏鳥哺，棠華樓畔脊令群。眼看梅塢瓊枝放，天樂飄飄下五雲。

送□□□歸里

辭榮粉署向煙霞，雪灑輕塵送客車。笠澤祇應逢釣叟，幔亭兼好訪僊家。一林玉笋生春色，幾樹瓊枝度歲華。出處今符古人意，深秋吟望隔蒼葭。

壽

漱石容耽隱，傳經且養親。東堂一枝擢，背樹百年春。碧岫當秋漢，榆星暎曉旻。平輿名跡重，洛社結交親。綵服歸朱閥，封章下紫宸。重開瑤席宴，多爲采蘭人。

題

城隅臨廣驛,寺逕架澄川。馬跡常遊處,羊公似昔年。祥氛恒岳近,爽色晉郊連。岸樹高低出,籬花擁護全。游魚浮晚磬,馴鴿上秋煙。梵唄聞清響,騷歌綴雅篇。橋頭留賞久,濠上竟悠然。

恭賦御製讀老無逸篇

炯鑑陳姬室,遺編覽洛都。遐齡邁軒頊,勤德紹唐虞。睿慮周千禩,民依念八區。屢豐邦大有,逸豫老長無。風雨占皇極,星雲麗帝衢。願歌天子壽,升日在東隅。

送同年彭兒麓教習散館南歸

故園歸去及春明,父老喧喧迓旆旌。堂上祇應倚閭望,閣中今見下機迎。舊廻水脈龍津渡,新破天荒鳳麓城。早晚好來紆綬帶,河陽花縣待潘生。

送同年彭兒麓之任江川

握手歡相見,銜盃惜又分。馬辭燕市月,鶢上楚江雲。才是實滔匹,名同卓茂聞。早來旋省闥,景歷正虞薰。

附録一

陳子對初同學三十年，今年五十，訪予閩風之下，
其子姓以辰近招歸，予不得留也，歌以祝之[①]

安溪李光地

一滯都門三十秋，南北諸賢從我遊。才難誠如聖師嘆，求之不得是吾憂。吁嗟俗學塞天下，振古文章束高架。六藝小學亦失傳，忍使經書如長夜。有潙之子熒熒暉，曩者木天啓絳帷。尊人白首稱弟子，又華其繼丹雛飛。邸舍空齋鎮集止，一向一歆陪揚子。疑端強半為諸經，辭詠亦抽作者旨。小陳之詩獨造妙，能與唐人角風調。館閣王陳劉若千，未知孰是領深要？更涉六經通九算，此事尤與今河漢。南宮之文雅以清，安得白眼垂青盼？奉詔修經揚絕微，聖學高深誰得知？圖象摹畫假君手，遂使隸首參皇羲。憶昔相從幕府行，風帆驛路急王程。長觸塞雲蒸訛火，身披薊雪頰落英。蹉跎荏苒便中歲，血指汗顏真可慨。君不見杜甫送高生，男兒成名多老大。得塗年少甚誤人，風流坎壈亦纏身。直經百忍千災散，坐守純愚萬福真。誰言祝釐非古禮，二雅幾篇稱壽祉。遠溯嶽神至邦楨，歸之令德風人體。況我與君同邑書，豈羨佛耳望仙鋪。世好連葭情不淺，周旋夷險意何如。贈言惟誦古人修，質有其文世所求。君悟碧霄無枉路，徒有相期歲晚收。霜風嘹栗摧葭蘆，寒菊未凋早梅綻。君去應有十日觴，聊用里歌諗親串。

畫錦堂稱觴序　　　　　　　青陽吳襄撰

皇上龍飛御極，加意文學侍從之臣，則今掌詹學士陳公時為編修，首以著作被知遇。雍正初元，祭告冊封，典禮備舉，文字多出自公手。每奏一篇，上未嘗

不稱善。二年春，湖南始設貢院，命公往典鄉試。閏月回京，奏對稱旨，旋陞中允，自是翰林鉅製，悉以委公。三年春，將建景陵穹碑，恭叙聖祖皇帝六十餘年神功聖德，昭示萬世，非大手筆莫荷斯任。上特以命公，公敬謹叙述，體大辭雅，甚稱上旨。

昔公之貢成均，年纔逾冠，故大學士李文貞公與公同里，負知人之鑒，見所為文，亟加賞歎，謂尊人庶子公曰："賢郎必以詞藻獨步蓬壺，他日驗吾言也。"至於今信焉。洊歷侍講、侍讀、侍講學士，率三月一徙官。今歲正月，遂擢詹事，充講官。六月，命典浙江鄉試，以浙閩鄰近，特賜公畫錦之榮。自古文人宦途之通，恩禮之渥，未有若公者。公傳尊人庶子公庭訓，篤嗜古文，又從李文貞公遊最久，所以獎勵切磋者甚至。惟日孜孜，慨然有作者之志。滯於公車近三十年，逾艾乃成進士，人皆歎其晚。不十年間，驟陟顯位，稽古之效，如此其盛，所謂良田無晚歲者耶？使公幸而早售，則辛苦下帷，種學績文之懿，猶未必如今日者。是知天之玉汝於成者厚，公之自求多福者勤，遭逢聖明，非偶然也。

予與公相知深，故伸簡而序之。曰畫錦堂者，公之堂宜取法於韓魏公，榮君恩也。曰稱觴者，公耆年之慶，適稱觴於是堂也。李文貞公每謂公曰："物之晚成者，可以耐久，故桂菊之華盛於桃李遠矣。"斯言也，昔日之善誘，亦今日之善頌也。

晉江陳公家傳[②]　　　　　錢塘汪由敦撰

康熙六十年夏，聖祖仁皇帝召晉江陳公與青陽吳文簡公、長洲何公，赴熱河行在，撰擬文字。當是時，三公皆編修，長洲故先進，而公與文簡皆晚達，然皆稱詞林中耆宿云。未幾，長洲先卒。明年冬，遘國恤，世宗憲皇帝以几筵祭告諸大篇鋪陳功德，嚴重其事，掌院懼不稱上旨，首以公與文簡及故相國稽文敏公三作進，上覽未竟，號慟不自勝，自是眷遇公益渥，一日中召對至再，一時高文典册多出公手。或倚几立辦，每奏一篇，未嘗不嘆息稱善。

雍正二年春，湖南始設貢院，公典鄉試。事竣，擢中允，歷侍讀、侍講學士，率三月一徙官。四年正月，擢掌詹事，充講官、侍起居注。其年秋，典浙江試，得請就近歸里。時八閩洊饑，已有旨庀荒政，而有司奉行不以實，德意不下究。公於廣坐中爲桑梓請命，有司懼公且入告，騰章謂公過里門御八驪，假鎮帥鼓吹，眩耀閭里，且倡浮言煽惑觀聽，冀置公重譴。天子念公老於文學，抑授翰林檢討，且命以家財備賑。公產不踰中人，不足當太倉涓滴。然有司以是知天子洞悉八閩饑狀，賑不敢後期，困以蘇。久之，復除國子監司業，遷侍讀。癸丑六月，遷侍講學士，即日命教習庶吉士。會夗疾益劇，遂以雍正十二年二月卒於京邸。明年，文簡亦卒。二公歿，而中朝學老文鉅無能埒二公者。今上皇帝撰泰陵聖德神功碑，慨然有不與同時之惜。嗚呼！自古鴻生碩儒，不必盡遇，遇矣其受知不必盡由文字。公始終以撰述被顧遇，遭逢可謂盛矣。

公名萬策，字對初，又字謙季，先世自安溪徙晉江。祖洪圖，明天啓丁卯舉人，歷掌龍巖、詔安、建寧三儒學。父遷鶴，康熙乙丑進士，終左春坊左庶子，掌坊事。公幼讀書，一過輒成誦。九歲能屬文，十歲通星平《易》數，有神解。甫冠，以高等生選拔入太學。癸酉，舉順天鄉試，困公車三十年，戊戌始成進士。公之初至京師也，安溪李文貞公奇公才，與覃究經學，旁及六書九算，窮極底蘊，故所得益邃。長洲負重名，遊安溪公之門，無抗行者，獨以公爲畏友。公在熱河，與文簡同寓，予時館徐尚書所，文簡數相招劇談，公亦一見傾洽，比入詞館，間以撰擬之役從公質所業，輒爲點定，弗少吝。或出示己作，虛懷商榷，塗竄至三四易不厭。嘗語予：文貞好人改己作，但肯爲思索點竄，嗟賞不已，人服公雅量。此正公好學深思，隨事集益。予於文字用力久，每脫藁，未嘗不思公言。公所心得者如此。其爲國子師及同教習，爲諸生講授體裁指要，懇懇具有成法。手校《文苑英華》、《太平御覽》凡數過，迄病，丹黃不去手。公之文醇潔雅馴，得力於唐人爲多。他所著星算諸書，皆藏於家。公子五人，謁予傳公者，其季孝廉旭世也。

贊曰：今相國桐城公爲予言，應奉文字，淺深輕重間不失銖黍。讀陳學士文，輒能發人意，揮斤斲輪，正非寓言精思而深造者知之耳。相國衡定館閣文，數舉公爲後進勗。由是觀之,公之受知兩朝,豈偶然哉? 余獨^③服膺公通懷樂善,心嚮往之,不能及,故具次其事云。

【校記】

① 附録一所收詩文三篇,原附於文集卷末。此篇詩題,李光地《榕村集》(《景印文淵閣四庫全書》本)卷三十九作"壽陳子對初"。

② 題,汪由敦《松泉集》(《景印文淵閣四庫全書》本)卷十九作"晉江陳學士傳"。

③ "兩朝……余獨":原缺,據汪由敦《松泉集》卷十九補。

附録二

四庫全書總目提要

近道齋詩文集提要

近道齋文集六卷詩集四卷史部主事張慎和家藏本。

國朝陳萬策撰。萬策字對初，一字謙季，安溪人，徙於晉江。康熙戊戌進士，官至詹事府詹事，緣事降翰林院檢討，終於侍讀學士。萬策以康熙癸酉舉於鄉，困公車者二十六年。久從李光地遊，多得其指授。然平生詩文多散佚不收，此本乃乾隆癸亥其子冕世所輯。其《中西算法異同論》，頗能究其所以然。李光地、施琅諸傳，軼聞舊事，亦多可考云。

校點後記

《毛詩國風繹》一卷,清陳遷鶴著。

陳遷鶴(一六三六—一七一一),字聲士,號介石,世居安溪崇信里,自其曾祖始徙居泉州。父陳洪圖,天啓七年(一六二七)舉人,先後爲龍巖教諭、詔安教諭、建寧府教授。生四子,遷鶴爲長。順治八年(一六五一),時年十六,其父參加春闈,攜其同行,以廣見聞,得郭太昊、楊維先兩先生賞識。康熙十九年(一六八〇)中舉,二十四年成進士,選庶吉士,散館授編修。歷中允兼翰林院編修、侍講、侍讀,官至左庶子掌坊事。

康熙四十五年,年七十告歸,五十三年卒,享年七十六歲。嘉慶二十二年(一八一七),入祀鄉賢祠。

陳遷鶴年屆五十始鑽研衆經,尤深於《易》、《詩》、《春秋》。李光地見其所著《太極太虛論》(一作《太極無極説》),嘆曰:"經生中有是人耶?"詩尚燕許(唐張説、蘇頲),力求雄渾。既精書畫,又善詩文,但其志趣主要在於樸學,考訂典籍。《大清一統志》稱其"立品端粹,博通經學"。

據道光《晉江縣志》卷七十《典籍志》載,陳遷鶴著有《論易》(一作《易説》)十五卷、《尚書私記》一卷、《毛詩國風繹》一卷、《春秋紀疑》三卷、《小學疏意》二卷、《春樹堂文集》二卷、《上峰堂文集》二卷、《閒居咫聞》十二篇、《韓江草》一卷等。據《清史稿·藝文一》載,尚有《讀詩隨記》一卷。著述雖富,惜大多未刊刻流傳。

《毛詩國風繹》旨在考辨《毛詩》中《國風》部分的篇什,包括"詩説一"、"詩説二"、"詩説三"、"詩説四"、"論易詩"、"詩闕疑説"、"詩刺時政説一"、"詩刺時政説二"、"淫詩刺淫辨"及單繹《國風》之文,計五十五篇章。首列總論,後辯小序及漢以後諸家之傳（疏），或駁或申，大體上主張遵從朱子傳和小序，兩存其説，反對擯棄小序而專從朱説。尤其是對聚訟頗久的《鄭風》諸篇，陳遷鶴駁斥了朱子的“淫詩”之定論，提出“鄭聲淫聲，非淫詩。淫者，靡漫之過，非男女情欲之謂”，可謂一家之言。書後有陳遷鶴所作後序一篇，許祖涝、龔顯曾、黄謀烈三人所作跋各一篇。

《毛詩國風繹》成書後藏於家，流傳不廣。許祖涝曾從其後人陳遠汀所藏鈔本借鈔傳寫。直到同治十三年（一八七四），晉江黄氏梅石山房以許氏鈔本爲底本校訂刊刻。一九五〇年庚寅，蘇大山手鈔一部，收入《紅蘭館小叢書》中，爲泉州市圖書館收藏。

《近道齋詩文集》十卷，附録一卷，清陳萬策著。

陳萬策（一六六七——一七三四），字對初，一字謙季，遷鶴季子，排行第四。九歲能屬文，十歲通星平易數。既冠，以高等生貢入太學。李光地見其所著文字，大加歎賞，不僅指導其研究經學，而且旁及“六書九算”。康熙三十二年（一六九三）中舉人，此後蹭蹬春闈近二十六年，直到康熙五十七年才中進士，授編修，時與吳襄、何焯並稱“翰林耆宿”。雍正帝即位後，頗受賞識，祭告、册封等典禮文字多出其手。二年（一七二四），奉命典試湖南，事竣陞中允，歷侍讀、侍講學士，三月一遷。四年正月，陞詹事府詹事，充經筵講官、起居注官。六月，奉命典試浙江。時值閩災，因賑災事與任事官齟齬，被降爲翰林院檢討。晉國子監司業，遷侍讀。十一年六月，遷侍講學士，奉命教習庶吉士。十二年二月病逝於京邸，享年六十八歲。

陳萬策以善屬文名於康熙末、雍正年間，史志稱其“凡五經子史，律曆書算，靡不淹貫”。著有《四書注義》二卷、《館閣絲綸》二卷、《近道齋文集》六卷、《近道齋詩集》四卷（道光《晉江縣志》作“近道齋詩文八卷”）、附録一卷。

《近道齋詩文集》由其子陳冕世編輯，初刻於乾隆八年（一七四三），包括《近道齋文集》、《詩集》、附録三部分。《近道齋文集》六卷，卷一録疏二篇、劄子四篇、表三篇、頌一篇、策問二篇、論二篇,卷二録序三十三篇,卷三録題跋十三篇、記九篇,卷四録傳九篇,卷五録狀三篇、墓誌銘八篇、神道碑一篇,卷六録祭文十九篇、銘一篇、贊十篇。記載事實,多其見聞,對研究康雍时期社会和品評歷史人物,具有一定的史料价值。《近道齋詩集》四卷,卷一爲康熙四十四年"乙酉划舟紀行"之作,録詩一百二十四首;卷二爲康熙四十五年"丙戌以後作",録詩七十七首;卷三爲康熙五十七年"戊戌以後作",録詩九十九首;卷四爲雍正五年"丁未以後作",録詩六十九首,部分詩題不完整。内容涉及詠物、寫景、抒懷、交遊等諸多方面。《文集》末附有李光地、吴襄、汪由敦所撰壽詩、賀序、家傳共三篇(首),今移至書後作爲附録一,原書末《近道齋詩文集提要》作爲附録二。

此次點校,《毛詩國風繹》以《紅蘭館小叢書》所收一九五〇年鈔本爲底本,《近道齋詩文集》以《四庫存目叢書》影印清乾隆八年(一七四三)刻本爲底本。《毛詩國風繹》原鈔本部分順序混亂,前後誤置,今據上下文和《詩經》篇目順序進行了調整。《近道齋文集》卷一"策問"有兩頁與《近道齋詩集》卷一末兩首詩前後誤置,亦予以調整。

編　者
二〇一九年七月

圖書在版編目(CIP)數據

　毛詩國風繹/(清)陳遷鶴著;閻海文點校.近道齋詩文集/(清)陳萬策著;閻海文點校. —北京:商務印書館,2020
　(泉州文庫)
　ISBN 978-7-100-18149-5

　Ⅰ.①毛… ②近… Ⅱ.①陳… ②陳… ③閻… Ⅲ.①中國文學—古典文學—作品綜合集—清代 Ⅳ.①I214.91

　中國版本圖書館 CIP 數據核字(2020)第 034319 號

責任編輯　陳明曉

特約審讀　李夢生

毛詩國風繹　近道齋詩文集
(清)陳遷鶴　(清)陳萬策　著

商務印書館出版
(北京王府井大街36號　郵政編碼100710)
商務印書館發行
山東鴻君傑文化發展有限公司印刷
ISBN 978-7-100-18149-5

2020年4月第1版　　開本705×960　1/16
2020年4月第1次印刷　印張15.25　插頁2
定價:78.00元